U0526311

国家社会科学基金青年项目（08CZW005）
湖北省人文社会科学重点研究基地江汉大学武汉语言文化研究中心资助项目
江汉大学学术著作出版资助项目
武汉市"黄鹤英才（文化）计划"资助项目
江汉大学研究生教材建设项目

中国接受俄国文论研究

庄桂成 ◎ 著

中国社会科学出版社

图书在版编目（CIP）数据

中国接受俄国文论研究 / 庄桂成著 . —北京：中国社会科学出版社，2019.10

ISBN 978-7-5203-5062-4

Ⅰ.①中… Ⅱ.①庄… Ⅲ.①俄罗斯文学—文学理论—文学研究　Ⅳ.①I512.06

中国版本图书馆 CIP 数据核字（2019）第 204105 号

出 版 人	赵剑英
责任编辑	刘　艳
责任校对	陈　晨
责任印制	戴　宽

出　　版	中国社会外学出版社
社　　址	北京鼓楼西大街甲 158 号
邮　　编	100720
网　　址	http://www.csspw.cn
发 行 部	010-84083685
门 市 部	010-84029450
经　　销	新华书店及其他书店

印刷装订	北京市十月印刷有限公司
版　　次	2019 年 10 月第 1 版
印　　次	2019 年 10 月第 1 次印刷

开　　本	710×1000　1/16
印　　张	14.75
字　　数	221 千字
定　　价	86.00 元

凡购买中国社会科学出版社图书，如有质量问题请与本社营销中心联系调换
电话：010-84083683
版权所有　侵权必究

序

　　俄罗斯文论，作为世界文苑中的一颗明珠，深受中国现代作家的推崇，对整个中国现代文学，尤其是对中国左翼文学产生了重大影响。这是因为俄罗斯文学是美的，甚或堪称美之极致。拥有普希金、莱蒙托夫、屠格涅夫、契诃夫、托尔斯泰等世界闻名的文学巨匠的俄罗斯文学，具备深厚的人道主义思想底蕴。在这样的文学沃土中发展起来的俄国文论，以别林斯基、车尔尼雪夫斯基、杜勃罗留波夫为代表，发展了富有生气和批判精神的现实主义文学传统。这切合发轫时期中国现代文学的需要——当时中国经历了辛亥革命后的一些重大挫折，进步的知识分子在追问："中国向何处去？"关注底层，宣扬人道，批判现实，俄罗斯文学的这种优秀品质和俄罗斯文论直面人生的精神，对于正在寻找出路的中国知识分子无疑是一个强大的精神鼓舞。

　　俄罗斯文学和文论对中国现代作家产生重大影响，十月革命无疑是其中一个重大的因素。中俄两国历史背景相似，虽然中国从近代以来深受沙俄帝国的侵害，但是两国都经历了长期的农业经济社会，生产力落后，底层民众深受地主或农奴主的压迫，因此当十月革命一声炮响，俄罗斯人民推翻专制统治，宣告人民当家做主，这让有些迷茫的中国人民，包括知识分子，看到了一抹解放的曙光。走俄国的道路，成了中国许多知识分子的共识。今天，十月革命的成果在它的发源地被否定了，这里的教训要由历史学家来总结，而作为一个具有世界性影响的重大历史事件，它所推动的俄罗斯文论和苏联文论对中国现代文学，尤其是左翼文学的影响，则是一个事实。中国现代文学的发展，特别是左翼文学的成长，离不开俄罗斯文学和随后的苏联文学的营养。而俄罗斯文论和苏联时代的文艺观念、文学思潮直接给了中国现代文学,特别是左翼文学以丰富的思想资源和坚韧的精神气质,规范了它的发展方向和行进道路。就这种影响的深刻性和广泛性而言,没有一个其他国家的文学可以与之相比。

厘清俄苏文论对中国现代文学,特别是左翼文学的影响,是整个俄苏文学与中国现代文学影响关系研究中的一个重要部分,对于理解中国现代文学,特别是左翼文学的发生、发展过程,理解它们的精神品质和艺术追求,是至关重要的。桂成教授的这本专著《中国接受俄国文论研究》,致力于研究中国接受俄国文论的现象,是这一领域中具有重要意义的一个崭新成果。

《中国接受俄国文论研究》的新,新在从立足于中国现代文学的发生和发展,来梳理中国接受俄苏文论的影响,而没有停留在比较两者异同、寻找中国现代文艺观念的外来渊源的水平上。我理解,这是把中俄文学关系的影响研究在前人成果的基础上有力地推进了一步,前进到了重点审视外来传统在本土的创造性转化的阶段。作者从中国接受俄国文论的复杂内容中提炼出了"移植"现象、"误读"现象、"纠偏"现象、"阐发"现象,进行专题性研究,重点考察俄国文论(包括苏联文论)被中国现代文学吸收和转化的过程和机制,探寻其中的思想碰撞、交会的理路。"移植""误读""纠偏"等学术概念,人们并不陌生,当把它们集中起来用于阐释中国现代文学对俄苏文艺思想的接受,则好像是把一些散放的工具恰到好处地轮番用于一个重要的工程,相当有力地揭示了俄苏文论对中国现代文学影响的复杂情形,说明中国现代文学对俄苏文论的接受是基于中国现代文学发生和发展的需要所做的一项创造性转化的工作。难能可贵的还在于,这项研究的不少部分都落实到了一些具有重要影响力的文艺理论家身上,比如周扬、胡风、钱谷融等,通过这些文艺理论家个人的理论探索,把整个俄苏文论与中国现代文学观念形成、发展的关系激活,向读者呈现了一幅生动的思想交流和观念形成的图画,而同时又为我们深入理解这些文艺家个人的理论探索及思想发展提供了一个很好的角度。

桂成教授在研究生阶段就开始研究马列文论,后来到武汉大学做博士后研究,所选的课题就是中国现代对俄苏文论的接受。他在这一领域的长期研究中积累了丰富的资料，打下了扎实的理论功底。这本即将付梓的专著，就是在原先研究的基础上申报成功的一项国家社科基金课题的最终成果。专著论述充分，多有新见，而书后所附长达四万余言的"中国接受俄国文论年表"，从1907年到1988年，分年编排中国接受俄国文论有重要影响的事件，可见其用心之深，为有兴趣继续这方面研究的同行提供了一份有价值的资料。

桂成教授为人忠厚踏实，勤于学而敏于思。今天读到这本书稿，十分欣喜，写些体会，是为序。

陈国恩

2017年2月13日

前　　言

在中国接受俄国文论研究领域，已有许多学者做出了很好的成绩。拙著拟从接受过程中的方式入手，将之概括为移植、误读、纠偏和阐发四种现象进行阐述，包括20世纪中国接受俄国文论研究的缘起、目标和方法以及20世纪中俄文论关系的历史进程等。

中国"移植"俄国文论，从时间上看，主要表现在两个时期，一是20世纪二三十年代，即中国革命文论发展的早期；二是中华人民共和国成立前后，即中国社会全盘苏化的时候。从具体事件上看，它又突出表现为中国早期革命文论对"拉普"的照搬、中国共产党的文艺政策对"苏联模式"的照搬及中华人民共和国成立后文艺教材编写上的全盘苏化。照搬俄国文论的正面效应和负面影响都非常明显，我们要结合具体的历史语境进行仔细的甄别和分析。

中国接受俄国文论时，很多地方其实都是"误读"。因为从文学解释学的角度看，无论是文本的本意，还是作者本意，都是多元的。而多元意义的存在，又必然会导致误解。同时，因为某些历史的原因，也可能产生故意的误读。笔者拟以中国对列宁的《党的组织和党的出版物》和苏联社会主义现实主义的误读为个案进行分析。例如，中国对《党的组织和党的出版物》的误读，主要表现在两个方面：一是列宁在文中所提的要求，并不是一切出版物上的原则，并不是对一切写作事业的要求，可是后来的某些宣传家却把他的意见扩大为对整个文学的指导原则；二是列宁在谈论作为党的全部事业之一部分的写作事业时，也肯定了它的特殊性，强调必须保证有个人创造和个人爱好的广阔天地，但后来有些人宣传时忽略了这点，对全文总体意思误读。我们应该反思这种现象背后的原因。

中国接受俄国文论中的"纠偏"现象可分为这么两类：一类是接受某类俄国文论时，发现其缺失，直接对其进行纠正，如胡风"主体性"理论对世界范围内（包括俄国）马克思主义文论忽视主体性这个缺陷的纠正。另一类是在接受某类俄国文论时，客观上对另一种文论接受中的缺失进行了补救，如中国在发展马克思主义文论时出现了极左倾向，但在接受民主主义革命家"别车杜"等的文论时，对这种极左倾向起到了纠正作用。这是一种典型的历史现象，中国文论发展过程中还有与此类似的情况，其原因我们或许可以通过"纠偏"来找到答案，即当某一事物发展充分或过分的时候，必有另一种主张对其纠正，这种现象值得我们深究。

中国对俄国文论的阐发，几乎在每一个时期都有其鲜明的代表。中华人民共和国成立前有周扬、冯雪峰等，他们对苏联的马克思主义文论进行阐发，使之适应中国文论的发展，是为中国化。五六十年代有钱谷融，他以高尔基的文论为基点，大胆提出"文学是人学"。新时期以来，钱中文则对巴赫金的理论进行了阐发，提出了"新理性精神"理论。中国当代文论到底应该如何发展，以及中国文论在发展过程中如何处理与外国文论的关系，上述学者的做法或许可以为我们提供启示。

20世纪中国接受俄国文论，是怎样接受的，为什么会这样接受，中国接受俄国文论产生了什么结果，这都是本书要解决的问题。笔者拟从三个方面来回答，即接受机制、接受立场和接受效应。从接受机制来看，中国对俄国文论的译介，有的是从俄文直接译介，有的是从日文、英文或者法文等译过来的，是为接受中的多维渠道。有的是直接接受俄国文论原文本，有些是别人接受之后，我们再接受别人接受的东西，为接受的多级模式。从接受立场来看，中国接受俄国文论，有时是出于为革命发展或社会主义建设服务的目的，为接受的功利立场；有时是出于一种纯粹的文论自身建设发展的考量，为接受的审美立场。从接受效应来看，俄国文论从文化根源来说，属于与中国文论异质的西方文论，而俄国文论中的异质性被中国接受之后，刺激了中国文论的发展，促进了中国文论的现代转型。

中国当代文论在发展过程中，如何利用好俄国文论资源，仍然是一个值得深入研究的问题。

目　　录

引　言 …………………………………………………………（1）
　第一节　20世纪中国对俄国文论的接受研究述评 …………（1）
　　一　为什么要研究中国对俄国文论的接受 ………………（1）
　　二　中国对俄国文论的接受研究已有哪些成果 …………（3）
　　三　中国对俄文论关系的接受研究还存在哪些不足 ……（5）
　第二节　中国接受俄国文论的历史进程 ……………………（7）
　　一　五四前后 ………………………………………………（7）
　　二　左联时期 ………………………………………………（9）
　　三　延安时期 ………………………………………………（13）
　　四　五六十年代 ……………………………………………（18）
　　五　70年代末以来 …………………………………………（20）

第一章　中国接受俄国文论中的"移植"现象研究 ……………（25）
　第一节　中国早期革命文论对"无产阶级文化派"的接受
　　　　——以对波格丹诺夫的接受为例 ……………………（25）
　　一　"无产阶级文化派"及其在20年代中国的传播 ……（26）
　　二　中国早期革命文论对"无产阶级文化派"的接受 …（28）
　　三　中国接受"无产阶级文化派"的历史原因
　　　　及其教训 ………………………………………………（30）
　第二节　苏联文学决议与中国50年代初的文论 ……………（33）
　　一　苏联文学决议及其在50年代初中国的传播 ………（33）
　　二　苏联文学决议对中国50年代初文论的影响 ………（37）
　　三　苏联文学决议影响中国文论的原因及效应 ………（41）

第三节 "苏联模式"与中华人民共和国成立初期文论
　　　　教材的编写 …………………………………………（43）
　　一　苏联文论教材及其在中华人民共和国成立前后的
　　　　译介 ……………………………………………………（44）
　　二　苏联模式对中华人民共和国成立初期文论教材
　　　　编写的影响 ……………………………………………（46）
　　三　中国文论教材照搬苏联模式的利弊 …………………（49）

第二章　中国接受俄国文论中的"误读"现象研究 …………（52）
第一节　中国对列宁文论的"误读"
　　　　——以《党的组织和党的出版物》为例 …………（53）
　　一　《党的组织和党的出版物》及其在中国的译介 ……（53）
　　二　中国接受《党的组织和党的出版物》时的误读 ……（56）
　　三　中国误读《党的组织和党的出版物》的
　　　　原因和结果 ……………………………………………（59）
第二节　中国"两结合"对俄国"社会主义
　　　　现实主义"的误读 …………………………………（61）
　　一　"两结合"的提出及其与社会主义现实
　　　　主义的关系 ……………………………………………（61）
　　二　"两结合"对社会主义现实主义误读的具体表现 ……（67）
　　三　"两结合"误读社会主义现实主义的原因和结果 ……（74）

第三章　中国接受俄国文论中的"纠偏"现象研究 …………（78）
第一节　别、车、杜与中国20世纪文论 ……………………（78）
　　一　别、车、杜的文论在中国的译介 ……………………（78）
　　二　别、车、杜在中国20世纪境遇起伏的原因 …………（83）
　　三　别、车、杜对中国20世纪文论的贡献 ………………（88）
第二节　胡风与苏联文论在中国传播中的缺失 ……………（90）
　　一　苏联模式文论的缺陷及其对中国的影响 ……………（91）
　　二　胡风对苏联文论缺失的补正 …………………………（94）
　　三　胡风文论对苏联文论缺失补正的意义 ………………（97）

第四章 中国接受俄国文论中的"阐发"现象研究 (100)

第一节 周扬对俄国文论的接受 (100)
一 周扬对俄国文论的译、介、研 (100)
二 周扬对俄国文论观点的接受 (102)
三 周扬对俄国文论模式的接受 (105)
四 周扬接受俄国文论之反思 (107)

第二节 钱谷融接受高尔基文论之反思
——以《论"文学是人学"》为例 (111)
一 钱谷融接受高尔基文论的原因 (111)
二 钱谷融接受高尔基文论的角度 (114)
三 钱谷融接受高尔基文论的方法 (117)

第五章 20世纪中国接受俄国文论的得失论衡 (121)

第一节 中国接受俄国文论的日本渠道评析 (121)
一 通过将日文译本转译成中文来接受俄国文论 (121)
二 通过翻译日本的研究论著来接受俄国文论 (125)
三 中国通过日本接受俄国文论之反思 (128)

第二节 俄国文论与中国文论的现代转型 (132)
一 俄国文论输入中的"科学理性"因素 (132)
二 俄国文论输入中的"审美—人学"因素 (135)
三 "异质性"与中国现代文论的转型 (138)

第三节 俄国文论与20世纪中国文论的工具论 (141)
一 文学与革命:20世纪中国文论工具论的初始 (141)
二 文学与政治:20世纪中国文论工具论的延续 (143)
三 20世纪中国文论的工具论倾向之反思 (145)

余论 全球化语境下的中国文论 (149)
一 反对教条主义 (149)
二 坚持共存和对话 (151)
三 立足当代现实 (153)

附录　中国接受俄国文论年表 …………………………………（156）

参考文献 ……………………………………………………………（219）

后　记 ………………………………………………………………（222）

引　　言

第一节　20世纪中国对俄国文论的接受研究述评

许多学者都在探寻中国当代文论发展的出路和方向，但是要想找到中国文论的未来之路，我们首先应该对它走过的道路进行回顾和总结，特别是20世纪中国文论的发展历程。中国20世纪的文论，是在国外文论的强大影响下成长起来的，因此，如果不关心、不研究国外文论对中国20世纪文论的影响，不探索中国20世纪文论与国外文论的关系，就不可能真正地研究中国的20世纪文论。

一　为什么要研究中国对俄国文论的接受

俄国文论对20世纪中国产生了重大的影响，但我们过去对它的认识、理解和接受，同它的原本形态之间，却存在着较大的偏离。例如，在20世纪俄国文论的诸多文学理论思潮和流派中，我们曾经接受的，除了俄国早期马克思主义文论、苏联早期领导人的文艺思想之外，主要不过是"无产阶级文化派思潮"、"拉普"文学理论、庸俗社会学理论批评、"社会主义现实主义"和日丹诺夫主义。俄国文学研究学者汪介之说："由于从总体上看，20世纪中国文学对俄罗斯文论与批评的接受，无疑是着重吸纳了其中极左的部分，这就难免给人们造成了俄罗斯文学理论就是'极左文学理论'的错觉。"事实上，许多文论研究学者也是把俄国文论当作极左理论而一概排斥，其实这是一种偏见。

俄国文论是丰富的，其萌芽可以追溯到16世纪至17世纪的某些历史文献。当然，真正现代意义上的文论直到18世纪才形成，并在19世纪同俄国现实主义文学一起达到了成熟和繁荣阶段。19世纪上半期俄国现实主义文论的主要代表人物是纳杰日金、普希金、果戈里和别林斯基等。别林斯基"作为俄国解放运动中完全代替贵族的平民知识分子的先驱，经过痛苦、曲折的思想探索，在40年代完成了由唯心主义到唯物主义，由启蒙主义到革命民主主义的转变，成为俄国现实主义美学和文学批评的奠基人"[①]。19世纪下半期的文论，仍以现实主义为主流，其主要代表有车尔尼雪夫斯基、杜勃罗留波夫、皮萨列夫等。他们发展了别林斯基所创立的现实主义文论理论，提出了"美是生活"和"现实的批评"等观念。而19世纪末和20世纪的俄国文论，就更为丰富了。张杰、汪介之著的《20世纪俄罗斯文学批评史》就把它分为"国内板块"和"国外板块"。"国内板块"是指"兴起于白银时代的象征主义理论批评、宗教文化批评、阿克梅主义和未来主义的文学理论与批评，十月革命后在苏联境内流行于20年代的庸俗社会学、'拉普'、无产阶级文化派和形式主义等理论批评流派，30年代确立的社会主义现实主义，50年代崛起的审美学派，60年代蓬勃发展的莫斯科·塔尔图符号学派，以及从19世纪末以来一直发展着的现实主义批评、历史诗学批评和马克思主义文艺批评等等"。"国外板块"指的是"十月革命后存在于苏联国土以外的俄罗斯文学理论与批评，它主要包括部分生活在西方的俄国象征主义者和宗教文化批评的理论家，以雅各布森为代表的形式主义者和布拉格学派，侨民文学批评家以及一些流亡国外的学者等等"[②]。

而俄国文论与20世纪中国文论的关系，主要应该说是影响与接受的关系。但是，这个影响与接受又不完全是平行的、同步的、一一对应的关系，即它不是20世纪初期的俄国文论影响了20世纪初期的中国文论，20世纪50年代的苏联文论影响了20世纪50年代的中国文论。俄国文论对中国文论的影响，表现为一种时间状态上的无序性。例如，影响20世纪30年代中国文论的，可能主要是十月革命前

[①] 刘宁：《俄国文学批评史》，上海译文出版社1999年版，第12页。
[②] 张杰、汪介之：《20世纪俄罗斯文学批评史》，译林出版社2000年版，第1页。

后的俄国文论，但影响20世纪50年代中国文论的，可能主要是俄国民主主义革命时期的文论和20世纪50年代的文论。同时，中国对俄国文论的接受也并不是来者不拒，全盘照搬。在这个过程中，中国文论对俄国文论有时可能是全盘照搬，囫囵吞下；但有时可能对之过滤，因特殊的历史情况有选择性地接受。有时可能对俄国文论进行了误读，对俄国文论进行了错误的运用；有时也可能吸其取精华，改正其错误，对俄国文论进行"纠偏"性接受。还可能因为俄国文论某一点谈得不够深入，或者在某些方面不适合中国的国情，中国学界接受时对之进行阐发，使之发扬光大，等等。

但无论怎样，俄国文论是对20世纪中国影响最大的外国文论这一点却不容否定。在21世纪初的今天，众多的学者呼吁重建中国文论，然而，如果我们不切实理清中国20世纪文论与俄国文论的关系，不清楚俄国文论究竟是如何影响中国文论的，中国文论从俄国文论中又究竟接受了些什么，我们今天又可以从中吸取什么样的教训，那我们又怎么能建设好中国当代文论？俄国文论曾与我们具有相同的历史语境，如果对之进行比较研究，就可以为中国当代文论的发展提供可资借鉴的经验。否则，所有中国当代文论重建的设想，都会因此走上这样或那样的弯路。因此，我们重新审视这两者的关系，是非常必要和迫切的。

二 中国对俄国文论的接受研究已有哪些成果

俄国文论对20世纪中国文论发生了强烈的影响，但是，许多年以来，不知是身处其中还是其他什么原因，学者似乎忽视了对中俄文论关系的清理，忽视了俄国文论对20世纪中国发生了什么样的影响，这些影响是如何发生的，它对中国文论的发展有何积极和消极的意义。这种状况直到20世纪80年代才有所改变。

20世纪80年代，有学者开始清理俄国文论与中国文论之间的关系。例如，艾晓明写有《二十年代苏俄文艺论战与中国"革命文学"论争》，分上、下篇发表于《中国社会科学》1987年第3期和第4期。该文从俄国文艺论战在中国的传播和影响入手，考察了它在中国"革命文学"论争的酝酿期所起的作用，进而探讨了创造社、太阳社与鲁迅展开论争的基本问题,分析了他们各自的主张及其与俄国文艺论战中不同派别的联系和区别。文中还对中俄两国各自的文艺论战的过程和结局的异同做了历史的比较,并初步探讨了在俄国文艺论战的影响下,中国关于"革命文学"的论争在中国左翼文艺思潮的形成及发展中的意义,以及正反两方面的经验。但总体来看,在80年代分析和反思中国文论与俄国文论关系的论著还比较少。

20世纪90年代,出现了分析和探讨中俄两国文学关系的著作,例如,艾晓明的《中国左翼文学探源》(湖南文艺出版社1991年版),智量等的《俄国文学与中国》(华东师范大学出版社1991年版),倪蕊琴的《论中苏文学发展进程》(华东师范大学出版社1991年版),邵伯周的《中国现代文学思潮研究》(学林出版社1993年版)等。这些著作主要着眼于两国文学作品或思潮之间的关系,但也有部分章节谈到文论,如《俄国文学与中国》里就有夏中义写的一章《别林斯基、车尔尼雪夫斯基、杜勃洛留波夫与中国》,《论中苏文学发展进程》里也有部分章节谈到文论。此外,在某些比较诗学著作里,也有学者谈到了俄国文论与中国文论的关系,如童庆炳主编的《中西比较诗学体系》(人民文学出版社1991年版)的第三十章是程正民执笔的《中国现代诗学与俄苏诗学》。90年代中期,中俄文学关系研究走向深化,出现了全面梳理20世纪中俄文学关系的专著,如陈建华的《二十世纪中俄文学关系》(学林出版社1998年版)[①],汪剑钊的《中俄文字之交——俄苏文学与二十世纪中国新文学》(漓江出版社1999年版),这两本书主要是谈文学思潮和作品,同时也谈到了文论。后来,中俄文论关系问题开始单独进入学者们的视野,如刘宁主编的《俄国文学批评史》(上海译文出版社1999年版,其最后一章就是程正民执笔的《俄国文学批评在中国的传播和影响》)。

21世纪以来,开始出现梳理中俄国文论在中国传播和接受的专著,例如,陈顺馨著的《社会主义现实主义理论在中国的接受与转化》(安徽教育出版社2000年版),就专门分析了苏联的社会主义现实主义理论在中国的传播情况。代迅著的《断裂与延续——中国古代

[①] 此书后来又于2002年在高等教育出版社出版。

文论现代转换的历史回顾》（西南师范大学出版社 2002 年版）虽然不是专门论述俄国文论与中国文论的，但其第十章是《仿苏文论话语：前苏联文论与中国》。季水河著的《多维视野中的文学与美学》（东方出版社 2002 年版）第二章便是《俄国伟大诗人普希金影响下的 20 世纪中国文论》）等。特别是 2005 年的时候，汪介之出版了《回望与沉思——俄苏文论在 20 世纪中国文坛》（北京大学出版社 2005 年版），该书梳理了俄国文论在 20 世纪中国传播的基本情况。陈建华出版了《中国俄苏文学研究史论》四卷本（重庆出版社 2007 年版），其中第二卷就是《中国对俄苏文论的研究》。此外，还出现了一批很有分量的研究中俄文论关系的单篇论文，如吴元迈的《把历史还给历史——苏联文论在新中国的历史命运》（《文艺研究》2000 年第 4 期）、钱中文的《文学理论反思与"前苏联体系"问题》（《文学评论》2005 年第 1 期）、汪介之的《中国文学接受 20 世纪俄国文论的回望与思考》（《俄罗斯文艺》2004 年第 2 期）和《百年俄苏文论在中国的历史回望与文化思考》（《浙江师范大学学报》2006 年第 3 期）、林精华的《文学理论的迁徙：俄国文论与中国建构的俄苏文论》（《文艺理论研究》2005 年第 3 期）、陈国恩的《20 世纪 40 年代左翼期刊译介俄苏文学文论的流派特色》（《江汉论坛》2011 年第 10 期）等。

总体来看，20 世纪 80 年代以来中俄文论关系研究可以分为上述三个时期，它是我国 20 世纪 80 年代以来思想解放，学术研究逐渐走向开放和深化的结果。

三 中国对俄文论关系的接受研究还存在哪些不足

如果对这 20 多年来的研究成果进行总结，我们应当承认，俄国文论对 20 世纪中国文论的影响研究，虽然取得了很大的成绩，但是仍然在某些方面存在不足。

首先，全面、系统、客观地论述 20 世纪中国对俄国文论的接受的研究不够深入。虽然出现了全面阐述 20 世纪中俄文学关系的专著，但文论与文学作品或思潮的研究是不同的，后者不能代替前者，或者说仅有中俄两国文学作品或思潮的比较研究是不够的。虽然出现了某些比较文学理论的著作，它们在举例的时候也谈到了中俄文论之间的关系，但是仅仅只有这样零碎的论述也是不够的。后来虽然出现了个别专门论述中俄文论关系的著作，但是它们所论述的是俄国文论单向度在中国传播的过程，而缺少对中国文论在接受的过程中的主动性的论述。俄国文论是对20世纪中国产生最大影响的外国文论，因此只有对中俄文论关系进行全面、深入的研究才能与之相称。可喜的是，我国近年来出现了一批译介俄国文论的重要成果，如钱中文等组织翻译的《巴赫金全集》，张杰和汪介之著的《20世纪俄国文学批评史》，以及北京大学俄语系彭甄博士主编的《20世纪俄国经典文论译丛》陆续出版，再加上以前大量的俄国文论的翻译成果，这些也为我们今天全面、系统、客观地深入研究中俄文论关系奠定了坚实的基础。

其次，对20世纪中国接受俄国文论中各种现象的辨析和论述不够。从目前已有的研究中俄文论关系的成果来看，它们侧重于一种史的勾勒。如前述的陈建华的《中国俄苏文学研究史论》，其第二卷就主要是谈中国对俄国文论的接受，但它主要是从史的角度陈述20世纪中国对俄国文论的研究。刘宁的《俄国文学批评史》的最后一章也是如此，它也是勾勒俄国文学在现代中国的传播历程，还有某些单篇论文亦是如此。我们都知道俄国文论对20世纪中国文论发生了很大的影响，而中国文论在接受俄国文论时，出现了各种各样的情况。有些接受是照搬俄国的文论，而有些是做了一些变动，此外，还有阐发、误读和纠偏等。那么，哪些是照搬，哪些是变形，哪些是纠偏，哪些是阐发，哪些是误读，这都需要我们去仔细地辨析，并且分析发生这种情况的原因，它对我们以后接受外国文论有什么启示。

最后，对中国当代文论建设中如何利用俄国文论的论述不够。前人提出过"古为今用""洋为中用"，我们研究中外文论的关系，就是为了更好地接受外国文论。更好地接受外国文论就是更好地建设我国的当代文论。那么，我们在发展我国文论的过程中，如何利用俄国文论资源呢？这应该说是一个有重大理论和实践意义的课题，但这个课题目前在我国应该说还有待深入研究。

第二节　中国接受俄国文论的历史进程

中国对俄国文论的接受，包括对俄国文论的翻译、介绍和研究，已有近百年的历史。但如果要对这段历史做一个简单的梳理的话，那么大致可以分为以下几个时期：五四前后、左联时期、延安时期、五六十年代、70年代末以来。

一　五四前后

中国接受俄国文论最早从何时起，应该说还没有定论。1907年，周作人（署名独应）翻译了克鲁泡特金的《论俄国革命与虚无主义运动》，同时，他还著有《论俄国革命与虚无主义之别》，发表于1907年11月30日《天义报》第11、12期合刊。它们虽然关涉俄国文学或理论，但还不是专门的文论著述。1918年，李大钊撰写《俄罗斯文学与革命》一文，该文谈到了俄国的文学思想，这才可算中国接受俄国文论的真正开始。

1919年，田汉的长篇论文《俄罗斯文学思潮之一瞥》，大约五万字，用文言写成，发表于《民铎》杂志第1卷，第6、7号连载。在文中，田汉谈到了伯凌斯奇（别林斯基），认为别氏"以其犀利之批评造成俄国文学之社会的倾向"，在俄国文学史上的贡献是多方面的。同时，田汉还谈到了周尔尼塞福斯奇（车尔尼雪夫斯基）、多蒲乐留博夫（杜勃洛留波夫）和薛刺留夫（皮萨列夫）。如文章称车尔尼雪夫斯基为"急进派之中坚"，"时人有多角天才之称，凡批评、哲学、政治、经济各方面靡不经其开拓，头脑明晰，思想卓尔，凡事恶暧昧不明者，务将其抽象的哲学引入实体的研究"；文中提到他的重要论著《艺术对现实的审美关系》和《俄国文学果戈里时期概观》。

1921年9月，《小说月报》第十二卷特刊《俄国文学研究》中，在介绍俄国文学作品的同时，首次以较大篇幅介绍了俄国文论，主要论文有沈泽民译的克鲁泡特金的《俄国底批评文学》，郭绍虞的《俄国美论与其文艺》，张闻天的《论托尔斯泰的艺术观》。同年，耿济之全文翻译了托尔斯泰的《艺术论》，还著有《译者序言》，《文学周报》第 96 期发表沈冰译的《俄国文学与革命》。1922 年，《小说月报》1922 年第 13 卷第 1 期发表沈雁冰的《陀思妥以夫斯基的思想》。《东方杂志》1922 年第 19 卷第 20 号发表化鲁的《俄国文学与革命》。

1923 年，《小说月报》第 14 卷第 5—9 期发表郑振铎的《俄国文学史略》，其中第 9 期专门介绍了《俄国文艺评论》。1924 年，鲁迅同冯雪峰编辑出版"科学的艺术论丛书"，其中鲁迅翻译了卢那察尔斯基的《艺术论》。上海《民国日报》副刊《觉悟》于 1925 年 2 月 13 日刊发了赵麟译的列宁的《列·尼·托尔斯泰和现代工人运动》。《文学周报》1925 年第 172 期发表了沈雁冰的《论无产阶级艺术》。1926 年，《中国青年》第 144 期发表了一声节译的列宁的《党的组织和党的出版物》，当时译名为《论党的出版物与文学》。1927 年，瞿秋白旅俄期间于 1921 年至 1922 年写成《俄国文学》。这部文学史于 1927 年作为蒋光慈著的《俄罗斯文学》的下篇出版。瞿秋白在《十月革命前的俄罗斯文学》中写下了《俄国文学评论》专章（第 19 章）。

较早地系统介绍苏俄文艺论战的则是任国桢。任国桢 1925 年 8 月编辑、交由北新书局 1927 年出版的《苏俄的文艺论战》一书，选译了三篇文章，分别是"列夫派"褚沙克的《文学与艺术》、"岗位派"阿卫巴赫的《文学与艺术》和沃隆斯基的代表作《认识生活的艺术与今代》，书后附录瓦勒夫松的《蒲力汗诺夫与艺术问题》。《莽原》1927 年第 2 卷第 6 期、第 7 期、第 8 期连载李霁野和韦漱园的译作《无产阶级的文化与无产阶级的艺术（译文）》。《晨报副镌》1927 年第 70 期刊载毕树棠的译作《俄国文学之黑暗与光明》。《莽原》1927 年第 2 卷第 1 期发表韦漱园的译作《现代俄国文学底共通性》。1928 年，《现代文化》第 1 期、第 2 期刊出《托尔斯泰诞生百年纪念专号》。《奔流》第 1 卷第 1 期刊发屠格涅夫作、郁达夫译的《哈姆雷特与堂诘诃德》。《东方杂志》第 25 卷第 19 号刊发巴金的译作《脱洛斯基的托尔斯泰论》。《晨报副镌》第 74 期刊发焦菊隐的《莫尔斯基论杜格涅夫》。《我们月刊》第 2 期刊发李初梨的《普罗列搭利亚文艺批评底标准》。《熔炉》第 1 期刊发杜衡的《无产阶级艺术底批评（波旦诺夫）》。《流沙》第 4 期刊发《无产阶级艺术论》。

引　言

当时，蒋光慈可谓是中国接受俄国文论的代表人物。1929年他在日本养病时，深入钻研马列文论，他在集中阅读了别林斯基的《现代批评之诸问题》、卢那察尔斯基的《艺术之社会基础》以及《普列汉诺夫文集》等论著后，无限感叹地说，"读了诸名家的艺术批评，我不禁慨叹我们国内批评坛的幼稚"。他特别推崇别林斯基，称他是"俄罗斯的伟大的文学批评家"[①]。此外，《创造月刊》第2卷第3期（1929年10月）刊发嘉生翻译的列宁的《托尔斯泰论》。《现代小说》1929年第3卷第1期刊发朱镜我的《文学批评的观点（那里波斯基）》。《小说月报》1929年第20卷第1—6期刊发赵景深的《最近俄国的文学批评》。《乐群》1929年第1卷第6期刊发陈勺水的《俄国最近文学的批判》。《一般》1929年第7卷第1—4期刊发罗翟的《托尔斯泰在俄国文学上的地位》。陈安志在《清华周刊》1929年第32卷第2期发表《关于波格达诺夫的著作》。

二　左联时期

1929年至1930年，冯雪峰在鲁迅的指导和协助下，主编了当时产生很大影响的"科学的艺术论丛书"。这套丛书原计划出十四种，后出八种，冯雪峰在短短的两年内就亲自译了其中的四种：卢那察尔斯基的《艺术之社会的基础》（1929年5月），普列汉诺夫的《艺术与社会生活》（1929年8月），梅林的《文学评论》（1929年9月），沃罗夫斯基的《社会的作家论》（1930年）。鲁迅翻译了五本苏联的理论著作，它们是布哈林的《苏维埃联邦从Maxim Gorky期待着什么》、卢那察尔斯基的《艺术论》《文艺与批评》、联共（布）关于文艺政策讨论会的记录与决议《文艺政策》和普列汉诺夫的《艺术论》。鲁迅1930年译了普列汉诺夫的《车勒芮绥夫斯基的文学观》，发表于《文学研究》第1卷（1930年2月15日）。鲁迅编《戈理基文录》，上海光华书店1930年出版。同时，冯雪峰也翻译了普列汉诺夫的《车勒芮绥夫斯基的文学观》，译文题为《文学及艺术底意义——车勒芮绥

[①] 蒋光慈：《异邦与故国》，载《蒋光慈文集》第2卷，上海文艺出版社1983年版，第482、486页。

夫司基底文学观》，发表于《小说月报》第 21 卷第 2 号。冯雪峰 1930 年再次翻译了列宁的《党的组织和党的出版物》，署名成文英，题为《论新兴文学》，载于《拓荒者》第 1 卷第 2 期。他还翻译了沃罗夫斯基的《社会的作家论》，1930 年光华书局出版。

1930 年，胡秋原在日本完成了普列汉诺夫研究专著《唯物史观艺术论》。胡秋原深受普列汉诺夫的影响。他认为，普列汉诺夫科学美学的主要成分并不是马克思主义，而是接受了别林斯基和泰恩的理论。他认为沃伦斯基的著名论文《认识生活的艺术与现代》就是发挥了普列汉诺夫的理论。《现代文学》1930 年第 1 卷第 1 期刊发胡秋原著的《蒲力汗诺夫论艺术之本质》。1930 年 8 月程鹤西翻译的《什么是"亚蒲洛席夫"式的生活》（《什么是奥勃洛摩夫性格?》节译），发表于《小说月报》第 21 卷第 8 号。《现代文学》1930 年第 1 卷第 5 期刊发《鲁那卡尔斯基论托尔斯泰》。《清华周刊》1930 年第 33 卷第 9 期刊发署名德昌的《由托拉斯基的文学与革命引起的苏俄文艺论战》。《拓荒者》1930 年第 1 卷第 1—5 期刊发《高尔基对布洛克的批评》。《艺术》1930 年第 1 期刊发冯乃超著的《俄国革命前的文学运动》。《文艺讲座》1930 年第 1 期刊发冯宪章著的《蒲列汉诺夫论》。此外，这段时期还有转道从日本接受俄国文论的现象，即翻译日本人研究俄国文论的著作，如《北新》1930 年第 4 卷第 1、2 期刊发胡秋原翻译、茂森唯士著的《革命后十二年来之苏俄文学》。《现代学生》1930 年第 1 卷第 3 期刊发日本昇曙梦作、刘大杰译的《现代俄国文艺思潮论》。《时事类编》1935 年第 3 卷第 22 期刊发德永直著、林素译的《关于创作上的高尔基的方法》。《文海》1936 年第 1 卷第 1 期刊发除村吉太郎著、余顾译的《苏联大众与文学》。

瞿秋白当时也对接受俄国文论做出了重大的贡献。1932 年瞿秋白翻译了列宁的两篇论文：《列甫·托尔斯泰像一面俄国革命的镜子》《L. N. 托尔斯泰和他的时代》。瞿秋白对俄国文论的运用：在文艺大众化问题讨论中，他就以列宁提出的文艺要"为千千万万劳动人民"服务的思想为指导，强调应当重视"描写工人阶级的生活，描写贫民、农民、士兵的生活，描写他们的斗争"。他还发表了《文艺的自由和文学家的不自由》等论文，文中以列宁的文学党性原则作为指导，引用列宁批判资产阶级自由的名言，指出在阶级社会中不可能有独立于阶级利害之外的"文艺自由"①。1932年瞿秋白翻译了普列汉诺夫的四篇论文，包括《易卜生的成功》《别林斯基的百年纪念》《法国的戏剧文学和法国的画》《唯物史观的艺术论》，同时还写有《文艺理论家的普列汉诺夫》等。

列宁、高尔基、托尔斯泰等的文学理论和思想是当时中国接受的重点对象。《读书月刊》1931年第2卷第4、5期刊发凌坚译的《高尔基论》。《红叶周刊》1931年第56—63期刊发《高尔基论"人"》。《青年界》1931年第1卷第1期刊发《最近高尔基的言论》。《现代文学评论》1931年第1卷第4期刊发《俄国文学史》。《大陆》1932年第1卷第2期刊发铮铮译的《高尔基赞美列奥洛夫》。《微音月刊》1932年第2卷第5期刊发森堡译的《高尔基评传》。《文学月报》1932年第1卷第5、6期刊发林琪著的《高尔基和工人作家的谈话》。《译文》第1卷第4期（1936年6月16日）刊发胡风译的托尔斯泰的《关于文学与艺术》。周起应编的《高尔基创作四十年纪念论文集》，由上海良文图书公司1933年9月出版。1934年2月，思潮出版社出版克己、何畏译的《托尔斯泰论》，内收列宁论托尔斯泰的论文四篇，普列汉诺夫论托尔斯泰的论文三篇。克己在《译者序言》中谈到介绍列宁论托尔斯泰论文意义时说，"在这些论文上，我们除掉得以正确地理解托尔斯泰主义之批判意义外，同时还可以学得站在唯物辩证法的基础上的，艺术社会学底性质的批判方法"。《文学》1934年第3卷第1—3期刊发许遐（鲁迅）译的《我的文学修养（苏联高尔基）》。《时事类编》1934年第2卷第25—27期刊发高尔基著、张仲实译的《论苏联文学（在全苏联作家大会上的报告）》。1936年6月，高尔基著、林林译的《文学论》在上海光明书店出版。林林在自己所译的《文学论》的前言中也指出，"高尔基在这里，以数十年来的丰富的全部经验，以充满着斗争的全部热情，指出文学上最基本的诸问题，并且解剖和文学紧系着的现实底本质"，而"这些问题，都是我们目前新文学运动最紧切的问题"。同年，杨凡译的《文学

---

① 《瞿秋白文集》第2卷，人民文学出版社1953年版，第957页。

论》在东京质文社出版。郭沫若在为杨凡的《文学论》所写序言中说，这是"为向来的文艺专家们所机械组织出的文学论、美学论之类著作所不及的书"，"这是应该'传抄十本诵万遍，口角流沫右手胝'的宝典"。有些重点论文，还出现了多次重译的情况，例如，《文学新地》1934年第1期刊发列宁作（署名乌里亚诺夫）、商廷发译的《托尔斯泰像俄国革命的一面镜子》。《苏俄评论》1935年第9卷第6期也刊发了《托尔斯泰——俄国革命的一面镜子》。

苏联当时著名文论家卢那察尔斯基的著述也被介绍和接受。《读书杂志》1932年第2卷第11、12期刊发《卢那卡尔斯基艺术理论批判》。《文学月报》1932年第1卷第5、6期刊发卢那察尔斯基著、沈起予译的《高尔基与托尔斯泰》。《矛盾月刊》1933年第2卷第1期刊发向培良著的《卢纳卡尔斯基论》。《文学新地》1934年第1期刊发卢那察尔斯基著、余文生译的《苏联的演剧问题》。《春光》1934年第1卷第2期刊发卢那察尔斯基著、云林译的《妥斯退夫斯基论》。《第一线》1935年第1卷第1期刊发署名迅译的《卢那卡尔斯基批判》。

别林斯基和杜勃罗留波夫等俄国传统文学理论家，也受到中国文论界的广泛关注。《译文》第2卷第2期（1935年4月16日）刊发周扬译的《论自然派》，这是节译别林斯基著名论文《1847年俄国文学一瞥》中有关果戈里和自然派的部分。周扬在译后记中简要介绍了别林斯基，当时他称之为"白林斯基"。1936年，当别林斯基诞生一百二十五周年的时候，周扬以"列斯"的笔名发表《纪念别林斯基的一百二十五年诞辰》一文，发表于《光明》第1卷第4号（1936年7月），向文艺界介绍了别林斯基的政治态度、文艺思想、生活道路和文论。1936年11月，王凡西编译的《伯林斯基文学批评集》由上海生活书店出版，这是我国最早的别林斯基文学论文集。集子包括四个部分：《伟大的俄国批评家》（《真理报》1936年6月12日为别林斯基诞生125周年发表的社论）、《论文学》（《文学一词的一般意义》，系别林斯基计划中的《俄国文学批评性历史》中的一章）、《论自然派》、《论果戈里的小说》（《论俄国中篇小说和果戈里君的中篇小说》后半部分）。编译者在"小引"中称别林斯基为"俄国最出名的文艺批评家和政论家"。《清华周刊》1936年第45卷第12期发文介绍《伯林斯基文学批评集》。此外，1936年4月16日，《译文》第1卷第2期刊出《杜勃洛柳蒲夫诞生百年纪念》专辑，刊发克夫译的《杜勃洛柳蒲夫略传》和《批评家杜勃洛柳蒲夫》，以及杜勃罗留波夫的论文《什么时候才会有好日子》（《真正的白天何时到来？》的最后结论部分）等。《译文》第1卷第3期刊发苏联V. 吉尔波丁著的《杜勃洛柳蒲夫论》。

三　延安时期

延安时期，高尔基的文学思想仍然是中国文论界接受的重点。上海天马书店1937年5月出版了杨伍编译的《高尔基文学论文选》，上海开明书店1937年6月出版了楼逸夫编译的《高尔基文艺书简》。《小说月报》1937年第1卷第2期刊发雪纪衣夫斯基作、春雷译的《高尔基论普式庚》。《生活学校》1937年第1卷第1—7期刊发凡容著的《高尔基给文学青年的信》。《文化批判》1937年第4卷第3期刊发叶尔米罗夫著、郭德明译的《高尔基的理论》。萧三1939年至1940年在《群众》杂志发表长篇论文《高尔基底社会主义的美学观》，系统论述高尔基的美学观和艺术批评活动的原则。这篇论文是1949年前中国比较系统研究高尔基文艺理论批评的重要成果。1940年，以群翻译了高尔基的《给初学写作者及其他》，被重庆读书出版社出版。《国际间》1940年第1卷第7期刊发黎瑞臣译的《高尔基论艺术》。《文学月报》1940年第1卷第6期刊发卢波尔作、铁弦译的《文艺史家的高尔基》和陈原作的《高尔基论文学的语言》。《七月》1940年第5卷第1—4期刊发A. 拉佛勒斯基作、周行译的《高尔基论社会主义的现实主义》。《中苏文化》1941年第8卷第2期刊发孟昌译的《高尔基文学论文辑译》。《中苏文化》1941年第8卷第5期刊发张西曼译的《高尔基论未来主义》；第6期刊发鲁波尔作、Y. K. 译的《高尔基论世界文学》，敏之译的《高尔基论文艺的翻译选辑》，M. 犹诺维支作、赵华译的《高尔基的俄国文学史》。《中苏文化》1941年文艺特刊刊发葛一虹译的《高尔基论普式庚》（S. 巴罗哈地作）和李兰译的《再论恶魔》（高尔基作）。《广西妇女》1940年第6

期甚至刊发了林焕平作的《评高尔基文学论的中译》。孟昌译的高尔基《文艺散论》，由桂林文献出版社1941年出版。《文学译报》1942年第1卷第3期刊发苏·巴罗哈地作的《高尔基论普式庚》。《读书与出版》1947年第2卷第2期刊发葆荃译的《高尔基论普希金及其作品》。《读书与出版》1947年第2卷第6期刊发戈宝权译的《高尔基论文艺写作问题》。《文艺知识》1947年第1集第2期刊发莫高译的《高尔基论戏剧》。《大连青年》1947年第10期刊发罗烽作的《高尔基论艺术与思想》。《中苏文化》1948年第19卷第4、5期刊发契图诺娃作、庄寿慈译的《高尔基和社会主义的美学》。《世界月刊》1948年第2卷第9期刊发丽琼摘译的《高尔基的文学论鳞爪》。《世纪评论》1948年第4卷第12期和第14期分上、下刊发徐中玉作的《高尔基论批评》。《春秋》1949年第6卷第2期刊发徐中玉的《高尔基论文学序》。《文坛》1948年第7卷第1期刊发莫高作的《高尔基论巴尔扎克》。《同代人文艺丛刊》1948年第1卷第1期刊发文澜译的《高尔基与新美学》。《学习生活》1948年第1卷第4期刊发A.罗斯金作、葆荃译的《高尔基论文艺写作问题》。《春秋》1948年第5卷第6期刊发《高尔基论典型问题》。《文坛》1949年第9卷第4—6期刊发莫高的《高尔基论托尔斯泰》。《春秋》1949年第6卷第1期刊发《高尔基论文学工作者的学习与修养》。

以列宁等为代表的俄国马克思主义文论，也仍然受到了中国文论界的关注。在沦陷区上海，抗战初期出版了何芜译的《列宁给高尔基的信》（上海新文化书房出版社1938年版），其中选译了列宁1908年至1913年给高尔基的16封书信，同时还出版了罗稷南译的高尔基的《和列宁相处的日子》（《忆列宁》，上海生活书店1938年版）。吕荧译的《列宁论作家》发表于《文学月报》1940年12月第2卷第5期，其中辑录了列宁关于别林斯基、赫尔岑、车尔尼雪夫斯基、乌斯宾斯基、高尔基、谢甫琴科、马雅可夫斯基、巴比塞、辛克莱、约翰·里德等作家的论述。1940年，鲁迅艺术学院出版了曹葆华、天兰译，周扬编的《马克思、恩格斯、列宁论艺术》，书中收入列宁论托尔斯泰的四篇论文，同时附有虞丁写的《列宁与文学批评》一文。《中国文化》1940年第2卷第3期刊发杨思仲著的《学习马克思、恩格斯、列宁底批评态度与批评方法》。《中苏文化》1940年第7卷第4期刊发戈宝权译的《列宁与斯大林论电影》。《中苏文化》1940年第6卷第2期刊发勃鲁维特著、葛一虹译的《列宁论艺术》。《群众》1940年第5卷第4、5期刊发《列宁论文化》。《文艺阵地》1941年第6卷第1期刊发戈宝权辑译的《列宁论文学·艺术与作家》。《中苏文化》1940年第6卷第2期刊发卢那察尔斯基著、葛一虹译的《列宁论造像艺术的宣传》。戈宝权在1942年至1944年又在《群众》杂志上比较系统地译介了列宁文艺论著，主要有《列宁论艺术及其他》《列宁论托尔斯泰》《列宁论高尔基》《列宁论党的文学问题》《列宁论俄国社会运动和文学发展的三个时期》等。他在发表上述译文时都加了详细的译者序，对论文内容进行扼要分析和说明。《解放日报》在1942年5月2日发表毛泽东同志《在延安文艺座谈会上的讲话》的《引言》和5月23日发表《结论》期间，曾于5月14日发表P. K.（博古）译的列宁的《党的组织和党的出版物》的全文，于5月20日在《列宁论文学》的标题下辑录了列宁有关文艺问题的几段话。1942年上海创办刊物《苏联文艺》，从1942年至1945年共出版37期，用了不少篇幅介绍俄国文论。在介绍列宁文艺论著方面有北泉（戈宝权）的《列宁论托尔斯泰》（第26期），蔡特金的《列宁论艺术及其他》（第32期），列宁的《党的组织和党的出版物》（第36期）。《中苏文化》1942年第11卷第3、4期刊发VOKS特稿、苏凡译的《列宁论托尔斯泰及其时代》，该刊同时还刊发了梁纯夫译的《列宁论托尔斯泰与近代工人运动》。萧三在1943年也编译了《列宁论文化与艺术》（上册）（重庆读书出版社），这是根据莫斯科艺术出版社1938年版编译的，其中《党的组织和党的出版物》《论无产阶级文化》和论托尔斯泰的五篇论文都被收入。这个译本是我国解放前介绍列宁文艺论著的重要成果，后来各地先后翻印，对于传播列宁文艺思想起了很大作用。《解放日报》1943年1月21日发表萧三译的蔡特金的《关于列宁的回忆》。在文艺座谈会召开前后，集中发表列宁文论，这对于文艺工作者讨论革命文艺问题，领会和贯彻《讲话》精神起了直接指导作用。《群众》1943年第8卷第1、2期刊发蔡特金作、戈宝权译的《列宁论艺术及其他》。《群众》1943年第

8卷第3—5期刊发V.谢尔宾娜作、戈宝权译的《列宁论文学及其他（上）》。《群众》1943年第8卷第6—10期刊发戈宝权译的《列宁论托尔斯泰》。1944年，延安解放出版社又出版了周扬根据《在延安文艺座谈会上的讲话》精神编纂的《马克思主义与文艺》，选辑了马克思、恩格斯、普列汉诺夫、列宁、斯大林、高尔基及毛泽东有关文艺问题的言论，周扬在《解放日报》（1944年4月8日）发表的《〈马克思主义与文艺〉序言》中，深刻指出了毛泽东文艺思想和马列文艺思想的血肉联系。《群众》在传播列宁文学思想方面做了许多工作，该刊1944年第9卷12期刊发戈宝权译的《列宁论高尔基》，第13期刊发列宁的《党的组织与党的文学》和《列宁论党的文学的问题》，第15期刊发戈宝权译的《列宁论俄国社会运动和文学发展的三个时期》。《时代》1946年第23期刊发葆荃辑译的《列宁和史大林论高尔基》。《新中华》1949年第12卷第13、14期刊发谱萱译的《列宁的反映论与艺术》。卢那察尔斯基也受到当时中国文论界的关注，《中苏文化》1940年第7卷第1期（1940年8月15日）刊发狄那莫夫著、葛一虹译的《论卢那卡尔斯基》，《文学译报》1942年第1卷第4期刊发静闻译的《卢那卡尔斯基的文艺思想》。

这段时期，以周扬为代表的文论家，对车尔尼雪夫斯基、别林斯基等的文学理论有很多的翻译和研究。周扬在《希望》第1卷第1期（1937年3月10日）发表《艺术与人生——车尔芮雪夫斯基的〈艺术与现实之美学的关系〉》。1937年王凡西译皮萨列夫的长篇论文《普希金底抒情诗——论普希金与倍林斯基》（《普希金和别林斯基》），刊于《文学》第8卷第3、4号，译者在《璧沙了夫小传》中，认为皮萨列夫"是将倍林斯基思想体系发展到极端的人"。《大众知识》1937年第1卷第11期刊发欧阳文辅著的《书评：柏林斯基文学批评集》。《中苏文化》1940年第6卷第6期刊发洪遒著的《论尼古拉·车尔尼雪夫斯基》和周行译的《车尔尼雪夫斯基论英国作家》。《文学月报》1940年第1卷第6期刊发斯达察可夫作、周行译的《伯林斯基胜利了》。《中苏文化》1940年第7卷第1期刊发布拉果夷作、周行译的《论伯林斯基》。1942年，延安出版了周扬译的车尔尼雪夫斯基的《生活与美学》（《艺术对现实的审美关系》），书后附有周扬写的《关于车尔尼雪夫斯基和他的美学》，此文曾以《唯物主义的美学——介绍车尔尼雪夫斯基的美学》为题在《解放日报》（1942年4月16日）发表。周扬的文章详细介绍了车尔尼雪夫斯基的生平和创作，深入评述了《艺术对现实的审美关系》的主要观点，可以说是解放前我国研究俄国革命民主主义文论的一篇最重要的文献。《中苏文化》1942年第11卷第5、6期刊发博戈斯洛夫斯基作的《伟大的俄国学者与批评家——车尔纳雪夫斯基》。《文艺杂志》1945年第2期刊发普罗特金作、曹葆华译的《车尔尼雪夫斯基的艺术观和文学创作》。《文学新报》1945年第1卷第5期刊发N.鲍格斯洛夫斯基作的《论伟大的批评家柏林斯基》。《世界知识》1945年第13卷第12期刊发N. Bogoslovsky作的《民主主义的批评家——纪念白林斯基一百三十五周年》。

除此之外，当时还有许多文学研究和翻译工作者，介绍了俄国众多对一般文学现象和理论研究的论文。例如，《文艺》1938年第1卷第4、5期刊发A.卡拉娃爱娃著、俞荻译的《苏联青年作家论》。《文艺战线》1939年第1卷第4期刊发G.勃洛甫曼作、克夫译的《苏联文学当前的几个问题》。《中苏文化》1941年文艺特刊刊发魏辛译的《最近苏联文艺论争之真相》和B.雷赫作、苏凡译的《最近苏联文艺论争中之诸问题》。《文艺阵地》1942年第7卷第4期刊发巴甫珂·列文作的《论苏联近年的小说创作》。《中苏文化》1943年第14卷第5、6期刊发雅洛·斯拉夫斯基作的《十月革命以来苏联文化的发展》。《文汇周报》1943年第2卷第7期刊发戴列吉耶夫的《苏联的文学与艺术》。《翻译》1943年第1卷第5期刊发季摩菲耶夫的《苏联文学与战争》。《文汇周报》1944年第2卷第18期刊发罗科托夫的《苏联战时文学的总结》。《翻译》1944年第1卷第6期刊发A.托尔斯泰作、蒋路译的《苏联文学传统及其发展》。《新中华》1944年第2卷第6期刊发培尔斯原著、张月超译的《俄国的思想和文艺》。《中苏文化》1945年第16卷第1、2期刊发特洛森克作、铁弦译的《战时的苏联诗人及其诗》和吉诺夫作、贝璋衡译的《战时苏联文艺检讨》。《中苏文化》1945年第16卷第6、7期刊发苏洛道夫尼科夫作的《拥护苏联艺术的高度思想性》；耶果林作、孟昌译的《拥护苏联文学的高度思想性》，阿列克绥耶娃作的《战时苏联儿童文学检讨》和斯科西雷夫作、庄寿慈译的《苏联的民族文学》。《希望》1945年第1卷第1—4期刊发V.吉尔波丁作、雨林译的《真实——苏联艺术的基础》和A.顾尔希坦作、戈宝权译的《论苏联文学中的民族形式问题》。《六艺》1945年第1卷第2期刊发巴夫连柯夫作的《苏联的战时文学》。《中苏研究》1946年第2期刊发郭普涅尔作的《苏联人民的文学和艺术》。《中苏文化》1947年第18卷第11期刊发察尔尼作、蒋路译的《论苏联文学的若干特点》。《文学战线》1948年第1卷第3期刊发拉仙柯夫作、金人译的《在社会主义现实主义路程上的苏联文学》。《中苏文化》1948年第19卷第4、5期刊发普洛特金作、郁文哉译的《苏联三十年间的文艺（科）学》和陶罗斐耶夫作、谱萱译的《三十年代的苏联文学》。《中苏文化》1948年第19卷第7、8期刊发季摩菲耶夫作的《论苏联文学史的分期问题》。《中苏文化》1947年第18卷第9、10期刊发姆列钦的《苏联文学的思想》。《翻译》1949年第2期和第3期刊发苏·谢林斯基等作的《论苏联文学》。

作为中国接受俄国文论的一个特别渠道，这个时期转道日本接受俄国文论的现象仍然存在。《苏俄评论》1937年第11卷第6、7期刊发除村吉太郎著、青长译的《苏联文学的批评和自我批评》。《中苏文化》1937年第2卷第3期刊发昇曙梦作、李微译的《苏联文学的动向》。《文摘》1937年第2卷第2期刊发尾濑敬止著、育强摘译的《苏联国防文学阵营（特译稿）》。《苏俄评论》1937年第11卷第3期刊发茂森唯士著、任季高译的《苏联文学素描》。《文学月报》1940年第1卷第6期刊发熊泽复六作、林焕平译的《高尔基的人道主义》。

四 五六十年代

中华人民共和国成立后，俄国文学及文论的接受得到各方面的鼓励和支持，与之前相比，现在对俄国文论的翻译、介绍和研究显得更为系统。例如，时代出版社、三联书店、新文艺出版社和人民文学出版社等分别出版了《别林斯基选集》第一卷和第二卷（满涛译）、

《车尔尼雪夫斯基论文学》上卷和中卷(辛未艾译)、《杜勃罗留波夫选集》第一卷和第二卷(辛未艾译),以及梁真等人译的《别林斯基论文学》、车尔尼雪夫斯基的《生活与美学》(原译者周扬对此书重新做了校订)和《美学论文选》等,这些理论著作的总印数达数十万册之多。① 人民文学出版社从50年代初起出版有"文艺理论译丛""古典文艺理论译丛"等大型外国文论丛书,都有计划有重点地系统编译、介绍了不少有关俄国文学理论方面有代表性的论著、研究资料。人民文学出版社1964年出版了朱光潜的《西方美学史》,其中有论述别林斯基和车尔尼雪夫斯基的专章《俄国革命民主主义和现实主义时期美学》。当然,翻译、介绍别、车、杜的论文也仍然不少。例如,《人民日报》1953年6月7日刊发满涛的《关于别林斯基思想的一些理解》,《文汇报》1954年10月20日刊发了辛未艾的《纪念车尔尼雪夫斯基》,《文汇报》1954年11月29日刊发了李琴龙的《天才的批评家杜勃罗留波夫》,《文艺书刊介绍》1954年第2期刊发了辛未艾的《教人战斗的杜勃罗留波夫》和麦秀的《杜勃罗留波夫的几篇主要论文》,《文艺报》1954年第8期刊发了吴和的《〈杜勃罗留波夫选集〉第一卷》,《长江日报》1955年3月16日刊发了羊翚的《别林斯基的生平和时代》,《新民晚报》1955年7月28日刊发了任涛的《向别林斯基学习些什么》,《文史哲》1956年第1期刊发了汝信的《车尔尼雪夫斯基的社会政治观点》,《文艺书刊介绍》1956年第5期刊发凌柯的《丰富的遗产——介绍〈车尔尼雪夫斯基论文学〉上卷》,《新港》1956年第6期刊发舒芜的《对论敌也要公平——读〈车尔尼雪夫斯基论文学〉上卷札记》,《光明日报》1956年11月1日刊发付大工的《战斗的文学观——读〈车尔尼雪夫斯基论文学〉上卷》,《北京师范大学学报》1958年第3期刊发刘宁的《别林斯基的美学观点》,《哲学研究》1958年第1期刊发汝信的《论车尔尼雪夫斯基对黑格尔艺术哲学的批判》,《哲学研究》1959年第3期刊发苗力田的《关于车尔尼雪夫斯基的人本学原理》,《西安晚报》1961年6月13日刊发马家骏的《别林斯基的斗争生活和文艺思想》,《文

---

① 陈建华:《二十世纪中俄文学关系》,高等教育出版社2002年版,第161页。

汇报》1961年5月28日刊发樊可的《略谈别林斯基的思想和作品》，《文汇报》1961年8月13日刊发冯增义的《略谈车尔尼雪夫斯基的美学思想》，《文艺报》1961年第11期刊发辛未艾的《略论杜勃罗留波夫的文学观》，《南京大学学报》（哲学社会科学版）1962年第1期刊发余绍裔的《什么是美？——车尔尼雪夫斯基关于美学的学说》，《江海学刊》1962年第12期刊发马白的《正确估计车尔尼雪夫斯基的美学遗产——与朱式蓉同志商榷》。

在翻译介绍俄国文论的对象方面，马克思主义文论仍然是重点关注对象。1950年，上海时代出版社出版了《列宁给高尔基的信》。陈冰夷翻译了普列汉诺夫的《无产阶级运动和资产阶级艺术》《艺术与社会生活》《俄国批评的命运》等论著。1951年，人民文学出版社出版了曹葆华等译的《马克思恩格斯列宁斯大林论文艺》。1952年，人民文学出版社出版牟雅斯尼科夫著的《列宁与文艺学问题》。1956年，陈冰夷翻译了普列汉诺夫的《从社会学观点论十八世纪法国戏剧文学和法国绘画》，1957年吕荧翻译了普列汉诺夫的《论西欧文学》。1960年又出版了《列宁论文学与艺术》两卷本（据苏联1957年版）。

五 70年代末以来

"文化大革命"发生后，中苏政治关系全面冷却。与此相应，中国对俄国文学的接受，也进入了低谷。直至70年代末，中国对俄国文论的翻译、介绍和研究又重新焕发活力。

别、车、杜等传统文学理论家仍然是当时关注的重点接受对象。"文化大革命"时期，别、车、杜等文论家及其思想都受到贬斥，"文化大革命"之后，很多学者开始做拨乱反正工作，重新评价他们的思想及其价值。钱中文在《文学评论》1978年第1期发表《推倒诬蔑，还其光辉——批判"四人帮"诽谤俄国革命民主主义者的种种谬论》，从批判"四人帮"的"文艺黑线专政论"入手，为别、车、杜正名。此外，还有程代熙在1978年1月14日《光明日报》发表《还车尔尼雪夫斯基应有的历史地位》，倪蕊琴在《外国文学研究》1979年第2期发表《车尔尼雪夫斯基和托尔斯泰是资产阶级文艺家吗？》等文章。1986年，马莹伯在文化艺术出版社出版了《别车杜文艺思想论稿》，这是第一部研究别、车、杜的专著，分别研究了别林斯基、车尔尼雪夫斯基和杜勃罗留波夫的文艺思想。同时，学界对别、车、杜著作的翻译和出版也在进行，1978年辛未艾翻译出版了《车尔尼雪夫斯基论文学》上卷、中卷和下卷（两册），1984年辛未艾又翻译出版了《杜勃罗留波夫文学论文选》。90年代后，别、车、杜退出了中国文论界研究的中心，对他们研究的文章相比以前有较大幅度的减少，但是，随着时间的沉淀，对他们的研究更趋于理性和深入。例如，夏中义的《别林斯基、车尔尼雪夫斯基、杜勃罗留波夫与中国》就是一篇富有价值的论文，它从接受美学的角度阐明了他们对中国当代文论的影响。1999年，中国还出版了几部重要的比较文学或文论史专著，都对别、车、杜有较为深入和翔实的介绍，如胡日佳的《俄国文学与西方》（学林出版社）、刘宁主编的《俄国文学批评史》（上海译文出版社），以及蒋孔阳、朱立元主编的《西方美学通史》第五卷（上海文艺出版社）。

马克思主义文论家也是当时中国接受俄国文论的重点。吴元迈在《外国文学研究》1979年第3期发表《普列汉诺夫论无产阶级的文艺》和在《文学评论》1980年第5期发表《普列汉诺夫论现实主义》。楼昔勇在《上海师范大学学报》1980年第1期发表《评普列汉诺夫关于审美活动的论述》。汪裕雄在《江淮论坛》1980年第2期发表《"断简残篇"，普列汉诺夫及其他——与刘梦溪同志讨论马克思主义文艺学建设问题》。陈复兴在《东北师范大学学报》1980年第4期发表《试论普列汉诺夫的功利主义艺术观》。余源培在《复旦学报》1981年第1期发表《为普列汉诺夫的"象形文字说"一辩》。黄药眠在《文艺理论研究》1981年第3期发表《试评普列汉诺夫的审美理想之生物学的人性论及其他》。王又如在《复旦学报》1981年第4期发表《试评普列汉诺夫关于功利主义艺术观的论述》。同时，也有众多的研究列宁文艺思想的著述。1984年由中国苏联文学研讨会召开了列宁文艺思想研讨会；由全国马列文论研究会召开的专门讨论列宁文艺思想的第六次学术讨论会，则是中华人民共和国成立以来首次对列宁文艺思想研究的一次检阅，对于推动列宁文艺思想研究起了积极作用。

§ 中国接受俄国文论研究

　　随着改革开放的深入，更多外来的，甚至以前被人们有意或无意忽略了的文论家开始被中国学界所注意，巴赫金就是其中典型的一个。据钱中文介绍，我国学者早在五六十年代就开始注意到巴赫金的思想，"我国研究前苏联文学理论的学者，早在60年代就知道了巴赫金的姓名，但是开始了解他、翻译他、研究他的著作，则在80年代初。随后10年多，巴赫金不仅成了俄罗斯文学研究者的重要对象，同时也成了英美文学研究者的热门话题"。[①] 中国对巴赫金的接受和研究，主要集中在复调小说理论、狂欢化理论和对话理论等方面。复调小说理论方面，在《世界文学》1982年第4期发表译文《陀思妥耶夫斯基的复调小说和评论界对它的阐述》的夏仲翼据说是"将巴赫金引进中国的第一人"[②]。1988年，《陀思妥耶夫斯基诗学问题》全译本由白春仁、顾亚玲翻译，在生活·读书·新知三联书店出版。而早期的研究文章则有钱中文的《"复调小说"及其理论问题——巴赫金的叙述理论之一》（《文艺理论研究》1983年第4期）等。20世纪90年代，张杰的专著《复调小说理论研究》更深入地探讨了巴赫金的复调理论，该书于1992年在漓江出版社出版。1998年，钱中文主编的《巴赫金全集》六卷本（河北教育出版社1998年版）在中国的出版，是整个巴赫金研究过程中的一件大事。《巴赫金全集》收入了当时能找到的绝大部分巴赫金著作文章，其中不少内容如巴赫金的拉伯雷研究等是第一次以中译本形式介绍到中国。《巴赫金全集》的出版增强了国内读者对巴赫金的理解，吸引着更多的研究者去积极探索那些未曾涉及的理论空间。狂欢化理论是巴赫金提出的另一个影响广泛的理论。在《拉伯雷的创作和中世纪与文艺复兴时期的民间文化》一书中，巴赫金对狂欢节做了多方面的阐释，他认为陀思妥耶夫斯基和拉伯雷的创作都与古老的狂欢文化有内在联系，在对两者的分析阐述中，巴赫金形成了他的狂欢化理论。据说蓬生发表于1987年9月5日《文艺报》的文章《陀思妥耶夫斯基的世界——巴赫金论陀思妥耶夫斯基》是最早提及巴赫金狂欢思想的，他在文中肯定了狂欢化

---

① 钱中文：《难以定位的巴赫金》，《文艺报》1996年2月2日。
② 陈建华：《中国俄苏文学研究史论》，重庆出版社2007年版，第127页。

是巴赫金从历史诗学角度对复调小说体裁的渊源研究，并且概括了狂欢化的基本特点。后来，夏忠宪又接连发表了《巴赫金狂欢化诗学理论》（《北京师范大学学报》1994年第5期）和《拉伯雷与民间笑文化、狂欢化——巴赫金论拉伯雷》（《外国文学评论》1995年第1期），使狂欢化理论逐渐引起学界的广泛关注。后来，又出现了许多研究巴赫金文论的文章。2004年，曾军在广西师范大学出版社出版了《接受的复调——中国巴赫金接受史》，该书不仅描述了巴赫金接受史的概貌，总结了巴赫金接受史中相关理论问题的得失，而且在巴赫金接受史描述中总结出接受史中的一般性规律和现象，给予理论阐释，并尝试对中国当代文论话语转型中如何应对西方学术的强大影响力问题进行回答。

俄国形式主义文论是20世纪早期活跃于莫斯科及圣彼得堡的文学理论流派，它以什克洛夫斯基、雅各布森等文论家为核心。但是，由于特殊的历史原因，中国学界在很长一段时期内，都对这个重要的文论流派熟视无睹，直到20世纪80年代，中国学界才开始接触俄国形式主义文论。1980年，布洛克曼的《结构主义》一书翻译出版，内有专章介绍俄国形式主义。1983年第4期《苏联文学》发表了李辉凡的《早期苏联文艺界的形式主义理论》，同年《读书》杂志第8期发表了张隆溪的文章《艺术旗帜上的颜色——俄国形式主义与捷克结构主义》，从此俄国形式主义文论在中国的影响逐渐扩大。如果说以前还只是一些对俄国形式主义的粗略介绍，那么到了90年代，为了扩大中国学界对形式主义的了解，出现大量的对原文的翻译文章和著作。例如：托多罗夫编选，蔡鸿滨翻译的《俄国形式主义文论选》；维·什克洛夫斯基等著，方珊等翻译的《俄国形式主义文论选》；什克洛夫斯基等著，刘宗次翻译的《散文理论》；巴赫金著，李辉凡、张杰翻译的《文艺学中的形式主义方法》。另外，《上海文论》1990年第5期发表了谢天振翻译的什克洛夫斯基的论文《作为艺术的手法》，《外国文学评论》1993年第2期发表了李辉凡翻译的什克洛夫斯基的论文《词语的复活》，《国外文学》1996年第4期发表了张冰翻译的迪尼亚诺夫的论文《文学事实》。这些译文为后来对俄国形式主义的进一步研究奠定了坚实的基础，此后，中国学界发表了大量的论文，从该思潮的起源与沉浮、组织和成员、代表人物及学术活动、文学主张及其影响等方面进行了较为全面的研究。

  俄国文论与20世纪中国文论的关系，主要应该说是影响与接受的关系。但是，这个影响与接受又不完全是平行的、同步的、一一对应的关系，它有时还表现为一种时间状态上的无序性。总体来看，中国接受俄国文论的现象，可以归为这么几类，即移植、纠偏、阐发、误读和过滤。中国20世纪文论对俄国文论的接受，是一个不可否认的历史存在，其间有许多的曲折和坎坷，也有许多的经验和教训。中国接受俄国文学的过程，应该说有许多问题值得我们去总结和反思，例如，接受渠道和机制，接受的立场和效应等。对于接受的模式和机制，中国接受俄国文论的过程中，假借日本而输入的渠道最为典型。对于接受的立场和效应，中国在接受过程中是审美和功利两种立场都有。但无论利弊如何，从大的方面来说，它还是促进了中国文论的现代转型。俄国文论对中国20世纪文论的影响确实太深远了，如果我们要用简短的话语对20世纪中国接受俄国文论做一概括，那就是：中国在接受俄国文论的过程中，有移植、纠偏、阐发、误读等现象，这些接受对中国文论的发展产生了利弊等诸种影响。

第一章 中国接受俄国文论中的"移植"现象研究

所谓移植,就是我们常说的照搬,因为各种历史的原因,我们曾照搬过俄国的文论,即把俄国的文论,不分对错好坏,一股脑儿地搬到中国来。中国"移植"俄国文论,从时间上看,突出表现在两个时期:一是 20 年代中国早期革命文论对"无产阶级文化派"的接受和 30 年代中国左翼文论对"拉普"的接受;二是中华人民共和国成立前后,中国社会全盘苏化,文论也不例外。当时,它主要表现为批评活动开展的照搬、批评政策的照搬和批评教材编写的照搬等。

第一节 中国早期革命文论对"无产阶级文化派"的接受
——以对波格丹诺夫的接受为例

中国早期的革命文论,一般指 20 世纪 20 年代初早期共产党人的文学主张。1923 年,《中国青年》在上海创刊,介绍马克思列宁主义著作,并结合实际革命工作,对新文论也给以极大的关注。在《中国青年》的周围,团结了一批中国早期革命文论工作者,如邓中夏、恽代英、萧楚女、沈泽民、李伟森、蒋光慈、茅盾等。中国早期革命文论深受俄国"无产阶级文化派"的影响,但是,中国早期革命文论到底是如何接受"无产阶级文化派"思想的,这其中有哪些经验和教训,应该说是值得我们认真清理的。

一 "无产阶级文化派"及其在20年代中国的传播

所谓"无产阶级文化派",指的是俄国"无产阶级文化协会"这一文化团体。俄国十月革命以后,伴随着世界上第一个社会主义国家的诞生,人们的精神生活也随之出现了转折,即人们对这一事件的态度各不相同:有的人热烈欢呼无产阶级取得了胜利;有的人对革命时期所呈现的复杂现实感到困惑不解;有的人公开与布尔什维克决裂,流亡到西欧各国;与此同时,一批新生的文学力量开始以崭新的姿态出现在俄罗斯的文坛上,"他们中有的是参加过前线作战的战士,有的是社会主义建设的直接参与者,丰富的生活经历激发着他们的创作热情,渴望着亲自拿起笔来书写自己的革命体验,自己的生活感受"。[①] 这批新生的文学力量所组成的团体,就是无产阶级文化协会。

其实,早在19世纪末20世纪初,特别是1905年俄国革命之后,随着工人运动的蓬勃发展,工人的文化运动也日趋高涨。在俄国社会民主工党的领导下,各地的工人文化教育工作,通过多种多样的形式迅速地开展起来。彼得格勒地区的工厂都建立了文化教育组织的俱乐部。1917年8月在彼得格勒工厂工会第二次代表大会上,卢那察尔斯基就提出了把分散进行的文化教育工作统一起来的问题,并要求建立一个统一的文化中心。1917年9月初,俄国社会民主工党彼得格勒市委成立了文化教育委员会,并于1917年10月16日至19日召开了彼得格勒无产阶级文化教育组织第一次代表大会。这就是无产阶级文化协会的开端,也可以说是后来"无产阶级协会"的雏形,不过当时还没有"无产阶级文化协会"这个名称。1920年10月5日至12日,在莫斯科召开了全俄无产阶级文化协会的第一次代表大会。随后,这一组织在各地建立了许多分会,它的活动在全俄范围内蓬勃发展了起来。该协会还拥有《无产阶级文化》等多种刊物和若干出版社。1922年后,由于列宁等的批评,"无产阶级文化派"逐渐偃旗息鼓。

[①] 汪剑钊:《中俄文字之交——俄苏文学与二十世纪中国新文学》,漓江出版社1999年版,第55页。

第一章 中国接受俄国文论中的"移植"现象研究

"无产阶级文化派"的主要指导思想是波格丹诺夫（1873—1928）的"无产阶级文化理论"。波格丹诺夫是一位社会活动家、哲学家、经济学家兼作家。他1899年毕业于哈尔科夫大学医学系，90年代曾参加民粹派革命活动，1896年加入俄国社会民主工党，曾多次被选为俄共（布）中央委员，担任过《新生活报》《前进报》等布尔什维克报纸的编辑，后因派别活动，于1909年被开除出布尔什维克党。十月革命后，他加入无产阶级文化协会。波格丹诺夫的主要理论著作是《文献学：普遍组织科学》，后又陆续发表《科学与工人阶级》（1918）、《论艺术遗产》（1918）和《工人阶级发展中的无产阶级文化因素》（1920）等文章，其基本理论主张是建立所谓"无产阶级哲学""无产阶级科学""无产阶级文化"。他在其《文献学：普遍组织科学》一书中所阐述的"组织理论""组织科学"成为他后来竭力提倡的"无产阶级文化"理论的基础。

波格丹诺夫"普遍组织科学"的基本理论是，人类的所有活动都是组织活动，世界上的一切过程都是组织过程。任何真理，都不是客观存在的反映，而是"社会经验组织"；全部观念形态，不过是全部社会实践的组织形态，科学、文化和艺术，不过是"组织科学"的一些不同门类。具体到作家从事创作的过程，就是他将生活的经验以生动的形象，按照一定的秩序组织起来，因此艺术实际上不过是组织的手段而已。波格丹诺夫认为，"艺术不仅在认识范围，并且也在情感和意向范围通过生动的形象组织社会经验。因此，它是组织集体力量的最强大的武器，而在阶级社会中则是组织阶级力量的最强大的武器"。[①] 由于无产阶级的经验、生活和力量同资产阶级历史上的一切阶级的经验、生活和力量都不相同，因此过去的艺术不能组织和教育无产阶级，无产阶级不能继承封建、宗教、专制主义和资产阶级的艺术，而只能去创造自己的艺术，自己的文化和科学。波格丹诺夫的理论一度被写入无产阶级文化协会的《无产阶级与艺术》的决议，决议第一条便是"艺术通过活生生的形象的手段，不仅在认识领域，而

[①] 郑异凡编译：《苏联"无产阶级文化派"论争资料选编》，人民出版社1980年版，第89页。

且也在情感和志向的领域组织社会经验。因此，它乃是阶级社会中组织集体力量——阶级力量的最强有力的工具"①。

波格丹诺夫在20世纪20年代就进入中国文论家的视野，他们最早接触的可能是波格丹诺夫论著的俄文文本或英译本。鲁迅在《硬译与文学的阶级性》中曾说："'什么卢那卡尔斯基，蒲力汗诺夫'的书我不知道，若夫'婆格达诺夫之类'的三篇论文和托罗兹基的半部《文学与革命》，则确有英文译本的了。"② 其中的婆格达诺夫就是波格丹诺夫。他的《无产阶级诗歌》《无产阶级艺术的批评》《宗教、艺术与马克斯主义》三篇论文曾译成英文，载于英国伦敦《劳动月刊》，后由苏汶译成中文，加上画室译的《"无产者文化"宣言》，辑为《新艺术论》，于1929年由水沫书店出版。

二 中国早期革命文论对"无产阶级文化派"的接受

无产阶级文化派及其理论在20世纪初期的俄国影响很大，同时，它们对20世纪20年代的中国也产生了很大的影响，波格丹诺夫的理论被中国许多早期革命文论家所接受，例如蒋光慈、茅盾以及创造社的李初梨等，他们在其文论论文中，就明显地带有波格丹诺夫的影子。

茅盾在1925年写了《论无产阶级艺术》，该文共分五节：第一节探讨无产阶级艺术的历史形成；第二节论述了无产阶级艺术产生的条件，提出了一个艺术产生的公式，即"新而活的意象＋自己批评（个人的选择）＋社会的选择＝艺术"；第三节探讨了无产阶级艺术的范畴；第四节是就苏联的文艺现象讨论无产阶级艺术的内容；最后一节是讨论无产阶级艺术的形式。这篇文章原来被看作早期倡导无产阶级文学的力作，但是自20世纪80年代以来，人们对它发生了很多争论。先是白水纪子在《茅盾研究会会报》1988年第7期上撰文，将茅盾的《论无产阶级艺术》与波格丹诺夫《无产阶级艺术的批评》

---

① 白嗣宏选编：《无产阶级文化派资料选编》，中国社会科学出版社1983年版，第1页。

② 鲁迅：《硬译与文学的阶级性》，上海《萌芽月刊》1930年3月第1卷第3期。

加以对照，意在说明茅盾的文章是根据波格丹诺夫的文章译作的。然后是李标晶在《杭州师范学院学报》1992年第2期上发表了《1925年前后茅盾文艺思想辨析——茅盾与波格丹诺夫文艺思想比较谈》，认为茅盾在"五卅"前后的文艺思想与波格丹诺夫的文学观是相去甚远的。后来，丁尔纲在《茅盾：翰墨人生八十秋》（长江文艺出版社2000年版）和陈建华在《二十世纪中俄文学关系》（高等教育出版社2002年版）中又都对此有所论述。其中，陈建华在《二十世纪中俄文学关系》中认为，茅盾的《论无产阶级艺术》与波格丹诺夫的《无产阶级的艺术批评》"两文都强调无产阶级艺术意识的纯洁性，并从三个方面来界定无产阶级艺术的特征"①。波格丹诺夫所谈的三个方面分别是：第一，无产阶级的艺术和农民的艺术之间有本质的区别；第二，无产阶级艺术不能受军人意识的影响；第三，应当在无产阶级艺术和知识分子社会主义之间画一条分界线。②茅盾所谈的三个方面分别是：第一，无产阶级艺术和旧有的农民艺术是有极大分别的；第二，无产阶级艺术没有兵士所有的憎恨资产阶级个人的心理；第三，无产阶级艺术没有知识阶级所有的个人自由主义。很显然，这两者之间是有着很大的对应关系的。

蒋光慈1924年从苏联回国，回来后不久就写下了《无产阶级革命与文化》和《十月革命与俄罗斯文学》等文章。在《无产阶级革命与文化》中，他阐述了无产阶级必须而且能够创造出自己的阶级文化的思想，但是，他把无产阶级文化产生的立足点，放在经济基础与文化直接对应关系上，认为资本主义的文化"非有害于无产阶级，即与无产阶级没有关系"，这就与前文所说的波格丹诺夫的"过去的艺术不能组织和教育无产阶级，无产阶级不能继承封建、宗教、专制主义和资产阶级的艺术，而只能去创造自己的艺术，自己的文化和科学"等思想如出一辙。后来，蒋光慈在《十月革命与俄罗斯文学》中热情推崇苏联无产阶级文学，然而在阐释无产阶级艺术这一概念

---

① 陈建华：《二十世纪中俄文学关系》，高等教育出版社2002年版，第112页。
② 白嗣宏选编：《无产阶级文化派资料选编》，中国社会科学出版社1983年版，第38页。

时，却以"无产阶级文化派"的理论家波格丹诺夫和前期领导人列别杰夫-波良斯基的观点为依据。①

20年代后期，创造社成员发生了转向，他们改变原来宣传的"为艺术而艺术"的主张，以激进的姿态提出了"革命文学"的口号。在谈到文学的定义时，他们对五四以来一直被肯定的两个口号"文学的任务在描写生活"和"文学是自我的表现"进行了猛烈的抨击，认为它们一个是"小有产者意识的把戏，机会主义者的念佛"，另一个是"观念上的幽灵，个人主义者的呓语"。后来，李初梨在《怎样地建设革命文学》中给文学下的定义，可以说"代表了转换方向后的创造社同人对文学的理解"②。李初梨是这样给文学下定义的："文学是生活意志的表现。文学有它的社会根据——阶级的背景。文学，有它的组织机能——一个阶级的武器。"③ 其中的关键一点是，他们觉得应该重新明确文学的功能，这个功能就是文学的"组织机能"。后来，彭康又在《革命文艺与大众文艺》中提出"文艺是思想的组织化，同时又是感情的组织化"。④ 显然，这些理论都来源于波格丹诺夫的"普遍组织科学"理论。

三 中国接受"无产阶级文化派"的历史原因及其教训

俄国无产阶级文化派的理论，其实存在很多错误的地方，首先，它全盘否定文化遗产，主张从零开始，通过实验室制造"纯无产阶级文化"。波格丹诺夫在无产阶级文化协会里，竭力宣传他的"组织科学"理论，认为艺术是"集体经验"的活生生的形象的"组织"，认为不同阶级有"不同的组织形式"，无产阶级的"经验"不同于过去阶级的"经验"等。在这种错误理论的影响下，无产阶级文化协会里的许多理论家和诗人对文化遗产采取了完全否定的态度。无产阶级文化派诗人基里洛夫有几句诗就很有代表性："为了我们的明天——

---

① 陈建华：《二十世纪中俄文学关系》，高等教育出版社2002年版，第112页。
② 艾晓明：《二十年代苏俄文艺论战和中国"革命文学"论争》，《中国社会科学》1987年第3期。
③ 李初梨：《怎样地建设革命文学》，《文化批判》1928年2月第2号。
④ 彭康：《革命文艺与大众文艺》，《创造月刊》1928年第4卷第2期。

我们要烧掉拉斐尔,捣毁所有的博物馆,把艺术之花踏得粉碎。"(原载《未来》1919年第2期)其次,无产阶级文化派的错误表现在学术思想上的庸俗社会学倾向。无产阶级文化派的口号是要创造"纯无产阶级文化","为纯无产阶级的思想体系而斗争",并且认为,这种文化只有无产阶级本身才能创造出来。基于这种思想,"他们在组织上竭力排斥社会的其他阶级和阶层包括农民、知识分子等参加社会主义的文化建设,他们甚至把已经参加了协会的所谓非工人开除出去"[①]。当然无产阶级文化协会还有一点一直受到人们尤其是列宁的批评,那就是要求独立。早在无产阶级文化协会成立时,其组织者就申明了协会的自治原则,提出要同政治"平列"的口号,1918年他们通过的《无产阶级文化协会纲领》又再次强调了这点,但1920年俄共中央在"关于无产阶级文化协会"的信中严厉批评了他们。

这样一个自身存在很多问题的文学理论流派,却在20年代的中国产生了强烈影响,其理论思想中的许多错误也被当时中国文学批评者照搬到了中国,从而在中国也产生了众多的错误。例如,蒋光慈在无产阶级文学运动之初,就依据这一理论激烈指责了叶绍钧、郁达夫、冰心等小资产阶级知识分子作家。还有那些深受无产阶级文化派理论影响的创造社文论工作者,在创作过程中倡导以"革命意识"和"阶级意识"来"组织"生活,使它们秩序化、系统化,抹杀个性的存在,使感情社会化、集体化,以达到文艺为政治观念服务的目的。"按照这一思路,一个作家只要获得了正确的阶级意识和世界观,即便不去更新自己的生活体验和感受,不去提炼生活材料,也照样能够创造出不朽的艺术作品。"[②] 这完全违背了艺术的客观规律,它造成的严重后果是,"革命文学"的倡导者们不但没有能够拿出像样的艺术作品,而且连他们最初所企求的"组织"大众投身革命,从事斗争的目的也未能达到。现在我们要反思的是,这样一个充满错误的文学理论流派的思想,为什么会被几乎"照搬"到了中国?

首先,从社会大环境来说,可能是因为当时中国的社会斗争激

[①] 李辉凡:《二十世纪初俄苏文学思潮》,社会科学文献出版社1993年版,第64页。
[②] 汪剑钊:《中俄文字之交》,漓江出版社1999年版,第67页。

§ 中国接受俄国文论研究

烈,革命文论工作者们需要那种"武器"式的批评,而"无产阶级文化派"的理论正好迎合了这种需要。20世纪20年代中期之后,中国有些文论家已经试图用马克思主义的阶级论来解释文学现象,以前的"文学革命"也逐渐转变为"革命文学"。特别是1927年国共合作关系彻底破裂后,上海聚集了一批参加过革命实际活动的作家,加上一批从日本等地归国的激进的青年,这两部分人共同倡导革命文学运动。"倡导者们接受了当时共产党内'左'倾路线的影响,认为虽然革命陷于低潮,但无产阶级文学运动提倡能推动政治上的持续革命。"① 为了推动政治上的革命,革命文论者们开始寻找相关思想理论资源,而无产阶级文化派的理论就成了其来源之一。因此李初梨在《怎样地建设革命文学》中,即明确地提出文学的任务就是"反映阶级的实践和意欲",只要将革命的意图加以形象化,就可以"当作组织的革命的工具去使用"。他们全盘否定"五四"新文学的传统,认为鲁迅写作的那个"阿Q时代早已死去",新文学队伍要按阶级属性重新画线站队。

其次,从文论本身来说,可能是中国革命文论缺乏可资借鉴的过往经验,只能囫囵吞枣地从俄国吸取,来不及仔细辨别甄选。茅盾在《我走过的道路》一书中说:

> 在一九二四年,邓中夏、恽代英和泽民等提出了革命文学的口号,之后我就考虑要写一篇以苏联的文学为借鉴的论述无产阶级革命文学的文章。我的目的,一则想对无产阶级艺术的各个方面试作一番探引;二则也有清理一番自己过去的文学艺术观点的意思,以便用"为无产阶级的艺术"来充实和修正"为人生的艺术"。当时我翻阅了大量英文书刊,了解十月革命后苏联文学艺术发展的情形。②

---

① 钱理群、温儒敏、吴福辉:《中国现代文学三十年》,北京大学出版社1998年版,第194页。

② 茅盾:《我走过的道路》(上),人民文学出版社1981年版,第286页。

第一章 中国接受俄国文论中的"移植"现象研究

茅盾的本意是想对无产阶级革命文学做一些探讨，但是，中国的无产阶级革命文学1924年才刚刚提出，因此他要写好这方面的文章，无论是在对象材料还是理论资源上，都是非常欠缺的。这也就是他所说的："我在写这篇文章时，引用了许多苏联的材料，讨论的也是当时苏联文学中存在的问题，这是因为在一九二五年中国还不存在无产阶级的艺术。"① 其实，他不但借鉴了苏联文学的材料，也借鉴了无产阶级文化派中波格丹诺夫的理论。当然，在中国革命文论发展初期理论原创能力尚待发展的情况下，这种"照搬"我们现在也无须太过苛责。

总体来看，中国早期革命文论对俄国无产阶级文化派的某些理论，是未加甄别的照搬，其中的许多错误思想，对中国文学和文论的发展，产生了不利的影响。但是，我们现在回过头来看的时候，要回到当时历史的情境，历史地看待那些问题，反思其中的经验和教训，从而为我们当下文论的发展提供"前车之鉴"。

第二节 苏联文学决议与中国50年代初的文论

苏联自十月革命以来，在文学艺术方面形成了很多决议，例如，20世纪20年代有《关于无产阶级文化协会——俄共中央的信》《关于党在文学方面的政策——俄共（布）中央一九二五年六月十八日的决议》，20世纪30年代有《关于改组文学艺术团体——联共（布）中央一九三二年四月二十三日的决议》等。后来，在不同的历史时期，联共（布）中央又针对具体的文艺问题，先后出台了很多文学决议。这些不同的决议对中国文论的发展影响很大，本文具体分析1946年至1949年的苏联文学决议对中国50年代初的文论的影响。

一 苏联文学决议及其在50年代初中国的传播

第二次世界大战结束后，苏联进入了社会发展的新时期，全体人民为实现恢复和发展国民经济新的五年计划（1946—1950）而奋斗。

---

① 茅盾：《我走过的道路》（上），人民文学出版社1981年版，第291页。

中国接受俄国文论研究

而从1946年至1949年，联共（布）中央就文学、音乐、电影和戏剧的现状及其发展做出了一系列的决议，这些决议先后有：《关于〈星〉和〈列宁格勒〉两杂志——联共（布）中央一九四六年八月十四日的决议》《苏联作家协会理事会主席团的决议》《关于剧场上演节目及其改进办法——联共（布）中央一九四六年八月二十六日的决议》《关于影片〈灿烂的生活〉——联共（布）中央一九四六年九月四日的决议》《关于穆拉杰里的歌剧〈伟大的友谊〉——联共（布）中央一九四八年二月十日的决议》《关于〈鳄鱼〉杂志——联共（布）中央一九四八年九月十一日的决议》《关于〈旗〉杂志——联共（布）中央一九四九年一月十一日的决议》等，此外，联共（布）中央主管意识形态的领导人日丹诺夫还就其中的某些决定做了专门的讲话或报告，如《关于〈星〉和〈列宁格勒〉两杂志的报告》《在联共（布）中央召开的苏联音乐工作者会议上的开幕词》《在联共（布）中央召开的苏联音乐工作者会议上的发言》等。

苏联的这些文学决议以及日丹诺夫的讲话或报告，是世界冷战时期的特殊产物，它们不但没有经受住时间和实践的考验，反而对苏联文学和文论的发展，产生了非常恶劣的后果。尽管在指出当时苏联文艺界存在的某些问题方面并非一无是处，但其主导面是错误的。总体来说，其错误和消极影响主要表现在以下几个方面。

其一，对作品内容评判的错误。苏联文学决议《关于〈星〉和〈列宁格勒〉两杂志》就曾批评左琴科在"二战"时期"不但毫未帮助苏联人民进行反抗德国侵略者的斗争，反而写了像《日出之前》这样令人作呕的东西。对这篇东西的评价，正如对左琴科全部文学'创作'的评价一样，已在《布尔什维克》杂志里刊登过了"[1]。决议用政治的标准，对左琴科的《日出之前》评价非常之低。但事实上，《日出之前》是一种体裁新颖的科学小说。作家在作品中回忆了自己一百多件往事，也记述了其他人间俊杰与平民百姓的一些事迹。左琴科说，《日出之前》这部书，"是以医学和哲学的形式写我个人的生

---

[1] 《关于〈星〉和〈列宁格勒〉两杂志》，载《苏联文学艺术问题》，人民文学出版社1959年版，第34页。

第一章 中国接受俄国文论中的"移植"现象研究

活",这是"一部科研作品,科学著作,诚然,是用浅显的,有些非论证性的语言叙述的"。左琴科自幼孤僻内向,从青春期起精神抑郁症便一直困扰着他。他到处求医吃药都无济于事,博览群书查找病因时,他发现曾经与他同病相怜者天下还大有人在,如肖邦、果戈里、福楼拜、涅克拉索夫、谢德林,等等,于是他决心找出这种病因,给人们一把"幸福的钥匙"(《日出之前》的曾用名)。《日出之前》之所以遭到批判,原因可能是多方面的,但有人认为,没有读懂则是重大而直接的原因。"斯大林是位颇有文学造诣的领袖人物,他对《日出之前》不能容忍的态度,首先是因为对科研小说这种体裁不理解,对这种文学史上不曾有过的文学样式不习惯,不宽容。"① 对于艺术中的探索,即使是不成熟或失败的探索,也不应提到政治问题上来,但是决议对日尔蒙斯基、艾亨包姆、托马舍夫斯基等一批苏联学者及其著作,斥之为反人民的形式主义、现代颓废的资产阶级思想体系的残余和反现实主义的现代主义,认为他们"一直站在形式主义和唯美主义的立场上",接受19世纪俄国维谢洛夫斯基的资产阶级文艺学的"指导"②。

其二,解决问题手段的错误。苏联文学决议一个很突出的弊病就是用政治式的宣判来解决文学问题。苏联当时用简单粗暴和行政命令的方式来对待文艺中的思想问题和是非问题。例如,《关于〈星〉和〈列宁格勒〉两杂志》决议就对左琴科做出了无限上纲、狂风暴雨式的批判,骂他是"文学无赖和渣滓"③,结果左琴科被苏联作协开除出会,停止刊登他的所有作品,连作协所发的食品供应证也被吊销了,而这在战后供应困难时期更是莫大的打击。左琴科受到精神和物质的双重打击,出版社和杂志不仅不再出版他的著作,而且还要逼他归还预支稿费。他走投无路,只得重操旧业当鞋匠,并变卖家中杂物勉强度日。不仅如此,左琴科还不断受到各种形式的批判,在一次批

---

① 吕绍宗:《读20世纪文学名著中的奇书——〈日出之前〉》,《中华读书报》1999年10月28日。
② 叶水夫:《苏联文学史》第1卷,中国社会科学出版社1994年版,第309页。
③ 《关于〈星〉和〈列宁格勒〉两杂志》,载《苏联文学艺术问题》,人民文学出版社1959年版,第34页。

判大会上他勉强带着有病之身毫不含糊地反驳对他的诬蔑。有人说他是"投机分子",他回答说:"我是志愿参加红军的。"有人说他在战争期间逃离列宁格勒,他回答说:"我是奉命离开列宁格勒的。"他还提出在对德战争中苏联政府先后发给他五枚战斗勋章,表扬他的爱国行为。但在当时的情况下他也无法为自己辩护,他只能悲叹说:"在这样的环境里,我的文学生涯和文学命运已走到尽头。我已无法摆脱绝境。……我已经没有前途可言!……我的身心已远远超过疲惫!"就在这种完全绝望的心情中,左琴科走完了人生的道路,于1958年夏天去世。苏联文学决议对安娜·阿赫玛托娃的批判也是如此。

其三,助长了文学创作中"无冲突论"的发展。给文学创作和文论设置了许多人为的禁区和清规戒律。其实,苏联的"无冲突论"思潮由来已久,并非始于战后年代。1941年1月31日,苏联作家巴甫连柯、列文在苏联作家协会党组举行的一次公开会议上,曾指出苏联文学中存在"无冲突论"的倾向,"冲突消失了,它已被偶然的和暂时的误会所代替""在我们这里开始形成了一种无冲突的特殊理论,把生活看得如同呼吸一般轻松,冲突变成了陈迹",作家"害怕描写某些反面、有害和有罪的东西"[①]。但是,联共(布)中央关于文艺问题的一系列决议,以及日丹诺夫的多次讲话,更加妨碍了文学家、批评家的主动性和积极性,使得他们不敢越雷池半步,不敢描写生活的反面形象,不敢表现现实生活中的矛盾和冲突。作家对现实的缺点与困难采取回避态度,似乎除"好"与"更好"的冲突之外,苏联社会中的其他冲突已经烟消云散。结果导致文艺作品不仅不去塑造反面形象,不去把批判锋芒指向落后和腐朽的事物,而且连幽默、讽刺、悲剧这样的形式和体裁也给取消了。同时,片面地强调写本质、写光明、写正面人物,抹杀生活本身发展的辩证法,"使文艺创作越来越概念化,公式化"[②]。

苏联的这些文学决议迅速地引起了中国文坛,特别是解放区文艺

[①] 《文学报》1941年2月4日关于苏联作协党组会议的报道。
[②] 叶水夫:《苏联文学史》第2卷,中国社会科学出版社1994年版,第6页。

界的注意，于是这方面的材料被大量译介了过来。1947年至1949年短短两年左右的时间里，不计报刊上发表的，单单时代出版社和解放区的各出版机构出版的收集了上述材料的译著就有十多种。比较重要的有：《战后苏联文学之路》《联共（布）党的文艺政策》《苏联文艺方向的新问题》《苏联文艺问题》《论苏联文艺与哲学的方向》《苏联文艺政策选》《论文学、艺术与哲学诸问题》《大胆公开的批评》《论苏联文学的高度思想原则》《论文学批评的任务》《提高苏维埃文学底思想性》等。① 中华人民共和国成立之后，上述这些书籍大都又重新出版，1951年文艺界进行整风学习时还将其中的主要决议和报告列为基本学习文件。此外，人民文学出版社于1953年又出版了《苏联文学艺术问题》，该书分三编，分别收录了苏联二三十年代、40年代以及50年代党关于文学艺术问题的决议和相关领导人的讲话及文艺政策，其中包括联共（布）中央关于文学艺术的六个决议、《苏联作家协会章程》、苏联作家协会理事会主席团的决议以及马林科夫在联共（布）第19次代表大会上的总结报告，以及日丹诺夫在第一次苏联作家代表大会上的讲演、1946年至1948年关于文学艺术的三次报告和演说。1959年，《苏联文学艺术问题》重版，除第二部分没有增减外，第一部分增加了《关于无产阶级文化协会（俄共中央的信）》一篇文章；第三部分则完全重新编辑过，删去了收在旧版中的文章，补充了《苏联共产党中央委员会给第二次全苏作家代表大会的祝词》、赫鲁晓夫的《文学艺术要同人民生活保持密切的联系》、苏共中央1958年5月28日发布的一项决议《关于纠正歌剧〈伟大的友谊〉、〈波格丹·赫美尔尼茨基〉和〈全心全意〉的评价中的错误》等七篇文章。因此，苏联的文学决议和日丹诺夫的报告，以及相应的斗争手段在中国广为人知。

二 苏联文学决议对中国50年代初文论的影响

苏联的文学决议对中国文论影响很大，中国的许多文艺政策和文论就是对苏联的仿效。例如，1949年4月中共中央东北局做出的

---

① 陈建华：《二十世纪中俄文学关系》，高等教育出版社2002年版，第138页。

《关于萧军问题的决定》，就是苏联文学决议在中国的翻版。但是，苏联文学决议对中国文论的影响，更主要地是在中华人民共和国成立之后的50年代初期，其表现在文学理论的政治化、解决文学问题手段的政治化以及无冲突论的流行等方面。

其一是文学理论的政治化。在第一次文代会上，就有人强调文艺工作者为党的政策服务的重要性，后来，周扬在一份报告中明确指出："文艺工作现在最大的问题就是缺乏上边的帮助，缺乏政治上的帮助，他们最需要政治方面的帮助，就是如何使他们注意政策问题，注意人民生活中哪些是正当的问题，哪些是不正当的问题，领导他们对生活中所发生的重大问题发生兴趣，帮助他们去表现。"① 这一提法与日丹诺夫的提法是非常接近的。中国文艺界1951年年底开始的整风学习，有学者认为"差不多是延安文艺整风的延续""广泛的知识分子思想改造运动，普遍表现为或对权力话语的迎合，或因对权力话语的缄默而放逐批评"②。在此情景之下，"文艺界领导人照搬苏联文艺界的口号，移植苏联文艺界的概念；其他人是发挥领导人的提法，演绎领导人的观念"③。例如，邵荃麟在《论文艺创作与政策和任务相结合》中说：

> 十月革命后，列宁曾经和蔡特金谈起这个问题，指出十月革命后的苏联文艺必须提高到政策的水平上来。1934年，斯大林和高尔基确定社会主义现实主义为苏维埃作家的创作方法问题时，也特别指出这种创作方法的主要特征之一，即是必须与苏维埃政策相结合。前几年日丹诺夫在关于《星》和《列宁格勒》两杂志的报告中，又重申了列宁与斯大林的指示，并且更肯定地说："我们要求我们的文学领导同志与作家同志，都应以苏维埃

---

① 周扬：《在中国共产党第一次全国宣传工作会议上的报告》，载《周扬文集》第1卷，人民文学出版社1985年版，第71页。
② 许道明：《中国现代文学批评史新编》，复旦大学出版社2002年版，第326页。
③ 白烨：《现实主义问题在当代中国的争论》，《当代文学研究资料与信息》1991年第3期。

制度所赖以生存的东西为指针,即以政策为指针。"①

现在看来,这种文论完全脱离了正常的文学秩序而走上了政治的轨道,它要求文学与临时的政策相结合,把文学作为政治的附庸,可谓是后来愈演愈烈的文学工具论在新中国的发端。同时,我们很明显地看出,这种政治化的文学理论来自苏联,特别是与之时间相隔很近的苏联文学决议及其相关领导人的报告。

其二是解决文学问题手段的政治化。1951年6月,《文艺报》发表的冯雪峰批判萧也牧的文章,用的就是政治斗争语言,显示出用政治手段解决文学问题的倾向。文章认为萧也牧"对于我们的人民是没有丝毫真诚的爱和热情的""如果按照作者的这种态度来评定作者的阶级的话,那么,简直能够把他评为敌对的阶级了""这种态度在客观效果上是我们的阶级敌人对我们劳动人民的态度""我们如果把左琴科照片贴在牌子上面,您们不会不同意的罢?"② 后来,对胡风等人的批判,更是中华人民共和国成立后用政治手段解决文学问题的典型案例。1952年舒芜在《长江日报》发表了《从头学习〈在延安座谈会上的讲话〉》和在《文艺报》上发表了《致路翎的公开信》,1953年,《文艺报》又发表了林默涵的《胡风反马克思主义的文艺思想》和何其芳的《现实主义的路,还是反现实主义的路?》等文章,展开了对胡风文艺思想的批判。为了应对来自各方面的种种指责,全面阐述自己的文艺思想,1954年3月至7月,胡风在其支持者的协助下,写出了《关于解放以来的文艺实践情况的报告》,报告分四个部分共27万字,通称"三十万言书"。但是,事情出现了人们没有想到的结果,1955年5月18日胡风被捕,先后被捕入狱的达数十人,并以武力搜查到135封胡风等人的往来信件。胡风等人被定性为"反革命集团",株连2100人,逮捕92人,隔离62人,停职反省73人,

---

① 邵荃麟:《论文艺创作与政策和任务相结合》,载《邵荃麟评论集》上册,人民文学出版社1981年版,第285页。
② 李定中(冯雪峰):《反对玩弄人民的态度,反对新的低级趣味》,《文艺报》1951年第2卷第5期。

最后78人被确定为"胡风分子",其中23人划为骨干分子。① 一场本是非常正常的文学理论的论争,大家彼此对某些文艺理论问题的观点有些不同,但最后的结果却是政治化的手段来给以解决,并且酿成了一场巨大的悲剧,里面的原因值得我们深思。在"全盘苏化"的氛围之下,苏联文学决议解决问题的方式,肯定对之产生了重大的影响。

其三是写英雄人物的问题。中华人民共和国成立初期,如何描写中华人民共和国的生活和人物,是当时许多作家所面临的一个重要问题。1951年4月22日,陈荒煤在《长江日报》上发表了《为创造新的英雄典型而努力》,后又在《解放军文艺》(1951年第4期)上发表了《创造伟大的人民解放军的英雄典型》。1952年,胡耀邦在《解放军文艺》(1952年第1期)上发表了《表现新英雄人物是我们的创作方向》。这些文章引起了人们对新英雄人物创作的关注,对此,《文艺报》在1952年5月开辟了"关于创造新英雄人物问题的讨论"专栏。许多文学理论家"对文艺作品要创造英雄人物是没有疑义的,但对能不能在矛盾冲突中写英雄人物,能不能写英雄人物的缺点,如何正确处理英雄和群众的关系以及写落后到转变的问题,却有不同的意见"②。后来,周扬在第二次文代会报告中,则明确提出表现新的英雄人物是"当前文艺创作的最主要的、最中心的任务",并且指出"绝不可把作品中表现反面人物和表现正面人物两者放在同等地位"。中国文论界之所以会发生关于创造新英雄人物问题的讨论,一是因为当时文艺界的某些领导人"把日丹诺夫式的用政治手段干预文艺工作看作加强党对文艺工作领导的必要途径,这就导致了许多作家,尤其是一些老作家不得不或真诚地或诚惶诚恐地校准自己的创作方向"③;二是因为当时苏联文艺界的"无冲突论"正被中国文坛密切关注,苏联文艺界的不能塑造反面形象、不能批判落后和腐朽的事物的文学理论,影响和导致了中国文论对写英雄人物问题的探讨。

---

① 许道明:《中国现代文学批评史新编》,复旦大学出版社2002年版,第329页。
② 王庆生:《中国当代文学》(上卷),华中师范大学出版社1999年版,第64页。
③ 陈建华:《二十世纪中俄文学关系》,高等教育出版社2002年版,第170页。

三 苏联文学决议影响中国文论的原因及效应

苏联文学决议影响了中国50年代初的文论,如前文所述,这个影响表现在批评方法、批评手段、批评内容等方面。但是几十年之后的今天,我们所要做的应该是反思其中的原因和经验教训,即苏联文学决议为什么会对当时的中国文论产生强烈的影响,这个影响分别有什么正面和负面效应。

中国借鉴苏联文学决议来解决中国的文学问题,其中的原因肯定有很多,但最主要的是当时"全盘苏化"的历史大潮所致。毛泽东1949年6月在《论人民民主专政》一文中回忆中国的革命道路时说:

> 中国人找到马克思主义,是经过俄国人介绍的。在十月革命以前,中国人不但不知道列宁、斯大林,也不知道马克思、恩格斯。十月革命一声炮响,给我们送来了马克思列宁主义。十月革命帮助了全世界及中国的先进分子,用无产阶级的宇宙观作为观察国家命运的工具,重新考虑自己的问题。走俄国人的路——这就是结论。①

毛泽东认为,当"用无产阶级的宇宙观作为观察国家命运的工具,重新考虑自己的问题"时,"走俄国人的路"就是"结论",因此他最后说,"苏联共产党就是我们最好的先生,我们必须向他们学习"。②后来,罗德里克·麦克法夸尔和费正清编的《剑桥中华人民共和国史》也认为,"在1949—1957年,中共领导集团普遍赞成接受苏联社会主义模式。这一模式提供了国家组织形式、以城市为中心的发展战略、现代军事技术以及在各个专门领域的政策和方法"③。历史学家是从社会的各个方面来总体说的,事实上,在文学艺术这个专门的领域,"全盘苏化"就是当时的政策和方法。1952年,周扬应苏

---

① 《毛泽东选集》第4卷,人民出版社1991年版,第1471页。
② 同上书,第1481页。
③ [美]费正清、罗德里克·麦克法夸尔:《剑桥中华人民共和国史(1949—1965)》,谢亮生等译,中国社会科学出版社1990年版,第67页。

联文学杂志《旗帜》之邀,写了《社会主义现实主义——中国文学前进的道路》。周扬援引毛泽东在《论人民民主专政》一文中"走俄国人的路"的话,并且发挥说,"政治上如此,文学艺术上也是如此"。

  苏联文学决议之所以会对中国50年代的文论产生如此强烈的影响,除了政治上的提倡这种外部原因之外,应该说还有其自身的文化传递或发展逻辑。一般来说,外来的思想文化能够被本土吸收和融合,需要具备两个条件:"一是能够满足本土现实发展的迫切需要,二是能够和本土原有思想文化的发展轨迹相适应。"① 因此,苏联文学决议能够被20世纪50年代的中国所接受,首先为中国当时文论发展的现实所需要。中华人民共和国成立之后,中国百废待兴,然而在很多领域却缺少必要的经验。文学艺术作为一个很重要的领域也是如此,而且苏联文学决议的做法就是一个非常好的借鉴,因此中国文艺界的领导人按照苏联的模式来处理中国文论中所发生的新问题。例如,对电影《武训传》的批判,对《红楼梦》研究的批判,对萧也牧创作倾向的批判等,都带有苏联文学决议的影子。另外,苏联文学决议为20世纪50年代的中国所接受,也与中国原有的文论发展轨迹相吻合。中国传统文论中,历来存在着以政治功利为核心的文学工具论。无论是刘勰《文学雕龙》中的"原道""征圣""宗经"等,还是柳宗元的"文以明道"主张,以及众多文论家所认为的诗文可以观政,可以载道,等等,它们都带有重道轻文,夸大文学的社会功能的特点。到了20世纪上半期的革命战争年代,这种文学观在中国文坛表现得更加突出。因此,苏联的那种政治化的文学决议进入20世纪50年代的中国,非常符合当时中国某些文论的套数,几乎没有遭遇任何阻力也就是非常自然的事情了。

  应该说,中国照搬苏联的文艺政策,在没有任何经验的情势下,迅速解决和处理了某些新出现的文艺问题。但是,这种照搬也留下许多的弊病,如被搬的东西是错误的,搬过来后又会造成新的错误。事

---

① 代迅:《断裂与延续——中国古代文论现代转换的历史回顾》,西南师范大学出版社2002年版,第158页。

实上，我们所照搬的苏联的许多文艺政策本身就是错误的，苏联文学决议对左琴科和阿赫玛托娃的批判后来就被证明是错误的，他们的作品没有多久就又被刊登在苏联的报刊上。1958年5月28日，苏共中央做出《关于纠正歌剧〈伟大的友谊〉〈波格丹·赫美尔尼茨基〉和〈全心全意〉的评价中的错误》的决议，1988年10月20日苏共中央政治局又做出撤销《关于〈星〉和〈列宁格勒〉两杂志》的决议。虽然对其他的决议，苏共中央长期没有发表新决议加以纠正，但是它们的那些错误内容、夸大之处和片面性，实际上早就被实践所否定了。这些错误的决议在苏联产生了很多消极影响，传到中国来后，同样也酿成了许多的错误，甚至是悲剧。另外，中苏两国国情不同，有些东西即使在苏联是正确的，但搬至中国后也不一定适应，这样也会造成错误。

总之，中国20世纪50年代初的文论全盘接受苏联40年代末期的文学决议，从而也造成了很多消极的不良影响，导致了中国文论的许多错误发生。今天，我们梳理其接受关系和事件，厘清其中的是非曲直，分析其中的原因所在，对我们今天的文论建设，应该还是非常具有意义的。

第三节 "苏联模式"与中华人民共和国成立初期文论教材的编写

中国古代没有文论教材，因为中国古代的文学理论就包含在哲学、史学之中。中国文论教材的萌生，应该说是西学东渐后的产物。如果从20世纪20年代正式以文学概论、文学原理书名出版算起，中国文论教材至今已有90多年历史。中华人民共和国成立前，各种西方文论教材涌入中国，对中国文论教材的编写产生了重大的影响。总体来看，影响最大的是日本人本间久雄的《新文学概论》（后改名为《文学概论》）和美国人温彻斯特的《文学批评原理》。《新文学概论》由章锡琛译为中文，上海商务印书馆1925年8月出版，该书对我国文论教材的萌生起了借鉴和推动作用。《文学批评原理》由景昌极、钱堃新合译，上海商务印书馆1924年10月出版，该书的文学观点经常被征引进当时各种文论著述中。但是，中华人民共和国成立后，中国爆发了一场文艺学教学大讨论（1951年），批判了文艺学教学中的资产阶级观点，解放前从西方引进的或自编的文论教材停用了。于是，在向苏联学习的口号下，中国文论教材的编写，也开始摒弃西方而进入"全盘苏化"时期。

一 苏联文论教材及其在中华人民共和国成立前后的译介

早在20世纪30年代，苏联文论家维诺格拉多夫的《新文学教程》就已开始进入中国。它是由楼逸夫根据日译本所译，上海天马书店1937年出版。同年，重庆读书出版社印行以群译本，该译本也是根据日译本所译。据说该书在苏联国内销行很广，以群在译后记中说它在苏联"是一部最风行的文学入门书，修正第二版，发行20万部，还不能满足各方面的需要"[①]。但是，因为中国当时的文论教材在体系和观点上多受温彻斯特和本间久雄著作的影响，《新文学教程》在中国反响并不大。

中华人民共和国成立后，苏联阿伯拉莫维奇等著的《文艺理论教学大纲》经曲秉诚、蒋锡金合译，由沈阳东北教育出版社出版。季摩菲耶夫的《文学原理》经查良铮翻译，1953年由上海平明出版社印行。1954—1956年，北京大学举办文艺理论研究班，请苏联专家毕达可夫授课，其讲稿《文艺学引论》经北京大学中文系译出，1958年由高等教育出版社出版。苏联专家柯尔尊1956—1957年在北京师范大学授课，其讲稿《文学概论》经北京师范大学中文系外国文学教研组译出，1959年由高等教育出版社出版印行。谢皮洛娃的《文艺学概论》经罗叶等译出，1958年12月由人民文学出版社出版。瓦·斯卡尔仁斯卡娅在中国人民大学哲学系讲课的讲稿《马克思列宁主义美学》经潘文学等译出，1957年由中国人民大学出版社出版。涅陀希文的《艺术概论》经杨成寅翻译，1958年由北京朝花美术出

---

① 以群：《〈新文学教程〉译后记》，读书出版社（重庆）1946年版。

版社出版。① 此外，上海新文艺出版社还出版了《文艺理论学习小译丛》（1—6 辑），里面辑收的都是译自苏联的文艺理论论文。总体来看，对 20 世纪 50 年代中国影响最大的，还是季摩菲耶夫的《文学原理》和毕达可夫的《文艺学引论》。

《文学原理》是苏联高等教育部批准的全苏大学语文系及师范学院语言系、文学系的唯一的文学理论教材。最早于 1934 年在苏联出第一版，1948 年莫斯科教育、教学书籍出版局再版。1953 年查良铮翻译了该书，上海平明出版社初分三册出版，后合为一部印行，1955 年 7 月，又出版了该译著的修订本。《文学原理》由三大部分构成。第一部分为"文学概论"，从政治和美学意义上回答文学的本质和特征，论述了文学的思维性、形象性和艺术性等；第二部分为"怎样分析文学作品"，论述了文学作品的内容与形式、主题与个性、结构与情节以及语言等；第三部分为"文学发展过程"，论述了文学的风格、潮流、方法以及文学的类型等问题。

《文艺学引论》是毕达可夫在中国的讲稿，全书共 43.2 万字，由"绪论""文学的一般学说""文学作品的构成""文学的发展过程"构成。"绪论"里主要谈文艺学课程的主要内容和任务，以及马克思列宁主义的文艺理论是文艺理论思想发展的最高阶段；"文学的一般学说"里主要谈到了作为意识形态的文学的典型性、形象性、党性、人民性等问题；"文学作品的构成"主要谈内容与形式的统一、思想与主题、结构与情节、文学作品的语言等问题；"文学的发展过程"主要谈文学与社会生活、文学风格、文学思潮以及社会主义现实主义等问题。季摩菲耶夫是当时苏联文艺学的权威，毕达可夫是他的学生，他们的文艺教材体系和文艺理论观点是一脉相承的。

综观当时从苏联传入中国的文论教材，它们有一些基本的或者说共同的特点。从基本观点来说，它们都认为文学是意识形态的一种：文学是生活的反映，其特点是以形象来反映生活，因此其理论核心是"形象"或"形象性"，即把形象性看成文学的最本质的特征。季摩

---

① 以上资料参考了毛庆耆、董学文、杨福生的《中国文艺理论百年教程》，广东高等教育出版社 2004 年版，第 153 页。

菲耶夫认为，在文学中人们称反映生活的典型人物为形象，形象是文艺反映生活的特有的形式，这是文学有别于其他意识形态的地方。他给"形象"下的定义是："形象是具体的同时也是综合的人生图画，借助虚构而创造出来，并且具有美学意义。"① 从体例结构上来看，季摩菲耶夫的《文学原理》、毕达可夫的《文艺学引论》，以及谢皮洛娃的《文艺学概论》和柯尔尊的《文学概论》基本上一样，都是由文学本质论、文学作品论、文学发展论结构而成。同时，这三个部分所包含的具体内容，也是基本一致的。"这种体例结构方式是当时苏联文学概论教材编写的一种基本体系结构。"② 从思想倾向来看，它们作为社会主义国家苏联的文学教材，都强调对文学的党性原则的强调和对文学的认识、教育以及社会改造作用的强调。社会主义现实主义这个概念被斯大林和高尔基提出来之后，季摩菲耶夫的《文学原理》就及时地将它纳入教材。而毕达可夫的《文艺学引论》比季摩菲耶夫的《文学原理》更强调文学的意识形态性，更强调文学的党性、人民性，强调文学的社会教育作用。毕氏《文艺学引论》的第一部分就列专章"作为意识形态的文学""文学的党性""文学的人民性"等论述了这些问题。

二　苏联模式对中华人民共和国成立初期文论教材编写的影响

一般来说，中华人民共和国成立后我国文论教材的编著和使用，大致经历了两个大的阶段。第一阶段是50—70年代，甚至包括80年代初；第二阶段是80年代中期以后。第二阶段的特点是因为西方文化的大规模引进，引起当代文学观念的大变革，文学理论课程也开始重编教材，各种教材及理论体系出现多样化趋势。第一阶段的特点则主要是我们是学习、借鉴苏联的文论教材，以之为蓝本来编写中国的文论教材。例如，巴人的《文学论稿》（上海新文艺出版社1954年版），北京师范大学的《文艺理论学习参考资料》（高等教育出版社

---

① ［苏］季摩菲耶夫：《文学原理》，查良铮译，上海平明出版社1955年版，第68页。
② 毛庆耆、董学文、杨福生：《中国文艺理论百年教程》，广东高等教育出版社2004年版，第185页。

1956年版),刘衍文的《文学概论》(新文艺出版社1957年版),李树谦、李景隆的《文学概论》(吉林人民出版社1957年版),冉欲达的《文艺学概论》(辽宁人民出版社1957年版),霍松林的《文艺学概论》(陕西人民出版社1957年版),蒋孔阳的《文学的基本常识》(中国青年出版社1957年版),徐中玉的《文学概论讲稿》(华东师范大学出版社1957年版),钟子翱的《文艺学概论》(北京师范大学出版社1957年版),李何林的《文艺理论常识讲话(初稿)》(高等教育出版社1958年版),山东大学中国语言文学系文艺理论教研组编的《文艺学新论》(山东人民出版社1959年版),湖南师范学院中国语言文学系文艺理论教研组编的《文艺理论》(上册)(湖南人民出版社1959年版)。另外,60年代初,出现了一部集中全国文艺理论专家的力量编写的教材,这就是以群主编的《文学的基本原理》[①]。这部教材具有鲜明的"三统一"的时代特点:"一是统一组织编写(由教育部约请当时著名的文学理论专家学者和教师组成编写组进行编写);二是统一思想观点(两部教材虽各有特点,但最基本的理论观点和体系框架差别不大);三是统一推广使用,即作为全国统编教材在各高校普遍使用。"[②] 下面,我们以两部重点教材为例来分析苏联对中国文论教材编写的影响。

其一,巴人的《文学论稿》。这部文论教材据说是中华人民共和国成立后我国自编的文论教材中最早的一部。1939—1940年,巴人写成《文学读本》,自称"全书纲要,大致取自苏联维诺格拉多夫的《新文学教程》,把其中各项问题扩大或缩小,而充实以'中国的'内容"。[③] 1950年1月,巴人将《文学读本》及其续集再版,更名为《文学初步》。1954年,巴人又将《文学初步》加以修订,更名为《文学论稿》,分上、下册出版。《文学论稿》出版以后,多次修订印

[①] 当时还有一部集中全国力量编写的文学批评教材,那就是蔡仪的《文学概论》,但是以群的《文学的基本原理》在60年代初由上海文艺出版社出版,而蔡仪的《文学概论》直到1979年才由人民文学出版社出版。

[②] 赖大仁:《也谈现行文学理论教材问题》,《光明日报》2002年8月14日。

[③] 转引自程正民、程凯《中国现代文学理论知识体系的建构》,北京大学出版社2005年版,第116页。

行，产生了很大的影响，但也受到了批判，后来在1959年又出了新1版。我们比较巴人的《文学论稿》新1版和毕达可夫的《文艺学引论》，发现两者在体例上具有很大的相同性。《文学论稿》分为四篇，第一篇为《文学的社会基础》，它基本上与毕达可夫《文艺学引论》的第一部分的第一章相似，谈的是文学的意识形态性；第二篇为《文学的特征》，它基本上与毕达可夫《文艺学引论》的第一部里除第一章之外的章节类似，谈的主要是文学的思想性、党性、艺术性、形象性等；第三篇为《文学的创造》，它基本上与毕达可夫《文艺学引论》的第二部相似，谈的是文学的主题、结构等问题；第四篇为《文学的形态》，它基本上与毕达可夫《文艺学引论》的第三部相似，谈的是文学的风格、流派、方法等。此外，巴人在新1版中还借用了季摩菲耶夫对形象等一些范畴的定义。由此可见，巴人的《文学论稿》从头至尾都深受苏联文论教材的影响。

其二，以群主编的《文学的基本原理》。以群是中国的马克思主义文论家，1933年，他根据日本川口浩的《新兴文学概论》编写了《文学创作概论》，该书并无特别新奇之处，带有日本左翼文艺运动的激进色彩。1937年，以群根据日本熊泽复六的日译本转译了苏联维诺格多夫的《新文学教程》。在《新文学教程》的影响下，1942年以群写出了《文学底基础知识》一书，被认为"在某种程度上是维诺格拉多夫《新文学教程》的中国版"[①]。60年代初，上海和华东地区部分高校的文论教师在以群的组织下，编写了《文学的基本原理》。《文学的基本原理》分四编：第一编论述文学的外部规律，即文学与社会生活、政治经济的关系以及文学的历史发展；第二编论述文学的内部规律，包括形象、典型与创作方法问题等；第三编论述文学作品的类型及其构成；第四编论述文学的批评与欣赏。以群领衔主编的《文学的基本原理》其中不少内容其实就来自他以前的专著《文学底基础知识》，也就是说，它"先天性"地就已经深受苏联文论教材的影响。季摩菲耶夫的《文学原理》和毕达可夫的《文艺学引论》在20世纪50年代进入中国后，它们又影响了《文学的基本原

[①] 许道明：《中国现代文学批评史新编》，复旦大学出版社2002年版，第385页。

理》的编写。季摩菲耶夫的《文学原理》这本教材的理论基础是反映论，理论核心是形象论，即认为文学是以形象来反映生活的，这一基本观点也正是解放后一系列教材的理论基础和核心。而文学的一般原理、文学作品分析、文学的发展过程，也成了解放后自编教材的基本体系和基本结构。从思想倾向来看，它们作为社会主义国家苏联的文学教材，都强调对文学的党性原则的强调和对文学的认识、教育以及社会改造作用的强调。当然，以群的《文学的基本原理》相比之前的自编教材已有了很大的改进，但在研究方法、基本体系等方面，它仍然沿袭的是苏联文论教材模式。

三 中国文论教材照搬苏联模式的利弊

中华人民共和国成立初期照搬苏联的文论教材模式，其主要原因是国内高校文学理论教学急需教材，而解放前的许多"西化"教材含有各种资产阶级观点，已不适用于中华人民共和国文论发展的实际，于是只有向苏联学习，用苏联的模式来编写中国的文论教材。现在看来，我们当时照搬苏联的文论教材，其中有益处，但也有弊病。总体来说，益处主要表现在以下两个方面。

其一，苏联的文论教材有完整而严谨的体系，对我国文论教材有示范作用；中华人民共和国成立初期的文论教材，在体系上几乎无一不受苏联的影响。季摩菲耶夫在《文学原理》的第一部《文学概论》中说：

> 文学原理分为三个基本部分：第一部分确定文学的本质，探讨作为意识形态之一的文学作品的品质和特性以及作为社会形态之一的文学作品的品质和特性及其在社会生活中的地位和任务。第二部分研究具体作品的结构，确定分析作品所应依据的原则和方法。第三部分建立分析文学发展过程所应依据的原则和方法。①

---

① [苏]季摩菲耶夫：《文学原理》第1部《文学概论》，查良铮译，平明出版社1953年版，第5页。

§ 中国接受俄国文论研究

这就是我们前文所说的文学本质论、文学作品论、文学发展论"三论"体系。有学者认为,这个体系体现了两个结合点:"一是理论与实际的结合""二是逻辑与历史的结合"。季摩菲耶夫所提出的"这个体系之所以能够被中国文论体系教材普遍接受,至今仍有潜在的影响,因为这是一个相对完整和合理的体系"[1]。当然,后来以群主编的《文学的基本原理》增加了文学作品的欣赏和批评方面的内容,有人将其概括为"五论",即本质论、作品论、发展论、创作论和批评鉴赏论,但是其基本框架应该说还是来自季摩菲耶夫。

其二,通过对文学与其他上层建筑及经济基础关系的阐述,使我们对文学有了宏观的视野和研究方法。在苏联文论教材中,文学被看成与哲学和社会科学一样的社会意识形态,由经济基础决定,同时反作用于经济基础。教材还认为,文学是客观生活的反映,是通过塑造形象来反映社会生活的,同时作家对客观生活的反映是有主观能动性的。这些就是苏联文论教材中的社会意识形态论、阶级论等学说。20世纪50年代中国的文论教材,受苏联教材的影响,与我国二三十年代教材,甚至与整个西洋教材都有很大的区别,其最主要的就是"以唯物史观考察文学和一切文学艺术现象"[2]。中华人民共和国成立后文论教材的突出特点就在于以一种全新、宏观的视野考察文学现象。

当然,中华人民共和国成立初期照搬苏联的文论教材模式,也给中国文论教材的发展带来了许多消极的甚至是恶劣的影响,这种影响一方面是在照搬的过程中产生的,另一方面是苏联文论教材本身的弊病所造成的。具体来说,中国照搬的弊处主要表现在以下两个方面。

其一,苏联文论教材是外国文论教材,与中国的文学传统和文学现实缺少联系。其实,无论是欧美的文学理论,还是苏联的文学理论,相对我们来说,它们都有一个共同的缺点,那就是对中国或者说东方民族的文学理论的历史发展和文学作品都很陌生,在书中一般全无论述和引证。与之相关,苏联的文论教材中有些理论,它们是从苏

---

[1] 程正民、程凯:《中国现代文学理论知识体系的建构》,北京大学出版社2005年版,第129页。

[2] 毛庆耆、董学文、杨福生:《中国文艺理论百年教程》,广东高等教育出版社2004年版,第155页。

联当时的文学实践中提炼的,但不一定适用于中国的文学实际。在当时的环境之下,也曾有人看到照搬苏联文论教材的这种缺陷,例如当时北大中文系的杨晦教授。1954年毕达可夫来到北京大学,在中文系的文艺理论研究班讲授文艺学,胡经之作为本科高年级学生也去听课,他后来在《诲人不倦启后人》中回忆说:"当时杨晦老师提醒我:文艺理论是从文艺实践中来的,中国有自己的文艺实践,苏联的文艺理论只是作为我们的参考,不能照搬,还是要总结我们自己民族的东西。"①

其二,苏联文论教材中,有很多缺失,其对我国文论教材流毒甚远。苏联文论教材以哲学反映论为出发点,运用庸俗社会学方法,把文学当作一般的意识形态加以阐释,极力突出文学为政治服务的功能,没有注意到文学的审美特征。例如,苏联教材把文学问题都看成政治问题,把文艺界的斗争全看成阶级斗争,把思想性当成衡量文学作品的首要标准等。这种理论在我国一亮相,便同当时在我国文学理论界已占上风的文学工具论一拍即合,以无可怀疑的权威性取得了中国文论界的话语霸权,成为一家独尊的教材范本。甚至有学者认为,"即使在50年代末期我国学者霍松林、冉欲达等创编了四五种文学理论教材,但这些教材不可能不按照苏式理论的轨道运行"②。

总之,中华人民共和国成立初期中国文论教材编写从学习西方转向了学习苏联,这既是受"全盘苏化"的时代大潮影响,也是中国文论教材自身编写的需要,其中的许多经验和教训,对我们当下中国文论教材的发展,仍然值得借鉴。

---

① 胡经之:《诲人不倦启后人》,载《胡经之文丛》,作家出版社2001年版,第424页。
② 索松华:《20世纪我国文学理论教材发展的四个时期》,《中国大学教学》2002年第6期。

第二章　中国接受俄国文论中的"误读"现象研究

美国解构主义批评家哈罗德·布鲁姆（Harold Bloom）在分析文学文本阅读时提出："诗的影响，当它牵涉到两个强悍的、真正的诗人时，总是通过对前辈诗人的一种误读发生的。它是一种创造性的校正，事实上必然是一种误释。"[1] 这里所说的"误读"，不是传统阅读思维中的对内容的不正确阅读，而是一种强调接受者主动性、创造性的行为指称。其实，按照文学解释学的观点，无论是文本的意义，还是作者的原意，都存在多元性，这种多元性为接受者的"误读"行为提供了可能性。同时，每个接受者在进行接受活动时，也会因为个体"期待视野"的不同，对文本做出不同于原创者意图的具有个性化的解读，作为接受对象的文本，正是在这种不断丰富的接受活动中获得了自己的生命力："一部文学作品的历史生命如果没有接受者的积极参与是不可思议的。因为只有通过读者的传递过程，作品才进入连续性变化的经验视野。在阅读过程中，永远不停地发生着从简单接受到批评性的理解，从被动接受到主动接受，从认识的审美标准到超越以往的新的生产的转换。"[2] 从这个角度来说，任何一个文本在接受过程中都面临着"被误读"的命运，而这种"被误读"，恰恰是这个文本产生价值意义的一个重要途径。在中国接受俄国文论的过程中，这种"误读"同样存在，并赋予俄国文论更丰富的现实活力。

---

[1] Harold Bloom, *The Anxiety of Influence*, London, Oxford, New York: Oxford University Press, 1975.

[2] 姚斯：《文学史作为向文学理论的挑战》，载《接受美学与接受理论》，辽宁人民出版社1987年版。

第一节　中国对列宁文论的"误读"
——以《党的组织和党的出版物》为例

一　《党的组织和党的出版物》及其在中国的译介

列宁1905年11月在《新生活报》上发表《党的组织和党的出版物》一文，着重论述了"无产阶级文学的党性原则"等无产阶级文艺发展中的重大问题。该文的产生是和当时俄国的特殊历史语境分不开的。俄国当时正处于第一次资产阶级民主革命的高潮时期，在欧洲经济危机和日俄战争的双重影响下，俄国国内的阶级矛盾日益激化，1905年10月，政治罢工扩及全俄范围，人民武装起义迫在眉睫，在这一新的形势要求下，为了更好地发动群众、组织群众，提高民众的觉悟，加强党对革命的领导，列宁于11月8日回到彼得堡，提出要对党的组织工作和宣传工作进行改组。同时，迫于人民武装革命的压力，沙皇政府同意召集杜马会议，给人民一定的公民权利和政治自由，俄国社会的政治环境发生了改变，具备了一定的言论出版自由，为"通过党的报刊对党的革命事业进行思想领导"提供了可能。因此，早在回国之前，列宁在给中央的信中就指出，"通过同代办秘密接头和会见时'窃窃私语'的办法进行思想领导的时代已经过去了！应当用政治书刊进行领导"[①]。回国后，列宁第一时间在布尔什维克第一个合法机关报《新生活报》上发表了一系列文章，在分析十月罢工以后革命形势的基础上，为俄国无产阶级提出了新的斗争任务，《党的组织和党的出版物》便是其中之一。

具体来说，《党的组织和党的出版物》的主要内容是提出党的宣传工作的党性原则在特殊历史时期的重要性，阐明党的宣传机构与党的关系、党员作者与党的同情者同党的关系等问题。其观点主要如下。

第一，党的宣传工作必须坚持党性原则。列宁在文章中首先指出，当时俄国布尔什维克所面临的政治环境是"革命还没有完成。沙

[①]《列宁全集》第34卷，人民出版社1987年版，第348页。

皇制度已经没有力量战胜革命,而革命也还没有力量战胜沙皇制度"①,为了更好地进行革命,社会主义无产阶级应当提出"党的出版物的原则",这个原则要求"写作事业应当成为无产阶级总的事业的一部分,成为由全体工人阶级的整个觉悟的先锋队所开动的一部巨大的社会主义民主主义机器的'齿轮和螺丝钉'"②。列宁反复要求党的文字宣传工作应当成为党的事业的一个组成部分,旗帜鲜明地宣传党的观点,既不能背离党的观点,也不能凌驾于党的整体事业之上。

第二,党的宣传工作还要和写作事业的特殊性结合起来。在强调党性原则的同时,列宁也充分注意到写作事业的特殊性,认为"无可争论,写作事业最不能做机械划一,强求一律,少数服从多数。无可争论,在这个事业中,绝对必须保证有个人创造性和个人爱好的广阔天地,有思想和幻想、形式和内容的广阔天地"③。当然,这种创作的自由不能脱离党的领导和监管而出现资产阶级无政府主义和个人主义的倾向。为了做到这一点,列宁要求党员作者一定要参加党的一个组织,遵循党组织的要求,如果违反党的原则、宣传反党观点,就要接受党组织的相应措施,甚至被清除出党。在这个问题上,列宁用了较大篇幅来驳斥"创作的绝对自由"的论调,认为这种所谓"创作的绝对自由"在阶级社会中是不可能存在的,是"一种伪善",因此,党"有自由赶走"这种以伪善的名义来鼓吹反党观点的人。

第三,在党领导下的自由写作应确定自己的服务对象。在列宁那里,这种自由写作"不是为饱食终日的贵妇人服务,不是为百无聊赖、胖得发愁的'几万上等人'服务,而是为千千万万劳动人民,为这些国家的精华、国家的力量、国家的未来服务。这将是自由的写作,它要用社会主义无产阶级的经验和生气勃勃的工作去丰富人类革命思想的最新成就"④。

1926年12月,《中国青年》第144期(第6卷第19号)刊载了《党的组织和党的出版物》(当时的译名为《论党的出版物与文学》),

---

① 《列宁全集》第34卷,人民出版社1987年版,第93页。
② 同上书,第94页。
③ 《列宁全集》第13卷,人民出版社1987年版,第97页。
④ 同上。

第二章 中国接受俄国文论中的"误读"现象研究

1930年2月《拓荒者》第1卷第2号上,冯雪峰以《论新兴文学》为题重新翻译了这篇文章,介绍了列宁关于"党的文学"的论述:"党底文学底原理,是怎样的东西呢?这是如此:对于社会的无产阶级,文学底工作不但不应该是个人或集团底利益底手段,并且文学底工作不应该是离无产阶级底一般的任务而独立的个人的工作。不属于党的文学者走开吧!文学者的超人走开吧!文学底工作,不可不为全部无产阶级底任务底一部分。不可不是由劳动阶级底意识的前卫所运转着的,单一而伟大的社会民主主义这机械组织底'一个齿轮,一个螺旋',文学底工作非为组织的、计划的、统一的社会民主党底活动底一个构成部分不可。"① 钱杏邨在《安特列夫与阿志巴绥夫倾向的克服》中也援引了列宁的这段论述。

随后,瞿秋白在翻译列宁论托尔斯泰的两篇译文时,引用了列宁的《党的组织与党的出版物》,将其翻译为《党的组织与党的文学》,并确定了"党的文学原则"这一经典性翻译。

1942年5月,延安《解放日报》副刊刊出列宁此文时,题名译作《党的组织和党的文学》,此译名成为此后共用版本。此文发表时,博古还专门写了一个"译者的话",帮助接受者了解列宁这篇文章的写作背景和基本精神:

> 这篇论文是列宁在1905年从国外回来加入《新生活》编辑委员会后第三天写的,发表于该年11月26日出版的《新生活》第12期。当时的政治环境是"十月政治罢工,成了全俄的罢工,它包括了差不多所有的人,一直到最落后的阶级……国内全部生活已陷于停顿,政府力量早已被麻痹"(《联共党史》)。在十月总罢工的基础上,产生了第一个工人代表苏维埃,工人们用革命手段自动地实现民主改革,藐视政府和法律,实行了言论出版的自由。这便使合法的和非法的刊物之间的区别开始泯灭了,这便使列宁尖锐地提出了党的文学的问题。

---

① 成文英(冯雪峰)译:《论新兴文学》,《拓荒者》1930年2月第1卷第2期,原译"集团的文学",拓荒者第1卷第3期,《编辑室消息》将"集团"更正为"党"。

同时，列宁这篇论文，亦是针对着巴尔蒙特之类的颓废派作家的。巴尔蒙特之类的文学家，当时的确企图建立什么超阶级的无党派的文学，自以为是高尚情思的文人代表，向无产阶级要求文学的自由，也在说什么革命政党不应当攻击"'对于革命其实是有益无害'的文学——超然的文学。正是列宁和布尔塞维克出来坚决地反对了这种'超人'的文学理论。列宁那篇著名的文章——《党的组织与党的文学》——部分地说起来——也是为着这个问题而写的"①。在目前，当我们正在整顿三风，讨论文艺上的若干问题时，这论文对我们当有极重大的意义。特译出全文，以供研讨。②

随后，列宁的这篇文章直接启迪了毛泽东，影响了《在延安文艺座谈会上的讲话》的产生。毛泽东《在延安文艺座谈会上的讲话》中引用了列宁"齿轮和螺丝钉"的比喻，并明确提出"我们的文学艺术都是为人民大众的，首先是为工农兵的，为工农兵而创作，为工农兵所利用的"③，在基本精神上与列宁提出的"为千千万万劳动人民"的观点一脉相承。

1982年，中央编译局对该译文重新做了校订，把题名《党的组织和党的文学》改译为《党的组织和党的出版物》，改动了内容中33处译法，在《红旗》杂志1982年第22期上发表。新译文被收入1983年《中国出版年鉴》，成为目前文艺界通用的版本。

二 中国接受《党的组织和党的出版物》时的误读

《党的组织和党的出版物》作为马克思主义文艺理论的经典文献，深刻影响到各社会主义国家的文艺发展。特别是在中国，从这篇文章发表开始，就不断有文艺理论家对之进行译介，如冯雪峰、瞿秋白、博古等人。同时，这篇文章的相关内容还对中国共产党的文艺政策的

---

① 瞿秋白：《海上述林》上卷，上海内山书店1936年版，第62页。
② 博古：《党的组织与党的文学·译者的话》，《解放日报》1942年5月14日。
③ 《毛泽东选集》第3卷，人民出版社1991年版，第863页。

第二章　中国接受俄国文论中的"误读"现象研究

制定产生了重大影响。但是，也正是这篇在中国现代文坛上扮演着重要角色的文章，在其译介和接受的过程中，存在着种种"误读"现象。

首先，对这篇文章标题的翻译及其修订就是一个典型的"误读"现象。从最早的《论党的出版物与文学》到《党的组织和党的文学》再到《党的组织和党的出版物》，关键在于对原文中"литература"一词的翻译。在俄文中，"литература"本身是个多义词，既可以翻译成"文学""艺术"，也可以翻译成"图书""文献""出版物"等，根据语境的不同，这几个含义在列宁的原文中都曾出现过。在较早的译本中，翻译者将其译作"文学"，其实是一个比较仓促的选择——据当年在延安《解放日报》工作的黎辛先生回忆："这时我在延安《解放日报》任副刊编辑，5 月 13 日，中央政治局委员、《解放日报》报社社长博古将他为延安文艺座谈会翻译的列宁的《党的组织与党的文学》交给我在第四版发表，并告诉我：литература 这个俄语是多义词，瞿秋白同志将它译为'文学'（在《海上述林》里，瞿秋白介绍《党的组织与党的文学》时使用的）。我现在先译为'文学'，以后再仔细推敲。"[①] 后来，人民文学出版社在《列宁论文学》一书中对这个词的几种意思都进行了翻译，并加以注释，某种程度上弥补了博古翻译时的不足。

20 世纪 80 年代，中央编译局把这个词改译为"出版物"，显然是为了更接近列宁所说的"党的宣传工作"，但从这篇文章的产生背景及其全文的整体意思来看，"文学"确实是列宁的讨论对象之一。比如说列宁在谈到"绝对的创作自由"时，有和巴尔蒙特代表的颓废派文学进行论战的意味，此处的 литература 译为"文学"更为妥当。卢那察尔斯基在其 1932 年发表的《列宁与文艺学》中全面阐释了列宁的文艺思想，明确提到"文学的党性原则"，并着重对列宁的这篇文章进行了介绍。他说："写这篇文章的因由是希望整顿党的政治书刊、党的政论工作、党的科学出版物等，然而，文章的客观意义

---

① 马驰：《在历史语境中体会经典论著——重读列宁〈党的组织和党的出版物〉》，《社会科学》2009 年第 11 期。

当然超出了这些的范围，列宁的意见可以绝妙地运用于当时的全部艺术文学。"① 按照卢那察尔斯基的意思，列宁写这篇文章时最初针对的是出版物，后来则侧重于谈论文学艺术。因此，也有学者在论述这个问题时，赞成将标题译为《党的组织和党性的文学》或《党的组织和党性文学》②。

除了标题之外，中国对《党的组织和党的出版物》的"误读"主要表现在两个方面：一是列宁在文中所提的要求，并不是一切出版物上的原则，并不是对一切写作事业的要求，可是后来的某些宣传家却把他的意见扩大为对整个文学的指导原则；二是列宁在谈论作为党的全部事业之一部分的写作事业时，也肯定了它的特殊性，强调必须保证有个人创造和个人爱好的广阔天地，但后来有些人宣传时忽略这点，对全文总体意思误读。

从前者来说，列宁在原文中多次提到"社会主义无产阶级应当提出党的出版物的原则""对于社会主义无产阶级，写作事业不能是个人或集团的赚钱工具""无产阶级的党的事业中写作事业这一部分""这里说的是党的出版物和它应受党的监督"，这就意味着文章所讨论的对象主要是党的出版物，所提的要求主要是针对为党的出版物撰稿的党员作者和党的同情者，而不是所有的刊物和所有的作家。但是中国文艺界在译介和宣传的过程中，有时候却把这个范围扩大到整个文学和所有的写作者。比如说列宁思想在中国的直接继承人瞿秋白，在其《普罗大众的文艺现实问题》《"自由人"的文化运动——答复胡秋原和〈文化评论〉》《文艺的自由和文学家的不自由》等文章里，一再强调文艺创作的意识形态问题，把无产阶级党性原则诉诸整个文艺工作，包括文艺服务对象、文艺发展方向等方面。毛泽东《在延安文艺座谈会上的讲话》进一步提出，要坚持用党的意识形态领导所有文艺工作，"使文艺很好地成为整个革命机器的一个组成部分，作为团结人民、教育人民、打击敌人、消灭敌人的有力的武器，帮助人民

---

① ［苏］卢那察尔斯基：《卢那察尔斯基八卷集》第 8 卷，莫斯科出版社 1967 年版，第 460 页。
② 具体观点参考杨汉池《关于列宁的一篇文章的几处翻译问题》，《文艺理论与批评》1996 年第 1 期。

同心同德地和敌人作斗争"①，这就把列宁的相关思想扩展到一个更大的范围。从这个角度来看，此时期瞿秋白等人虽然已经意识到"литература"本身的多义性和复杂性，但仍将其翻译为"文学"，显然是一种有意的"误读"。

从后者来看，列宁的原文虽然用了很大篇幅来反驳"创作的绝对自由"这一说法，但他还是言之凿凿地确认了文学写作的特殊性，认为无产阶级党性写作必须允许写作者个人丰富想象力和独创性的存在。而且，在把写作事业比喻成社会民主主义机器的"齿轮和螺丝钉"之后，列宁还专门做了一个注解："德国俗语说'任何比喻都有缺陷'。我把写作事业比作螺丝钉，把生气勃勃的运动比作机器也是有缺陷的。"② 这就意味着列宁已经注意到了写作本身是一种生气勃勃的运动，不能用整齐划一的标准去要求它。但是中国文艺界的某些领导人和理论家在宣传和理解《党的组织和党的出版物》时，有意无意地忽略了这部分内容。比如说瞿秋白在和胡秋原等人论争时提到："文艺是附属于某一个阶级的"；"文艺也永远是，到处是政治的'留声机'，问题在于做哪一个阶级的'留声机'。并且做得巧妙不巧妙"③。毛泽东则进一步强调文艺必须"属于一定的政治路线"，必须"服从党在一定革命时期内所规定的革命任务"，为此，文艺批评标准就应该"以政治标准放在第一位，以艺术标准放在第二位"。这种对艺术创作中个人的兴趣爱好和独创性的忽略，为后来"政治决定一切"思想在文艺界的盛行埋下了隐患。

三 中国误读《党的组织和党的出版物》的原因和结果

中国之所以会对《党的组织和党的出版物》产生误读，主要是出于社会功利原因。这篇文章是在20世纪二三十年代传入中国的，当时还只是作为各种文艺思想中的一种在流传。后来，随着革命形势的转变，党的领导人和文艺界相关人士开始推崇列宁的"政治美学"，

---

① 《毛泽东选集》第3卷，人民出版社1991年版，第847页。
② 《列宁全集》第13卷，人民出版社1987年版，第93页。
③ 瞿秋白：《文艺的自由和文学家的不自由》，载《瞿秋白文集》（文学编）第3卷，人民文学出版社1953年版，第67页。

并对其思想进行了具有中国特色的"误读"。

列宁写这篇文章时，俄国正处于资产阶级民主革命时期，革命的组成力量非常复杂，而资产阶级又把自己装扮成"全民的"政治代表，为了在彻底推翻封建专制制度的同时又为下一步的社会主义革命创造条件，列宁提出要坚持无产阶级政党鲜明的党性，排除一切党的反对者和无政府主义者的写作。也就是说，此时的无产阶级地位还不牢固，坚持党性的主要目的是稳固自身的阶级性，如果把范围过于扩大化、政治标准过于唯一化，会造成对其他阶级的排斥。

而中国在接受列宁思想的过程中，之所以把政治性、党性原则的要求扩大到全体文艺界和全部文艺工作者，并有意识地避开"创作的个性"这个问题，是因为当时中国正处于抗日战争时期，抗日救亡活动成为全国各界责无旁贷的政治诉求，在这一革命形势下，党的领导人自然要强调"文艺配合政治、文艺为政治服务"的功能。换句话说，文艺创作受到政党话语权力的支配和调节，是特殊时期的历史要求。1939年7月，宣传部领导艾思奇在《两年来延安的文艺运动》中提出："抗战文艺运动有两个中心任务：一是动员一切文化力量，推动全国人民参加抗战；二是建立中华民族自己的新文艺。……就第二个任务来说，延安建立中华民族文艺的努力，是向着这样的方向走，内容是三民主义的，而形式是民族的。"① 这段话不仅规定了抗战时期文艺运动的目的，而且为其指明了前进的方向和道路。对于此，周扬有着更深刻的体会："我们的艺术教育，文艺运动如果没有和新民主主义政权，和人民的军队，和工农大众密切而且直接地联系，艺术服务政治，就是一句空话。"②

这种把政治性作为所有文学创作的第一标准的做法，在特殊的革命时期有其存在的价值意义，但也先天性地存在着历史局限性，长期推行这一政策导致了庸俗社会学的产生，甚至出现"人民民主专政"现象。对此，有学者指出："毛泽东1942年《在延安文艺座谈会上的

---

① 艾思奇：《两年来延安的文艺运动》，《群众》周刊，1939年7月16日第8、9合期。

② 周扬：《王实味的文艺观与我们的文艺观》，载《周扬文集》第1卷，人民文学出版社1984年版，第390—391页。

讲话》，一方面总结了中国现代文学发展的经验和教训，在文学与人民、文学与生活、文学与社会、文学与时代、文学与传统以及文学的典型性等一系列问题上，继承和发展了马克思主义文艺理论，深刻揭示了文学发展的本质规律，不但为革命文学运动指明了前进方向，而且提供了具有可操作性的方法。但是，另一方面，由于时代的历史的局限，《讲话》没有充分注意与重视革命文学运动中的庸俗社会学问题。正因如此，《讲话》是在引用列宁《党的组织和党的出版物》一文时，只引了'齿轮和螺丝钉'的比喻，而对紧接此喻后的两个'无可争论'和两个'广阔天地'，则未加注意，未置一辞。因此，尽管毛泽东强调了无产阶级艺术要求'政治和艺术的统一，内容和形式的统一'，'革命的政治内容和尽可能完美的艺术形式的统一'，并公开反对那种只有正确的政治观点而没有艺术力量的所谓'标语口号式'的倾向。但这种对于文艺和政治关系的辩证把握透辟分析，并未引起足够的重视和深刻理解。而在特定历史语境中提出的'文艺从属于政治''文艺服从于政治'，以及政治标准'第一'、文艺标准'第二'等口号，则被无条件非历史化地加以引申、夸张与绝对化。这就为庸俗社会学在中国当代文学中的进一步泛滥，留下了隐患。"[①]

第二节 中国"两结合"对俄国"社会主义现实主义"的误读

一 "两结合"的提出及其与社会主义现实主义的关系

"两结合"是"革命现实主义和革命浪漫主义相结合"的简称，这一创作方法在全国第三次文代会上被确定下来，取代全国第二次文代会上提出的"社会主义现实主义"创作方法，成为当时中国文艺界文艺创作的创作方法和指导原则，并深刻影响中国当代文学的创作与批评。

从其形成过程来看，毛泽东 1938 年为延安鲁艺题词"抗日的现

[①] 马江益：《庸俗社会学困扰中国文坛的原因探析》，《西南民族大学学报》2006 年第 7 期。

实主义，革命的浪漫主义"，可以看作其"两结合"思想的萌芽，针对这一题词，林焕平认为毛泽东的原意就是把抗日的现实主义与革命的浪漫主义结合起来，"把抗日的现实主义与革命的浪漫主义割裂了的理解，是有背乎毛先生提出的原意的"①。1947年，周恩来在延安杨家岭的一次讲话中进一步指出："我们的革命文艺，是革命的理想主义和革命的现实主义相结合。"② 1958年1月7日，毛泽东在《人民日报》上发表《蝶恋花·答李淑一》，把革命烈士和神话人物联系起来，用充满乐观理想主义的夸张和想象来反映现实生活、塑造典型人物，郭沫若认为"主席这首词正是革命的浪漫主义和现实主义的典型的结合"③。1958年3月，毛泽东在成都召开的中共中央工作会议上针对新民歌运动提出了"现实主义和浪漫主义的对立统一"的写作要求，认为太现实不能写诗，民歌的内容应该是现实主义和浪漫主义的对立统一。1958年5月，毛泽东在党的八大二次会议上又进一步提出了要把革命热情、革命理想和实际精神结合起来进行文艺创作的要求。之后，对"革命现实主义和革命浪漫主义相结合"（下称"两结合"）创作方法的讨论开始在全国范围内展开。1960年7月，全国第三次文代会召开，周扬在大会主题报告《我国社会主义文学艺术的道路》中强调"革命现实主义和革命浪漫主义的结合"是对优良传统的批判性继承和综合，是在新的历史条件下，在马克思主义世界观的基础上创立的全新的艺术方法，"两结合"的创作方法正式确认，成为一种与"社会主义现实主义"不同的创作方法。

"两结合"创作方法的提出，目的是提高革命浪漫主义的地位，使之成为与革命现实主义并驾齐驱的创作思想。周扬对此有过明确的论述："没有高度的革命浪漫主义精神不足以表现我们的时代，我们的人民，我们工人阶级的、共产主义的风格。人们过去常常把现实主义和浪漫主义当作两个互相排斥的倾向；我们却把它们看成对立而又统一的。没有浪漫主义，现实主义就会容易流于鼠目寸光的自然主

---

① 林焕平：《抗日的现实主义，革命的浪漫主义》，《文学月报》1940年第2卷第1、2期合刊。
② 转引自阎纲《学习周总理的文艺辩证法》，《山东文艺》1978年第6期。
③ 朱寨：《中国当代文学思潮史》，人民文学出版社1987年版，第349页。

第二章 中国接受俄国文论中的"误读"现象研究

义;自然主义是对现实主义的歪曲和庸俗化,它绝不是我们所需要的。"① 从这一点来说,"两结合"其实和俄国"社会主义现实主义"有着异曲同工之妙。20世纪初,苏联文艺界在"拉普"(俄罗斯无产阶级作家协会)派的影响下,极力推崇"唯物辩证法"的创作思想,将浪漫主义作为唯心主义的对应物进行排斥,在文学创作中产生了政治说教化、作品概念化、人物脸谱化等问题。为了解决这些问题,文艺家们开始考虑现实主义与浪漫主义互相融合、互相渗透的可能。如作家柯罗连科认为应该往现实主义创作中注入浪漫主义成分,高尔基提出要"把现实主义和浪漫主义结合成第三种东西"等。在经过广泛的讨论之后,苏联第一次作家代表大会在其《苏联作家协会章程》(1934)中确立了"社会主义现实主义"的创作方法:

> 社会主义的现实主义,作为苏联文学与苏联批评的基本方法,要求艺术家从现实的革命发展中真实地、历史地和具体地去描写现实。同时艺术描写的真实性和历史具体性必须与用社会主义精神从思想上改造和教育劳动人民的任务结合起来。②

这一创作方法要求苏联文学家以"用社会主义精神从思想上改造和教育劳动人民"为目标,有倾向性地反映和描写真实生活,把浪漫主义元素作为现实主义创作中一个不可或缺的组成部分。换句话说,把浪漫主义融入现实主义,正是俄国"社会主义现实主义"的一个显著特色。日丹诺夫提出,"社会主义现实主义是苏联文学创作和文学批评的基本方法,而这是以下列一点为前提的:革命的浪漫主义应当作为一个组成部分列入文学的创造里去,因为我们党的全部生活、工人阶级的全部生活及其斗争,就在于把最严肃的、最冷静的实际工作跟最伟大的英雄气概和雄伟的远景结合起来"③。谢尔宾纳在谈到文学与现实的问题时也说:"在现实主义艺术中,想象的勇敢奔放也

---

① 周扬:《新民歌开拓了诗歌的新道路》,《红旗》1958年第1期。
② 《苏联作家协会章程》,载曹葆华等译《苏联文学艺术问题》,人民文学出版社1953年版,第13页。
③ 曹葆华等译:《苏联文学艺术问题》,人民文学出版社1953年版,第27页。

§ 中国接受俄国文论研究

有巨大意义……没有想象，没有幻想，科学和艺术的发展是不可能的。"① 高尔基更是从文学发展过程的角度论述了现实主义与浪漫主义的同一性："虚幻就是从客观现实的总体中抽出它的基本意义并用形象体现出来——这样我们就有了现实主义。但是，如果在从客观现实中所抽出的意义上面再加上——依据假想的逻辑加以推测——所愿望的、可能的东西，以此使形象更为丰满——那么我们就有了浪漫主义，这种浪漫主义是神话的基础，而且是极其有益的，因为它有助于唤起人们用革命的态度对待现实，即以实际行动改造世界。"②

这种社会主义现实主义里的浪漫主义色彩，早在俄国社会主义现实主义初步传入中国的时候，就已经被相关理论家注意到。如周扬在发表于1933年《现代》第4卷第1期上的《关于"社会主义现实主义与革命的浪漫主义"——"唯物辩证法的创作方法"之否定》一文中提出，革命的浪漫主义是"一个可以包括在社会主义的现实主义里面的，使社会主义的现实主义更加丰富和正当的，必要的要素"③。之后，周扬在1934年11月和1935年1月连续发表了《现实的与浪漫的》和《高尔基的浪漫主义》两篇文章，专门讨论浪漫主义，认为积极的英雄浪漫主义是文学家能够深刻地认识现实的必要条件之一。而胡风在接受社会主义现实主义理论时，更是凭着自己的"实感"把文学家的主体因素和社会现实客观因素结合起来："艺术（文学）作品是在形象里反映世界、认识世界。这意思是说，艺术（文学）作品底内容一定是历史的东西。离开了人生就没有艺术（文学），离开了历史（社会）就没有人生。"④

从思想渊源来看，很多宣扬和推行"两结合"创作方法的文艺理论家，其观念的形成，最初是与接受俄国社会主义现实主义理论的影

---

① [苏]谢尔宾纳：《文学与现实》，载金霞等译《文艺理论译丛》第1辑合订本，新文艺出版社1956年版，第255页。
② [苏]高尔基：《论文学》，载《苏联的文学》，人民出版社1978年版，第111页。
③ 周扬：《关于"社会主义现实主义与革命的浪漫主义"——"唯物辩证法的创作方法"之否定》，载《周扬文集》第1卷，人民文学出版社1984年版，第252页。
④ 胡风：《目前为什么没有伟大的作品产生》，载《胡风评论集》上册，人民文学出版社1984年版，第55页。

第二章 中国接受俄国文论中的"误读"现象研究

响分不开的。作为中共领导的左翼文艺的权威文艺理论家和苏联文艺思潮的关键阐释者,周扬非常敏锐地把握到苏联文艺界对"唯物辩证法的创作方法"的否定,在还抱有犹豫、保留的态度和矛盾的心情的情况下,就向国内文艺界较为全面地介绍了俄国社会主义现实主义。虽然此时的周扬还把革命浪漫主义看成社会主义现实主义中的从属:"作为苏联文学的重要口号的,还是'社会主义的现实主义','革命的浪漫主义'只是当作和'社会主义的现实主义'并不矛盾的,而且是可以包含在'社会主义的现实主义'里面的一个要素提出来的。"[1] 但是随着他对俄国社会主义现实主义的不断熟悉和对中国文艺界现状了解的不断深入,周扬逐渐开始强调正确的世界观、英雄浪漫主义和丰富的想象力在作家创作中的重要性,为其以后的理论体系奠定了基础。郭沫若、茅盾、冯雪峰等,也都通过翻译苏联的文学作品和文艺理论,接受过俄国社会主义现实主义的思想观点。在文艺整风运动中,苏联的文艺思想和文艺政策成为重要的学习内容。经过整风学习之后,中国文艺界普遍认同了社会主义现实主义的重要性:"社会主义现实主义,现在已成为全世界一切进步作家的旗帜,中国人民的文学正是在这个旗帜之下前进的。正如中国新民主主义革命是无产阶级社会主义世界革命的组成部分一样,中国人民的文学也是世界社会主义现实主义文学的组成部分。"[2] 并在内在联系上把无产阶级现实主义同社会主义现实主义统一起来:"我们又说无产阶级现实主义也就是社会主义现实主义,这是因为无产阶级的思想就正是社会主义和共产主义。这两个名词在意思上是一样的。"[3]

其实,一直到1958年以前,中国文艺理论界都没有把社会主义现实主义与"两结合"区别开来,毛泽东在《在延安文艺座谈会上

---

[1] 周扬:《关于"社会主义现实主义与革命的浪漫主义"——"唯物辩证法的创作方法"之否定》,载《周扬文集》第1卷,人民文学出版社1984年版,第113页。

[2] 周扬:《社会主义现实主义——中国文学前进的道路》,《人民日报》1953年1月11日。

[3] 冯雪峰:《学习党性原则,学习苏联文学艺术的先进经验》,《文艺报》1952年第17期。

的讲话》（1942）中说"我们是主张社会主义的现实主义的"①。郭沫若认为"社会主义现实主义"就是把今天所需要的革命浪漫主义和革命现实主义适当结合起来。茅盾提出要达到社会主义现实主义的道路，就要把现实主义和革命浪漫主义结合起来。周恩来更是在第二次全国文代会（1953）上强调"我们的理想主义"应该是现实主义的理想主义，"我们的现实主义"应该是理想主义的现实主义，"社会主义现实主义"就是把革命的现实主义和革命的理想主义结合起来。但是到了1958年年初，随着"大跃进"运动的展开，为了支持和宣传"鼓足干劲，力争上游，多快好省地建设社会主义"的社会发展总路线，毛泽东认为在精神文化层面要充分调动人民的积极性，去建设一个理想的社会主义国度。因此，他给文学艺术提出了"两结合"的要求，并把共产主义文学艺术理想当成"两结合"的任务目标和最高原则：

> 革命的现实主义和革命的浪漫主义相结合的方法，要求真实地反映出不断革命的现实发展，并且充分表现出崇高壮美的共产主义理想；要求文艺创作者做出最真实的同时又是具有最高理想的文艺，忠于现实而又比现实更高的文艺。只有这种文艺能够完满地反映出跃进再跃进的现实，鼓舞人民向更新更美的目标前进。②

从这一要求可以看出，"两结合"的确立和当时社会具体历史发展的要求密不可分，有着浓厚的意识形态诉求和时代特征。对此，周扬也曾有过论述："毛泽东同志提倡我们的文学应当是革命的现实主义和革命的浪漫主义相结合，这是对全部文学历史的经验的科学总结，是根据当前时代的特点提出的一项十分正确的主张，应当成为我

---

① 转引自22院校编写组编《中国当代文学史》第1册，福建人民出版社1980年版，第49页。
② 《文艺报》社论：《掀起文艺创作的高潮，建设共产主义的文艺》，《文艺报》1958年第19期。

们全体文艺工作者共同奋斗的方向。"① 也就是说，"两结合"是在共产主义理想这个大方向的指引下提出的，它虽然在内容上吸收了俄国社会主义现实主义的相关思想，但在实质上却有着鲜明的时代特色和本土化色彩，是对俄国社会主义现实主义的一次"误读"。

二 "两结合"对社会主义现实主义误读的具体表现

（一）怎样对待"浪漫主义"

"两结合"对社会主义现实主义的误读，首先就表现在对"浪漫主义"的态度上。虽然两种创作方法都包含了现实主义和浪漫主义的元素，但在社会主义现实主义那里，"浪漫主义"元素是"现实主义"的一个组成部分，其存在的目的是把社会主义现实主义与旧现实主义区别开，帮助社会主义现实主义更深刻地挖掘现实，使其不但真实地表现过去的现实和现在的现实，而且能积极引导人们去创造更美好的未来的现实。作为俄国社会主义现实主义创作方法的奠基者，高尔基在评价契诃夫的《带叭儿狗的女人》时提出："需要英雄人物的时代已经到来了，大家都希望有令人鼓舞的东西、开朗明快的东西，您知道，希望有不是酷似生活，而是比生活更高、更美、更好的东西。"② 高尔基的文学创作是从浪漫主义开始的，他曾把文学上的浪漫主义划分为"消极的浪漫主义"和"积极的浪漫主义"两派，认为消极的浪漫主义让人堕落，积极的浪漫主义却能给人以抵抗现实压力的强大心理支撑，是热情、勇敢的意志和理性的代名词。到了20世纪30年代，高尔基又用"革命的浪漫主义"取代了"积极的浪漫主义"，或者干脆直称"革命的热情""社会的英雄主义"，等等。在对待现实主义和浪漫主义的态度上，高尔基曾经说过："作为一个浪漫主义者，这是适时的和可尊敬的；但是，始终作为一个现实主义者，这是必需的，因为只有这才是令人信服的，只有这才可以有力地触及心灵，只有这才是不朽的。"③ 这种观点直接影响到后来苏联文

---

① 周扬：《新民歌开拓了诗歌的新道路》，《红旗》1958年第1期。
② 转引自李辉凡《文学·人学：高尔基的创作及文艺思想论集》，重庆出版社1993年版，第265页。
③ 同上书，第266页。

艺界对社会主义现实主义的认识，卢那察尔斯基认为社会主义现实主义首先是一种现实主义，浪漫主义是使现实主义动态发展、富于活力的一个因素，是"反映现实——发展中的、未来的、真正的现实——的方法之一"[①]。法捷耶夫结合社会主义现实主义的包容性和多样性谈道："艺术中真正的革命方法首先是从现实的发展中，从它的基本倾向中，从它的活生生的、丰富的内容中，从多种多样的、激动新人类的问题中真实地、艺术地把它表现出来。"[②] 革拉特珂夫则进一步把"反映现实"明确为社会主义现实主义的主要任务："社会主义现实主义的意义正是在于深刻地鲜明地反映我们现实这种前进的运动，在于影响这个现实，在于了解时代所提出来的伟大的问题，在于创造典型的时代性格——建设并推动我们生活前进和向上的人物。"[③]

从"社会主义现实主义"的产生过程来看，苏联文艺界对"浪漫主义"因素的强调，是为了赋予现实主义更有社会主义时代感和马列主义精神的活力，其主导因素仍然是"现实主义"。对此，周扬曾有过较为准确的评价："作为苏联文学的重要口号的，还是'社会主义的现实主义'，'革命的浪漫主义'只是当作和'社会主义的现实主义'并不矛盾的，而且是可以包含在'社会主义的现实主义'里面的一个要素提出来的。"[④] 与社会主义现实主义相比，"两结合"非常明确地把"浪漫主义"从"现实主义"的从属地位中提升出来，通过先分后合的方式，使之成为与"现实主义"并驾齐驱的一种创作方法，强调两者之间的统一与结合。如周扬在某次讲演中提到"现实与理想的结合是最现实的，也是最理想的，缺乏理想的现实不是最

[①] [苏] 卢那察尔斯基：《社会主义现实主义》，载中国科学院文学研究所苏联文学组编《苏联作家论社会主义现实主义》，人民文学出版社1960年版，第32页。

[②] [苏] 法捷耶夫：《论社会主义现实主义》，载中国科学院文学研究所苏联文学组编《苏联作家论社会主义现实主义》，人民文学出版社1960年版，第83页。

[③] [苏] 革拉特珂夫：《论社会主义现实主义》，载中国科学院文学研究所苏联文学组编《苏联作家论社会主义现实主义》，人民文学出版社1960年版，第131页。

[④] 周扬：《关于"社会主义的现实主义"与革命浪漫主义——"唯物辩证法的创作方法"之否定》，载《周扬文集》第1卷，人民文学出版社1984年版，第113页。

第二章 中国接受俄国文论中的"误读"现象研究

现实的,缺乏现实的理想是不可靠的理想"①。安旗在谈到两者的结合时说:"真正的艺术家在他对现实作艺术概括时,他必然会有选择、有所强调、有所省略,常常会加上他所愿望的、所可能想象的东西,即浪漫主义的因素。因此,现实主义与浪漫主义的结合,从理论上来看,可以说是很自然的事情。"② 在评论促进"两结合"思想产生的直接对象——新民歌运动时,姚文元再次强调现实和理想的统一:"站起来的劳动人民有远大的理想和豪迈的主人公情感,又有脚踏实地的革命干劲;有强烈的革命乐观精神,又有切实的批判精神。这种思想感情表现在艺术上,就不能不是革命的现实主义和革命的浪漫主义相结合。"③ 安旗更是敏锐地指出:"今天,大量的革命浪漫主义因素出现在民歌中不是偶然的。产生这种奇花的土壤是社会主义大跃进的现实生活,产生这种浪漫主义的动力是社会主义和共产主义精神的高涨。广大的农民在1956年,从几千年的私有制的老枷锁中解放出来……从大自然的奴隶变成大自然的征服者了……这一切是千真万确的现实,但又像神话,像奇迹,这种神话似的现实,这种奇迹似的成就,人民在创造这种伟大现实时,那种排山倒海、扭转乾坤的英雄气概,反映在人民自己的创作——民歌中,怎能不开放出雄伟瑰丽的革命浪漫主义之花呢?"④

由此可见,"浪漫主义"在"两结合"中的地位,已不再是"现实主义"的附属品,而是真正地与"现实主义"相互融合,某种程度上甚至成为决定性的主导因素。因此,1959年5月,周恩来在北京部分文艺界人士座谈会上的讲话中强调文艺创作既要浪漫主义,又要现实主义;既要有理想,又要结合现实;要把革命现实主义和革命浪漫主义结合起来。1960年7月的全国第三次文代会上,周恩来又再次强调了"革命现实主义是基础,革命浪漫主义是主导"的关系

---

① 周扬:《谈革命现实主义和革命浪漫主义的结合问题》,载《周扬文集》第3卷,人民文学出版社1990年版,第65页。
② 安旗:《从现实出发而又高于现实》,《文艺报》1959年第13期。
③ 姚文元:《伟大的史诗——论新民歌》,《跃进文学研究丛刊》1958年第2期。
④ 安旗:《略论新民歌思想艺术上的主要特点》,载文艺报编辑部编《论革命的现实主义和革命的浪漫主义相结合》,作家出版社1958年版,第131页。

构成。

（二）如何认识"真实性"

"真实性"是俄国社会主义现实主义的核心问题。在俄国"社会主义现实主义"那里，"真实性"有着丰富的含义和动态发展的内涵。从其产生根源来看，"真实性"是以坚定的现实生活为基础的。1932年，斯大林针对"拉普"所提出的"为文学和艺术中的唯物辩证主义方法而斗争"的口号，主张艺术家应该向现实生活学习，认为艺术家只要能真实地反映生活，就能在生活中察觉到，并且反映使生活走向社会主义的东西，就能写出社会主义现实主义的艺术作品。对此，波沙列夫斯基也曾有过论述："写出真实就是说，首先反映生活中最本质、最典型、最根本的东西，反映我们现实中最先进、日益成长、壮大的东西。"①。也就是说，"现实"既是"真实性"的出发点和描写内容，也是衡量"真实性"的标尺。这里所说的现实，更多地指向当下的现实日常生活。

但是在社会主义现实主义思想发展的过程中，苏联文艺界对"现实"的内涵有着更丰富的认识。如高尔基1935年在苏联作家协会理事会第二次全体会议上的讲话中提出了要描写第三现实的问题："然而，我们不仅要知道两种现实——过去的现实和现在的现实，也就是我们在某种程度上参加创造的那种现实。我们还必须知道第三种现实——未来的现实。我说出这种关于第三现实的话，不是为了卖弄聪明，完全不是的。我觉得这些话是坚决的号令，是时代的革命的命令。我们现在应该设法把第三种现实列入我们的日常现象，应该描写它。如果没有它，我们就不会理解社会主义现实主义是什么。"② 这一问题的提出，直接指向了艺术家的个人立场与思想倾向。同样，卢那察尔斯基在论述社会主义现实主义时也说："社会主义现实主义者把现实理解为一种发展，一种在对立物的不断斗争中进行的运动。但他不仅不是静止论者，而且也不是宿命论者；他看见自己处在这个发

---

① [苏]波沙列夫斯基：《斯大林社会主义现实主义原则是艺术科学的最高成就》，《文艺理论学习小译丛》第3辑合订本，新文艺出版社1954年版，第215页。

② [苏]高尔基：《关于社会主义现实主义的言论及书信》，载中国科学院文学研究所苏联文学组编《苏联作家论社会主义现实主义》，人民文学出版社1960年版，第19页。

第二章 中国接受俄国文论中的"误读"现象研究

展、这个斗争中,他确定了他的阶级立场,确定了他属于某个阶级或者他走向这个阶级的道路,也确定了自己是力求使过程这样进展而不是那样进展的一份积极的力量。"① 也就是说,在对"现实"的理解上,艺术家个人的阶级属性和政治倾向起着决定性的作用。

从以上分析可以看出,苏联文艺界对于"真实性"的认识有两种倾向:一种认为当下的现实生活对艺术家的创作有着决定性的作用,另一种则强调艺术家个人的立场和观点及其影响下的对于"真实性"的主观理解。其实,这种混杂状态是和"真实性"这个词本身的丰富性分不开的,波斯彼洛夫曾经指出,在 20 世纪 30 年代,苏联文艺界一直把恩格斯有关现实主义论述中的"Truth"翻译成"正确的",即现实主义是"再现典型环境中的典型人物的正确性"。一直到 1940 年,才将"正确的"改为"真实性"。因为"俄语中的'正确性'与'真实性'是两个不同概念的词汇,前者没有道德含义,更适合用来表达反映生活的原则,后者则适用于说明文艺作品的思想感情倾向性"②。当俄国社会主义现实主义用"从现实的革命发展中真实地、历史地和具体地去描写现实"来描述"真实性"时,就已经把"较为客观地描写现实"和"有倾向性地描写现实"这两种意思都包含在内了。

"两结合"在接受社会主义现实主义的过程中,对"真实性"进行了本土化的解释,发展出"理想主义真实"的观念。如蒋孔阳提出,"社会主义现实主义的作家,在真实地描写现实的革命发展过程中,它不是客观主义的,而是具有鲜明的党性立场的"③。诗人贺敬之认为"写真实"应该以有理想的、集体主义英雄主义的、表现共产主义者的无限广阔的胸怀的"革命浪漫主义精神"为指导,郭小川则指出文艺创作应"不拘泥于细节的真实,表现人民的英雄气概和

---

① [苏]卢那察尔斯基:《社会主义现实主义》,载中国科学院文学研究所苏联文学组编《苏联作家论社会主义现实主义》,人民文学出版社 1960 年版,第 29 页。
② 陈顺馨:《社会主义现实主义理论在中国的接受与转化》,安徽教育出版社 2000 年版,第 44 页。
③ 蒋孔阳:《关于社会主义现实主义》,《文艺月报》1957 年 4 月。

对于未来的梦想"①。周扬则进一步指出:"关于'真实',关于'现实主义',我们和修正主义者之间存在着截然不同的理解。……他们排除生活中的先进理想,他们的所谓现实主义,是没有先进理想的'现实主义',实际上不是现实主义,而是卑琐的自然主义或颓废主义。他们的所谓'真实',其实是对于现实的歪曲。我们从来主张文艺必须真实,反对虚伪的文艺。但是我们却不是'为真实而真实'论者。在阶级社会中,文艺家总是带着一定阶级的倾向来观察和描写现实的,而只有站在先进阶级和人民群众的立场,才能最深刻地认识和反映时代的真实。人民的作家选择和描写什么题材,首先就要考虑是否于人民有益。真实性和革命的倾向性,在我们是统一的。"② 从这些论述可以看出,"两结合"对社会主义现实主义"真实性"中的阶级立场和思想倾向进一步发挥,更明确地提出了"理想主义真实"的观念,主张文艺应当表现革命发展中的现实和对于更美好的未来的理想。

此外,社会主义现实主义对"真实性的倾向性"的强调,主要集中在对人民进行思想改造的教育功能上,而"两结合"对"真实性的倾向性"的强调,则主要是为了用丰富的想象力和美好的理想化世界来调动民众从事社会主义事业建设的乐观主义精神和积极能动性,是一种超越现实和改造现实的革命浪漫主义理想指导下的"真实性"。

(三)关于"典型化"

社会主义现实主义把"典型化"作为其创作方法的主要途径,并按照恩格斯和列宁的论点来阐释"典型化"的内涵:"典型是艺术的主要范畴及其发展的独特的客观规律。典型的概念在列宁的反映论中得到坚实的科学基础。按照列宁的话来说,艺术的再现是具有进攻的积极性质。一个作家不单是机械地描写外在世界的现象,而是要把自己的感情、自己的世界观,倾注在这些现象中,要从围绕他的大量现

---

① 郭小川:《我们需要最强音》,《文艺报》1959年第9期。
② 周扬:《我国社会主义文学艺术的道路》,《文艺报》1960年第13、14期。

第二章 中国接受俄国文论中的"误读"现象研究

象、性格和生活的特点中选择最本质、最典型的东西。"① 这一观点把"典型"与艺术家的思想信仰、主观情感和创作个性结合起来，认为艺术家进步的世界观是其塑造典型、揭示本质的关键因素。在具体的创作过程中，米亚斯尼科夫认为"典型化"不是对现实生活的简单照搬和总结，而应该结合艺术家的理想进行再创造："有才能和具有一定世界观的艺术家不是消极的媒介者，只听取和传达生活给予他的东西（按卢卡契的说法，即'受现实的操纵'），而应该是创造性地再现、重新创造所看见的东西，把现存的事物和应该具有的理想加以对照。"② 从这里可以看出，社会主义现实主义是把文艺家的世界观当成"典型化"创作的决定性因素的。当然，在具体的创造过程中，社会主义现实主义认为"典型化"的创作方法应该是多样化的："社会主义的现实主义保证艺术创作有特殊的可能性去表现创作的主动性，选择各种各样的形式、风格和体裁。"③ 西蒙诺夫还在第二次全苏作家代表大会上做了"风格与创作流派的多样性"的论述。

与社会主义现实主义相比，"两结合"对"典型化"创作有着更加明确的界定，认为艺术家在塑造"典型"时，应在革命浪漫主义精神的指导下进行理想化的创造。如有的理论家建议用夸张、幻想、想象等浪漫主义的手法来塑造典型人物："浪漫主义由于着重表现理想中的事物，因此往往不像现实主义那样采取'生活本身的形式'，而是采取假想的形式。作者可以上天入地、古往今来，自由地驰骋他的想象力。他的主人公可以是神话中的角色，可以是鸟兽草木的拟人化……当然也可以是现实生活中的人。"④ 周扬、胡经之、李希凡等人虽然不完全赞成这种夸张的手法，但也都不同程度地提出了"理想

---

① ［苏］谢尔宾纳：《文学与现实》，金霞等译，《文学理论译丛》第 1 辑合订本，新文艺出版社 1956 年版，第 240 页。
② ［苏］米亚斯尼科夫：《苏联现实主义问题讨论集》，外国文学出版社 1981 年版，第 8 页。
③ 《苏联作家协会章程》，载曹葆华等译《苏联文学艺术问题》，人民文学出版社 1953 年版，第 13 页。
④ 霍松林：《创造性地继承传统，大力发展革命的现实主义和革命的浪漫主义相结合的文艺创作》，载文艺报编辑部编《论革命的现实主义和革命的浪漫主义相结合》，作家出版社 1958 年版，第 111 页。

化英雄人物"的塑造："从人物塑造方面来说，不一定非得写'超人'、现实中不存在的人物，才算革命现实主义与革命浪漫主义相结合的特色。它应该写平凡的人，写劳动人民，但是，必须写出他的不平凡的一面，并把这不平凡的方面——也就是他的本质的方面，加以突出，以一种激情来歌颂、刻画他，在这人物身上，表现了作者的理想、希望。"① 这种对理想化英雄人物的偏爱，某种程度上导致了"大跃进"时期文艺创作过于单一化的问题，虽然邵荃麟等人在1962年左右提出创作风格多样化、写"中间人物"等使现实主义深化的建议，但随着社会政治形势的变化，文艺界继续关注和讨论的热点问题仍然是如何"塑造无产阶级英雄形象"，这种关注和讨论直接引发了"三突出"原则的确立。

三 "两结合"误读社会主义现实主义的原因和结果

"两结合"对俄国社会主义现实主义理论的"误读"，有着历史的必然性。一方面，从文学解释学的角度来说，接受者在接受任何一个文本时，都会受到"期待视野"的影响，即接受者事先拥有的全部经验和知识积累会成为他们接受文本时的标准或框架。"期待视野"的不同必然会带来对所读文本的不同理解。另一方面，按照解构主义的理论，任何一种阅读行为都是"误读"。因为"诗人们"在面对自己的"前辈"时，总是充满了因"晚来"而产生的焦虑，会对"前辈"产生一种类似于俄狄浦斯情意综式的"憎恨"，从而有意采取"误读"的防护策略，以象征性地杀死自己的前辈"父亲"，开辟出属于自己的独特领域。

具体来说，"两结合"误读社会主义现实主义的原因有以下几个。

首先，是中国当时特殊的社会历史时期的时代要求。在"两结合"创作方法正式提出的前后，中国正处于"大跃进"运动时期，党的八大明确指出"现在已经是提出技术革命以及技术革命相辅而行的文化革命的时候了"，并号召全国人民"为尽快地把我国建成一个

---

① 胡经之：《关于革命的现实主义和革命的浪漫主义相结合》，《文艺报》1958年第23期。

第二章　中国接受俄国文论中的"误读"现象研究

具有现代工业、现代农业和现代科学文化的伟大社会主义国家而奋斗"①。为了完成这一任务，文艺界需要肩负起调动人民积极能动性和革命乐观主义精神的职责，因此，适时提高"革命浪漫主义"的地位，用"理想化的英雄主义人物"去激励人民为了美好的明天而努力，成为当时文艺界的必然趋势。从这个角度来看，仅仅按照社会主义现实主义的标准，把"浪漫主义"看成"现实主义"的附属品，已经跟不上社会主义建设的需要。相对于揭露问题、批判现实来说，"大跃进"式的社会经济建设更需要用充满激情的理想和丰富大胆的想象来鼓励人民去克服困难、实现理想。当然，这种激情、理想和想象，必须以社会现实为根基。正是在这个意义上，周扬按照毛泽东的思路，对"新民歌"进行了高度的赞扬：

> 新民歌充满了这类大胆的幻想，火一般的热情和轻松愉快的幽默。作者们的想象力像脱缰之马一样地自由驰骋。他们神往于更加美好的未来生活。他们根据自己的革命经验和劳动经验，相信世界是可以改造的。他们正凭自己的双手在从事着改造世界的巨大工作。他们的幽默，就是相信自己正确，相信自己有力量，而蔑视敌人，蔑视困难的一种表现。他们敢于幻想，并且能够用自己的双手把幻想变成现实。这就是民歌中革命的现实主义和革命的浪漫主义结合的根源。②

"大跃进"时期的特殊要求使"两结合"突出了"浪漫主义"的自主性，强调浪漫主义与现实主义之间的融合统一。同样，也正是因为对美好未来的憧憬，"两结合"极力推崇"真实性"的思想倾向性，从中提炼出"理想主义真实"的概念，并通过对"理想主义英雄人物"的塑造，为广大人民群众塑造社会主义建设道路上的典型形象。

---

① 中国共产党历史大辞典编辑委员会编：《中国共产党历史大辞典——社会主义时期》，中共中央党校出版社1991年版，第168页。
② 周扬：《新民歌开拓了诗歌的新道路》，《红旗》1958年第1期。

当然，"两结合"的许多思想和观念从本质上来说和社会主义现实主义差别甚微，两者的产生背景和形成过程也大致相似。如果说"两结合"的目的是促进社会主义建设的话，"社会主义现实主义"的提出也是为了"从思想上改造和教育人民"，从思想立场和对文学政治性的强调上来说，前者正是后者的延续，不同的只是具体的时代要求。并且，社会主义现实主义本身也在继续发展，如果继续使用这一名称，也有其合理性的一面。中国文艺界之所以在1958年前后提出"两结合"的创作方法，并且在全国第三次文代会上就明确用"两结合"取代"社会主义现实主义"，是和中国文艺界对文艺理论的"本土化"要求和当时中苏之间的微妙关系有一定关系的。

按照布鲁姆的"误读"理论，每一个后来的接受者都有杀死"父亲"、实现自我的内在意识需求。在对社会主义现实主义理论的长期接受过程中，中国文艺界也逐渐萌生了创立自己的本土化理论的需求，再加上中苏两党关系在苏共二十大后开始不断恶化，苏联在经济和政治上给中国带来巨大损失，无论是在经济建设还是在意识形态层面，从苏联模式的影响下独立出来，成为当时中国共产党的必然选择。因此，创刊于1958年6月的中共中央机关刊物《红旗》，在发刊词里就明确宣称："刊物的任务就是要更高地举起无产阶级在思想界的革命红旗。遵循的方针是密切联系群众，倾听群众的呼声，把马克思主义的普遍真理和具体实践结合起来；尊重新鲜事物，敢于在新的历史条件下提出问题，解决问题；坚持真理，坚决地同修正主义和一切脱离马克思主义轨道的思想决裂。"[①] 其中暗含的意思就是，中国共产党和中国人民要在马克思主义的引导下，开辟出属于自己的道路。

但是，如果放在世界格局里来看，在社会主义阵营与资本主义阵营之间存在尖锐对立的社会语境中，中国不可能马上与同为社会主义阵营的苏联公开决裂，中苏文坛也相应地处于一个两难境地。同时，"社会主义现实主义"的相关内容也确实对当时的中国文坛产生了重大影响。因此，我国文艺界既不能完全放弃社会主义现实主义的总体

---

① 见《红旗》1958年6月创刊号的《发刊词》。

原则，又要独创出具有中国特色的文艺理论思想，"两结合"便应运而生。

除此之外，"两结合"的直接提出者——毛泽东个人的文学观念也是原因之一。作为一个革命家和诗人，毛泽东具有浓厚的革命浪漫主义气质，这种浪漫主义气质使他在社会建设方面极富想象力地构建了"提前实现共产主义的人民公社和大炼钢铁"的理想化生活模式，直接促发了"大跃进"运动的产生。相应地，在文艺创作方面，毛泽东也一直偏好浪漫主义式的幻想、夸张等手法，在中国古典作家中，他喜欢屈原、李白等人的作品，不喜欢悲观的文学作品如清末谴责小说等，他自己的诗词恢宏大气、充满激情，具有鲜明的浪漫主义元素。同时，常年的革命实践又让他充分注意到现实主义的重要性。因此，毛泽东便以革命为连接点，将"革命的浪漫主义"与"革命的现实主义"融合起来，形成了"两结合"的文艺思想观念，而他本人的许多诗词创作，如《念奴娇·昆仑》《蝶恋花·答李淑一》等，则成为"两结合"的经典代表。

布鲁姆在《影响的焦虑》中说："诗的影响并非一定会影响诗人的独创力；相反，诗的影响往往使诗人更加富有独创精神——虽然这并不等于使诗人更加杰出。"[①] 俄国"社会主义现实主义"对中国文艺界的影响，不但没有消磨中国文艺界的独特性，反而直接促发了"两结合"创作方法的产生。"两结合"对"社会主义现实主义"的误读，从某种程度上来说是中国当代文艺理论对马克思主义文艺观进行"中国化"改造的一次有意义的尝试。当然，"两结合"产生于特定的历史时期，也有与生俱来的历史局限性，如对文学政治性的过度强调、对"理想主义英雄人物"的拔高、对"现实主义"和"浪漫主义"自身丰富的层次性认识不到位等，这些问题，都将有待于后来者的"误读"去解答。

---

① [美]哈罗德·布鲁姆：《影响的焦虑》，徐文博译，江苏教育出版社2005年版，第6页。

第三章 中国接受俄国文论中的"纠偏"现象研究

中国接受俄国文论中"纠偏"现象，大致有这么两类：一是在接受某类俄国文论时，客观上对另一种文论接受中的缺失进行了补救；一是接受某类俄国文论时，发现其缺失，直接对其进行纠正。

第一节 别、车、杜与中国 20 世纪文论

别、车、杜是 19 世纪俄国文论家别林斯基、车尔尼雪夫斯基和杜勃罗留波夫的合称。他们三位都是俄国革命民主主义批评家，是他们那个时代的进步思想界和文学界的领袖人物。他们的文论思想传入中国之后，曾在中国引起很大的反响，被很多人所追从，但在某个时期，他们的思想又遭到批判，后来又曾被人们所冷落。别、车、杜在中国的戏剧性命运与中国 20 世纪文论的发展有很大的关系。

一 别、车、杜的文论在中国的译介

别、车、杜最早进入中国大约是在五四时期，距今已有百年的历程。其间，别、车、杜有过被中国学者热捧的时候，也有遭受批判的时候，根据在中国遭受的冷热不同境遇，我们可以将其在中国的传播分为五个时期。

其一，五四时期。别、车、杜五四时期在中国的传播，主要表现在两个方面，一是报纸杂志的译介，一是俄国文学史书里的介绍。报纸杂志的译介最典型的是田汉的《俄罗斯文学思潮之一瞥》。

第三章 中国接受俄国文论中的"纠偏"现象研究

1919年,田汉在《民铎》①杂志发表《俄罗斯文学思潮之一瞥》,对别、车、杜三位分别做了介绍。文章称伯凌斯奇(别林斯基)为"俄国近代思潮之黎明期一中枢人物",认为"其批评方法至于科学哲学的基础之上","以促进社会之自觉,鼓动社会之生机"为己任,故而"尽其心力,务引文学入实社会,使艺术品之感化深浸润于实生活,自己亦由哲学的抽象世界投身于社会的劳动,其思想范围之阔,又足代表一伟大之时代"。同时,文章对车尔尼雪夫斯基和杜勃罗留波夫也做了简要介绍,称周尔尼塞福斯奇(车尔尼雪夫斯基)为"急进派之中坚",并论及了他的文论著作《艺术对现实的审美关系》和《俄国文学果戈里时期概观》,称多蒲乐留博夫(杜勃罗留波夫)为"与周氏同为严格之批评家,虽性质温厚,而于社会生活则几别为一人"。② 1921年《小说月报》出了"俄国文学研究"专刊,其中郭绍虞的《俄国美论与其文艺》是一篇论述俄国文学理论及其与文艺关系的文章。其中论述到了别林斯基、车尔尼雪夫斯基和杜勃罗留波夫这三位批评家。文章认为裴林斯基(别林斯基)一生的思想差不多起三种变化:"最初是鲜霖(谢林)哲学的思想,次为黑革尔(黑格尔)哲学的思想,最后为黑革尔哲学左派的思想。其前二时期都为纯艺术的主张,最后始有人生的倾向。"③ 同时,该文对车尔尼雪夫斯基和杜勃罗留波夫等人的美学思想也做了介绍和分析。

介绍别、车、杜的文学史书籍则主要是瞿秋白的《俄国文学史》和郑振铎的《俄国文学史略》。瞿秋白1922年完成的《俄国文学史》里有专门一章"文学评论"谈到了俄国的文学理论和批评。瞿秋白认为倍林斯基(别林斯基)是"俄国真正的文学评论的鼻祖,他不但注意于文体,而且还注意及文学的思想,正正经经从事于文学评论的事业,那时正是19世纪的40年代——社会思想最初活动的时

---

① 《民铎》杂志原系中国留日学生学术研究会主办的一个大型刊物,1916年在东京创办,1918年后改在上海出版,1929年终止。
② 田汉:《俄罗斯文学思潮之一瞥》,《民铎》杂志1919年第1卷第6、7期合刊。
③ 郭绍虞:《俄国美论与其文艺》,《小说月报》1921年"俄国文学研究"专号。

期"①。然后又谈到了赤尔纳塞夫斯基（车尔尼雪夫斯基）的《论艺术对于现实之美学关系》，并评述了他的"美是生活"的观点。同时，文章也论及了杜薄罗留白夫（杜勃罗留波夫）。1924年，郑振铎在上海商务印书馆出版了《俄国文学史略》，该书专门有一章"文艺评论"对19世纪以降的俄国文论做了简要的介绍，其中就评述了别林斯基、车尔尼雪夫斯基和杜勃罗留波夫等人。例如，对别林斯基，作者认为他"不仅是一个文艺批评家，而且是俄国的青年的导师"，他的批评文字"蕴蓄着美与热情"，"以后俄国的为人生的艺术的思潮的磅礴，他可以说是一个最有力的鼓动者"。②对杜勃罗留波夫，作者认为"他的伟大，不在他的批评主张，而在于他的纯洁坚定的伟大的人格。……所有他的文字，都使人感到一种道德的观念；他的人格强烈地与读者的心接触着"③。

其二，三四十年代。如果说五四时期中国对别、车、杜还侧重于介绍的话，那么三四十年代中国则开始了对他们论著原文的翻译。例如，1930年8月《小说月报》第21卷第8号刊登程鹤西翻译的《什么是"亚蒲洛席夫"式的生活》（杜勃罗留波夫的文学论文《什么是奥勃洛摩夫性格?》）。1935年，《译文》杂志第2卷第2期，发表了周扬所译别林斯基的《论自然派》，那是别林斯基《1847俄国文学一瞥》中的一节，也是"别林斯基的文学论文的最早中译文"④。1936年4月，在杜勃罗留波夫百年诞辰纪念之际，《译文》新1卷第2期特意开辟了"杜勃洛柳蒲夫诞生百年纪念"专栏，对这位批评家的文学思想和批评成就做了较为集中的介绍，刊出了他的论文《给诗人》《什么时候才有好日子》（《真正的白天何时到来?》一文的结论部分），同时还发表了苏联学者撰写的《杜勃洛柳蒲夫略传》。1936年，上海生活书店出版了《伯林斯基文学批评集》（王凡西译），内收《论文学》《论自然派》和《论果戈里底小说》三篇论文，并附有

---

① 瞿秋白：《瞿秋白文集》（文学编）第2卷，人民文学出版社1986年版，第231页。
② 郑振铎：《俄国文学史略》，上海商务印书馆1924年版，第112—114页。
③ 同上书，第116—117页。
④ 汪介之：《回望与沉思——俄苏文论在20世纪中国文坛》，北京大学出版社2005年版，第10页。

第三章 中国接受俄国文论中的"纠偏"现象研究

译者"小引"和苏联《真理报》(1936年6月12日)为纪念别林斯基诞辰125周年发表的社论《伟大的俄国批评家》(张仲实译)。1942年,周扬翻译出版了车尔尼雪夫斯基的《艺术对现实的审美关系》。

这个时期,中国学者著文介绍别、车、杜的热情更加高涨,其中最具有代表性的介绍者是周扬。1936年7月,周扬以"列斯"为笔名在《光明》杂志第1卷第4号上发表了《纪念别林斯基的125周年诞辰》,1937年,他在《希望》创刊号发表了《艺术与人生——车尔芮雪夫斯基》,该文高度评价了别、车、杜的理论价值,把他们都看作"为人生的艺术旗帜之下发展过来"的卓越的批评家。1942年4月16日,周扬又在《解放日报》发表了《唯物主义的美学——介绍车尔尼舍夫斯基的美学》。此外,中国学者们还翻译了一些国外学者对别、车、杜的研究文章。例如,鲁迅翻译了普列汉诺夫的《车勒芮绥夫斯基底文学观》,1930年2月发表于《文艺研究》第1期。①1932年,瞿秋白翻译了普列汉诺夫的《别林斯基的百年纪念》,后由鲁迅将其编入《海上述林》(上卷)。1936年4月《译文》新1卷第2期上,发表了周扬翻译的沙可夫的《批评家杜勃洛柳蒲夫》。1936年5月,《译文》新1卷第3期又发表了吉尔波丁的《杜勃洛柳蒲夫论》。20世纪40年代,蒋路、叶水夫等人又翻译了苏联学者评论别、车、杜的一些论文,发表于上海时代出版社出版的《苏联文艺》月刊上。

其三,"十七年"时期。中华人民共和国成立后,别、车、杜理论著作受到了高度重视,开始有了较为系统的介绍。对于别林斯基,1952年、1953年,上海时代出版社出版了满涛翻译的《别林斯基选集》第1、2卷,后又分别由人民文学出版社上海分社(1958,1959)、上海文艺出版社(1963)重印。1958年,新文艺出版社出版了梁真(穆旦)选译的《别林斯基论文学》。对于车尔尼雪夫斯基,1957年,人民文学出版社重新出版了周扬翻译的车尔尼雪夫斯基的

---

① 同年,冯雪峰也翻译了该文,题目为《文学及艺术的意义——车勒芮绥夫斯基底文学观》,发表于《小说月报》第21卷第2号。

§ 中国接受俄国文论研究

《生活与美学》（1959年、1962年重印）和缪灵珠翻译的车尔尼雪夫斯基的《美学论文选》（1959年重印）。1958年，生活·读书·新知三联书店出版了周扬、缪灵珠、辛未艾、季谦等合译的《车尔尼雪夫斯基选集》（上卷，1958年；下卷，1959年）。1961年和1965年，上海文艺出版社和人民文学出版社上海分社出版了辛未艾翻译的《车尔尼雪夫斯基论文学》上卷和中卷。对于杜勃罗留波夫，1954年和1959年，新文艺出版社和上海文艺出版社先后出版了辛未艾翻译的《杜勃罗留波夫选集》。这些理论著作的总印数达数十万册之多。

同时，这个时期也出现了一些研究或评述别、车、杜的单篇论文，例如，1957年周扬将他1942年所写的《唯物主义的美学——介绍车尔尼舍夫斯基的美学》修改后，重新以《关于车尔尼雪夫斯基和他的美学》为名发表。辛未艾也先后撰写了《关于车尔尼雪夫斯基》（1958）、《关于杜勃罗留波夫的生活与创作道路》（1961）等文章，对这些俄国文论家的生平及文学理论进行了描述和概括。1961年，在别林斯基诞辰150周年和杜勃罗留波夫逝世100周年的时候，《文艺报》当年第8期和第11期还先后发表了纪念文章：罗荪的《探索真理的伟大战士——别林斯基》、辛未艾的《略论杜勃罗留波夫的文学观》。后来，刘宁、汝信、苗力田、廖立等也发表文章，论述别、车、杜的文论思想。此外，朱光潜在他的《西方美学史》（1963，1964）里，也对别林斯基和车尔尼雪夫斯基的美学思想和批评理论做了介绍。

其四，"文化大革命"时期。"文化大革命"开始后，别、车、杜的文论在中国的境遇出现了变化，由原来的被推崇变成了遭批判和谩骂。"四人帮"对别、车、杜的批判，是由姚文元亲自督战，"四人帮"在上海的写作班子披挂上阵来进行的。他们指责别、车、杜是"剥削制度的辩护士、资本主义的吹鼓手"，其理由是别、车、杜是"资产阶级"，没有把"历史引向共产主义的光明世界"，而是"要把历史拉进资本主义的黑暗深渊"。他们指责别、车、杜的思想是"资产阶级反动思想""资产阶级思想"，一律列为"四人帮""全面专政""彻底决裂"的对象。他们还对别、车、杜进行人身辱骂，骂其为资产阶级"侏儒""亡灵""僵尸"。他们搜罗种种谩骂字眼，什么

"臭名昭著""腐朽透顶""恬不知耻""散发……霉烂味",等等,以"批倒批臭"为唯一业绩。①

其五,70年代末以来。"四人帮"倒台之后,中国文论的发展开始"拨乱反正",人们对别、车、杜的译介研又重新走入正常轨道。首先是别、车、杜的论著又得到系统的翻译。1978年,上海译文出版社开始出版辛未艾翻译的《车尔尼雪夫斯基论文学》(3卷4册),1979年开始出版满涛、辛未艾翻译的《别林斯基选集》(6卷),不久又重新出版了《杜勃罗留波夫选集》(2卷)和《杜勃罗留波夫文学论文选》,这些翻译工作使得别、车、杜的论著"较为完整地呈现在我国读者面前"②。其次,中国报刊上出现了大量研究别、车、杜文论思想的文章。这些文章"拨乱反正",重新评价和定位了别、车、杜的现实主义文论。例如,辛未艾的《谈谈俄国三大批评家》、李尚信的《谈俄国革命民主主义美学》、程代熙的《略谈别林斯基的文学民族化思想》、杨汉池的《创作心理与文学的形象性》、汝信的《列宁是怎样评价车尔尼雪夫斯基的?》和钱中文的《推倒诬蔑,还其光辉——批判"四人帮"诽谤俄国革命民主主义者的种种谬论》等。1986年,马莹伯出版了《别、车、杜文艺思想论稿》,这是我国学者研究别、车、杜文论的一部专著。

别、车、杜及其文论在中国经历了几个不同的时期,其命运也出现了戏剧性的不同变化,但到20世纪末期,我国学者研究别、车、杜的热情开始趋于下降,相关论文数量开始减少。

二 别、车、杜在中国20世纪境遇起伏的原因

这样看来,别、车、杜在中国的境遇是起伏不定的。先是五四时期的零星介绍,然后是三四十年代的大量译介,再是"十七年"时期的推崇,然后是"文化大革命"时期的封杀,接着是70年代末、80年代初的回归,最后趋于沉寂。那么,别、车、杜为什么会被中

---

① 雷光:《正本清源,还其光辉——驳"四人帮"对车尔尼雪夫斯基的诽谤》,《天津师院学报》1978年第4期。

② 汪介之:《回望与沉思——俄苏文论在20世纪中国文坛》,北京大学出版社2005年版,第17页。

国接受，又为什么会受到批判，最后又为什么会遭受冷落呢？

别、车、杜从五四时期进入中国后，很快受到中国学者的青睐，到了"十七年"时期，其在中国的地位之高，被人们称为"准马列"。后来有很多学者为了说明这点，他们以当时出版的以群主编的《文学的基本原理》的引用来作为例证。据统计，全书中毛泽东被引证96次，马克思50次，恩格斯49次，列宁48次，斯大林10次。而别、车、杜也分别被引证了23、10、6次，别林斯基和车尔尼雪夫斯基的位次已赶上或超过斯大林。[①] 现在看来，别、车、杜之所以被中国学者接受并享有如此高的地位，主要是以下几个方面的原因。

其一，中国文论发展的现实需要。中华人民共和国成立前，中国革命文论的发展需要理论资源，尤其是二三十年代与非左翼甚至左翼内部进行文论论战之时，中国革命文论需要强大的理论支撑，这时，作为俄国民主主义革命文论家的别、车、杜的输入就是一场文论的"及时雨"了。例如，鲁迅在20年代末受到创造社的攻击时说："我只希望有切实的人，肯译几部世界上已有定评的关于唯物史观的书……那么，论争起来，可以省说许多话。"[②] 事实上，鲁迅也是这么做的，为了正确回答当时无产阶级文学倡导运动中提出的种种问题，鲁迅购买和阅读了许多种马列主义文艺理论著作和社会科学书籍，并且自己亲自动手做翻译工作。他后来自述："我有一件事要感谢创造社的，是他们'挤'我看了几种科学底文艺论，明白了先前的文学史家们说了一大堆，还是纠缠不清的疑问。"[③] 在鲁迅的带动下，先是卢那察尔斯基的《艺术论》《文艺与批评》、普列汉诺夫的《艺术论》相继被翻译出版，不久之后，别、车、杜也开始进入中国学者的视野，鲁迅就曾将瞿秋白1932年翻译的普列汉诺夫的《别林斯基的百年纪念》编入《海上述林》（上卷）。

其二，别、车、杜文论的可利用性。中国革命文论的发展需要理论资源，而这种"革命性"的资源中国古代文论很难提供，国外的

[①] 蔡同庆：《周扬接受车尔尼雪夫斯基美学的过程》，《成都大学学报》2004年第2期。
[②] 鲁迅：《三闲集·文学的阶级性》，人民文学出版社1980年版，第115页。
[③] 鲁迅：《三闲集·序言》，人民文学出版社1980年版，第1页。

一般资产阶级文论也不能利用，这时，除了马列文论之外，最可利用的就是别、车、杜的文论了。例如，1942年毛泽东的《在延安文艺座谈会上的讲话》发表，文章提出了"人类的社会生活是文学艺术的唯一源泉"，而且"较之后者有不可比拟的生动丰富的内容"①，而车尔尼雪夫斯基的"美是生活"的观点，正好可以为之佐证。有学者把别、车、杜的可利用性又归纳为亲和性，而这种亲和性是指"这两者在不同时期的文学系统彼此交流或融合赖以发生的那种潜在基质，正是这些潜伏在各自身上的先验性基质才使这两者在日后能一见钟情"②，具体来说，这种亲和性在政治上表现为革命民主主义倾向，艺术上表现为现实主义方法。

其三，马克思主义经典作家对别、车、杜的欣赏以及别、车、杜在苏联的崇高地位。马、恩、列等人对别、车、杜都曾给予很高的评价。例如，列宁曾赞誉别林斯基为俄国"解放运动中平民知识分子完全取代贵族的先驱"③。马克思曾称车尔尼雪夫斯基为"俄国的伟大学者和批评家，他的作品为俄国争得了真正的荣誉"④。恩格斯曾把车尔尼雪夫斯基和杜勃罗留波夫并称为"两个社会主义的莱辛"，认为产生了像"车尔尼雪夫斯基和杜勃罗留波夫这样的两个作家、两个社会主义的莱辛的国家，有着伟大的前途"⑤。此外，日丹诺夫在《关于〈星〉与〈列宁格勒〉两杂志的报告》中高度评价别、车、杜说，"马克思主义的文论是别林斯基、车尔尼雪夫斯基、杜勃罗留波夫的伟大传统的继承者，它一向是现实主义的、具有社会倾向的艺术的守护者"⑥。既然苏联都给予别、车、杜如此高的地位，我们也就不难理解在"全盘化苏化"的50年代初，别、车、杜在中国享有崇

---

① 毛泽东：《在延安文艺座谈会上的讲话》，载北京大学、北京师范大学、北京师范学院中文系中国现代文学教研室编《文学运动史料选》第4册，上海教育出版社1979年版，第531页。
② 夏中义：《别、车、杜在当代中国的命运》，《上海文论》1988年第5期。
③ 《列宁全集》第25卷，人民出版社1988年版，第98页。
④ 《马克思恩格斯选集》第2卷，人民出版社1973年版，第213页。
⑤ 《马克思恩格斯论艺术》第2卷，人民文学出版社1963年版，第415页。
⑥ 曹葆华等译：《苏联文学艺术问题》，人民文学出版社1959年版，第55页。

高的地位了。

"文化大革命"时期,别、车、杜被描绘成"文明剥削"的宣扬者和"资本主义的辩护士",其现实主义的文艺思想都是为了"颂扬剥削阶级的现实生活"服务的。别、车、杜之所以受到"四人帮"及其写作班子的批判,其原因主要是"四人帮"要"借俄国革命民主主义者的头颅来拼凑杀人的檄文'文艺黑线专政'论,为篡党夺权的大阴谋打缺口"①。这我们可以从当时的一个重要事件看出。1966年2月,江青召开了部队文艺工作座谈会,并形成了一个纪要,于1966年4月16日作为中共中央文件在中共党内发表,这一文件通常被称为《部队文艺工作座谈会纪要》,它是"文化大革命"时期中国文学发展的纲领性文件。座谈会纪要说:

> 要破除对所谓30年代文艺的迷信。那时,左翼文艺运动政治上是王明的"左倾"机会主义路线,组织上是关门主义和宗派主义,文艺思想实际上是俄国资产阶级文艺评论家别林斯基、车尔尼雪夫斯基、杜勃罗留波夫以及戏剧方面的斯坦尼斯拉夫斯基的思想,他们是俄国沙皇时代资产阶级民主主义者,他们的思想不是马克思主义,而是资产阶级思想。资产阶级民主革命,是一个剥削阶级代替另一个剥削阶级的革命,因此,绝不能把任何一个资产阶级革命家的思想,当成我们无产阶级思想运动、文艺运动的指导方针。②

这个左右当时中国文学发展的纲领性文件明确指出,别、车、杜的思想是资产阶级思想,不能把它当作我们无产阶级思想运动、文艺运动的指导方针,其关键原因是"四人帮"认为,中华人民共和国成立以来的中国文艺界"被一条反党反社会主义的黑线专了政。这条黑线就是资产阶级文艺思想、现代修正主义思想和所谓30年代文艺

---

① 李邦媛:《"四人帮"围攻别、车、杜的用心何在?》,《北方文学》1978年第10期。
② 《林彪同志委托江青同志召开的部队文艺工作座谈会纪要》,载洪子诚主编《中国当代文学史·史料选》下册,长江文艺出版社2002年版,第523页。

第三章 中国接受俄国文论中的"纠偏"现象研究

思想的结合"。而30年代文艺思想就是别林斯基等人的文艺思想,于是别、车、杜就成了中国"30年代文艺黑线的祖师爷",他们的文艺思想是中国"文艺黑线"专政的指导思想。1967年1月,姚文元在《红旗》杂志第一期上发表长篇大论《评反革命两面派周扬》,该文在批判周扬时附带批判了别、车、杜:"因为你(指周扬,引者注)是个资产阶级,你是个洋买办,你要言必称洋人,言必称'别、车、杜',才觉得舒服。"姚文元认为周扬是王明路线的执行者,而别、车、杜文论思想就是王明路线的资源,因为政治斗争的原因,别、车、杜在中国"文化大革命"时期遭到了批判。

20世纪80年代末期,别、车、杜逐渐淡出中国学者的视野,在新时期文坛遭受冷落,其原因也不外以下几个方面:一是随着社会的开放,西方众多文论的输入,使中国文论学者的视野更加开阔,不再局限于俄国的民主主义革命文论。这就如夏中义所说,"新时期文坛在辞别历史的同时又猛地撞开了世界之窗,波涛不绝的西方美学浪潮一次次地刷新文坛的视界""短短几年简直压缩了整个西方美学界花一世纪才走完的路程。极度饱和,当然也就无暇分心来顾盼别、车、杜了"[①]。二是别、车、杜文论思想本身也存在一些不足,其历史地位受到学者们的冷静和客观评价。著名的西方文论家雷纳·韦勒克对车尔尼雪夫斯基的评价很有代表性,他这样评价车尔尼雪夫斯基:"他这个人好像几乎没有审美感受力,一位疏浅严峻的思想家,即使谈论文学时也是偏重于眼前的政治问题。"因而不能把车尔尼雪夫斯基的"大部分文章称为文学批评"。而对车尔尼雪夫斯基的那篇著名论文,韦勒克也认为:"至今为苏联和卢卡契推重的这篇著名学位论文卖弄大量定义以示治学严谨,它是一个外省后生目无余子的粗鲁表现,迄今为止世人认为伟大美妙、值得花费时间竭尽全力的一切,他都想嗤之以鼻。"[②] 雷纳·韦勒克在80年代的中国相当有影响力,他与奥斯汀·沃伦合著的《文学理论》曾风靡一时,《近代文学批评

---

① 夏中义:《别、车、杜在当代中国的命运》,《上海文论》1988年第5期。
② [美]雷纳·韦勒克:《近代文学批评史》(第四卷),杨自伍译,上海译文出版社1997年版,第279—285页。

史》也在 80 年代开始传入中国，因此，他对别、车、杜等人的客观评价，肯定会对思想已较为开放的 80 年代的中国学者产生影响，或者说 80 年代的中国学者已开始独立地思考问题，因此对别、车、杜重新做出客观的评价，发现了他们文论思想中的许多不足，从而逐渐疏远。

三 别、车、杜对中国 20 世纪文论的贡献

别、车、杜虽然因各种原因在中国境遇起伏不定，但是，他们对中国文论的发展还是做出了很大的贡献。这个贡献具体表现在以下两个方面。

其一，别、车、杜的文学理论充实了中国的文论理论资源，促进了中国 20 世纪文论的发展。别、车、杜是俄国的革命民主主义者，他们的唯物主义美学和现实主义文艺理论是马克思主义以前的唯物主义美学、文艺理论发展的一个重要阶段和组成部分，在世界美学、文艺思想的发展史上具有十分重要的地位。他们从革命民主主义和唯物主义观点出发，深刻地总结了俄国现实主义文学形成和发展的丰富经验，确立了文学中人民性和现实主义的原则，以及历史的、审美的文论观。他们的美学和文论理论传入中国后，成为了中国 20 世纪的文学理论资源库，很多中国学者据此演绎、生发和丰富自己的文论。

这方面最典型的代表可以说是周扬。周扬曾说，"在美学上，我是车尔尼雪夫斯基的忠实信奉者。他的'美即生活'的有名公式包含着深刻的真理"[1]。后来，车尔尼雪夫斯基的"美是生活"理论，就成了周扬文论的理论资源。他认为，文学艺术的源泉是生活，生活是第一位的，没有长期的生活积累和深切的生活体验，就不会有伟大的艺术作品产生。因此，他高度评价赵树理的文学创作，多次呼吁作家到生活中去实践、去锻炼，以便为进行艺术创作获取丰厚的生活素材。另外，周扬针对创作中的"千人一面"现象，提出典型并不是简简单单的脸谱化，而是个性化与典型化的统一。他说："个性化和

---

[1] 周扬：《文学与生活漫谈》，《周扬文集》第 1 卷，人民文学出版社 1991 年版，第 325 页。

第三章　中国接受俄国文论中的"纠偏"现象研究

典型化是统一的，没有个性化，你那个典型是根本站不住脚的，那人物是死的。"周扬的这种典型化理论就得益于车尔尼雪夫斯的现实主义文论理论中的典型论。周扬自己就说："车尔尼雪夫斯基讲过，典型是很多特征的集中，但这种集中，并不等于把酒提炼成酒精，如把酒提炼成酒精，酒就不是酒了，就不能喝了。"①

其二，别、车、杜的文论理论因其民主主义革命文论的特殊理论身份，对中国某些极左文论理论起到了纠偏作用。中国文论在其发展过程中，曾出现过多次极左倾向。例如，20 世纪 30 年代，苏联"拉普"的许多观念传到中国来后，对中国文论的发展产生了许多恶劣的影响，致使庸俗的社会学批评在中国文坛肆虐。然而，别、车、杜文论思想的传入，抑制了庸俗的社会学批评在中国文坛的横行。胡风在 20 世纪 80 年代曾有过这么一段回忆：

> 当时支配苏联文学的是"拉普"，而它的理论是庸俗社会学（唯物辩证法的创作方法）的。后来苏联清算了它，我也花了两三年的时间才摆脱了它。到 40 年代，我才读到了别林斯基和杜勃罗留波夫的文论。这才发现，苏联之所以能够清算了"拉普"，是依靠了当时发现的马克思和恩格斯论文学的几封信，同时也是依靠了这个文学理论传统。这就是社会主义现实主义的由来。提前读到马恩的信当然不可能，但提前读到别林斯基和杜勃罗留波夫，那是很有可能的。如果能那样，我的评论工作也许不至于那样贫乏和胆小。苏联文学界正是依靠了别林斯基所开创的传统才有实践根据地清算了"拉普"，而确立了社会主义现实主义的原则。

胡风主要谈的是苏联清算"拉普"的错误思想是依靠的别、车、杜，其实中国纠正极左文论何尝又不是这样呢？有学者在评说 20 世纪 30 年代中国的文论时就说，"当时一部分左翼文艺工作者有时对马

---

① 周扬：《在全国故事片创作会议上的讲话》，载《周扬文集》第 3 卷，人民文学出版社 1990 年版，第 390 页。

列文论的理解简单片面,在强调文艺的党性和阶级性时往往又忽略了艺术的规律和特性,介绍俄国革命民主主义文论对于纠正这种偏颇也是极为有益的"①。解放后,周扬面对中华人民共和国成立后文坛上公式化、概念化创作的严重泛滥,他一度搬出别、车、杜的现实主义理论来为中国文坛补血,强调文学创作中"写真实"的重要性。翻阅周扬当时的一些与之有关的讲话或论文,我们即可以感觉到他通过输入别、车、杜来纠正文坛极左倾向的苦心。因为马克思、恩格斯对文学的论述不多,他们的思想只能作为当时文论的指导思想,在实际的运用过程受到了一些人的歪曲,而别、车、杜的文学理论因其特殊身份,正好可用来与那些极左理论对抗。

纵观20世纪的中国文论,它在其百年历程中,曾接受过众多外来文论的影响。中国在接受某一种文论时,因历史原因而导致不正常接受或不正常发展,但又在接受另一种文论时对其进行了些许纠偏或补正。就如中国接受了"拉普"的文学理论,但不久又接受了别、车、杜的文论思想对其中某些错误进行纠正。20世纪三四十年代有人提出全盘西化,五六十年代有人提出全盘苏化,80年代又有人提出全盘西化,90年代保守主义盛行,有人提出"复古"或与之类似的主张。这是文论发展过程中的一种非常有趣的现象,我们或许可以通过"纠偏"来回答,这个问题即当某一事物发展充分或过分的时候,必有另一种主张对其纠正,可能有点"物极必反"的味道。

第二节 胡风与苏联文论在中国传播中的缺失

不可否认,苏联文论对中国文论影响巨大,但是苏联文论有其自身的缺陷,这个缺陷同样对中国文论的发展造成了不良影响。然而,中国有文论家敏锐地发现了这个问题,并一直试图通过自身的努力来纠正这个理论缺陷,这个文论家就是胡风,虽然他的努力最后成了一个悲剧。

---

① 刘宁:《俄国文学批评史》,译文出版社1999年版,第771页。

第三章 中国接受俄国文论中的"纠偏"现象研究

一 苏联模式文论的缺陷及其对中国的影响

苏联文论在其发展过程中,逐渐形成了一种传统模式。什么是苏联文论的传统模式?王元骧在《立足反映论,超越反映论》中说,苏联文论的传统模式"从根本上说,是一种纯认识论或者说是唯科学主义的理论模式"[①]。他认为,苏联哲学家和文艺学家对于文艺的理解一般都根据别林斯基在《1847年俄国文学一瞥》中的一段话,即认为艺术与科学在性质上是一致的,都是对生活的认识,它们之间的差别根本不在内容,而在处理特定内容时所用的方法;哲学家用三段论式说话,艺术家以形象和图式说话,但他们说的都是同一件事。1932年出版的卢那察尔斯基主编的《文学百种辞典》、1934年米丁的《历史唯物论》中的有关部分,都沿袭了这种观点。归纳起来,苏联文论模式的具体内涵表现在社会意识形态论、反映论和阶级论三个方面。

所谓社会意识形态论,就是文学被看成上层建筑的社会意识形态,由经济基础决定,同时反作用于经济基础。苏联文论认为,文学是社会结构的一个组成部分。社会结构,这里指由人类社会生活过程的各种要素或各个方面的总和构成的总体组织。在这个意义上,社会结构可以包括经济、政治、历史、哲学、宗教、文学及其他艺术等人类活动的各种形态。文学活动属于社会结构,因为它与经济、政治和哲学等其他形态一样,是人类社会生活过程的有机的一环。这种理论主要来自经典马克思主义作家的有关论述。马克思、恩格斯在《德意志意识形态》中首先对社会意识的起源、发展及其与经济基础的关系做了系统的论述,强调从直接的物质生活资料的生产来考察现实生活过程和意识形态的生产。在《〈政治经济学批判〉序言》中,马克思第一次明确地论述了经济基础和上层建筑这对范畴及其相互关系,明确地指出法律、政治、宗教、哲学和艺术等意识形态属于上层建筑,为经济基础所制约和决定。此后,恩格斯在《费尔巴哈和德国古典哲

[①] 王元骧:《立足反映论,超越反映论》,载《文学理论与当今时代》,浙江大学出版社2002年版,第81页。

学的终结》和他晚年关于历史唯物主义的通信中,又着重说明了经济基础以何种方式决定意识形态以及意识形态的相对独立性问题。继马克思、恩格斯之后,普列汉诺夫关于"中间环节"的理论,列宁关于唯物主义和意识形态具有党性的学说,都是"对马克思主义意识形态理论的具体发挥和发展"①。

所谓反映论,就是认为文学是对客观生活的反映,同时,作家对现实生活的反映是有主观能动性的。苏联文论认为,文学作为意识形态,不是唯心论者所谓内在理念或主观精神的外现,而是现实社会生活在头脑中的反映的产物。列宁说:"物、世界、环境是不依赖于我们而存在的。我们的感觉、我们的意识只是外部世界的映像;不言而喻,没有被反映者,就不能有反映,被反映者是不依赖于反映者而存在的。"② 社会生活是文学创作的唯一源泉,离开了生活,文学就失去了客观基础,成为无源之水,无本之木,失去了最终的依据。同样,文学作品有各种各样的形态,但它们无一不是社会生活的反映。

所谓阶级论,就是认为作为上层建筑的文学是一定国家的经济发展和政治发展要求的反映,是受一定的社会利益所制约的,因此在阶级社会文学是有阶级性的。从事文学活动的作家或读者无不"隶属于一定阶级",他"不是作为个人而是作为阶级的成员处于这种社会关系中",因而他的情感、观点由整个阶级在它的物质条件和相应的社会关系的基础上创造和构成。他的话语总是或多或少、或明或暗地显现出在背后居于支配地位的特定阶级(也许是与其出身的阶级不同的另一阶级)的利益,以及阶级利益之间的冲突。

苏联文论就是根据社会意识形态论、反映论、阶级论来阐明文学的本质和作用的。这种认识符合历史唯物主义和辩证唯物主义的基本原理,能使我们科学地认识文学的本质和作用。苏联文论在向中国传播的过程中,一直被中国文论工作者们所推崇,甚至顶礼膜拜。但是,苏联文论有其重大的缺失,那就是过于强调文学的意识形态性和

---

① 陆贵山、周忠厚:《马克思主义文艺学概论》,花山文艺出版社1999年版,第19页。

② 列宁:《唯物主义和经验批判主义》,载《列宁选集》第2卷,人民出版社1995年版,第65页。

第三章 中国接受俄国文论中的"纠偏"现象研究

阶级性,没有充分注意到文学的特征,从而导致文论对人的忽视,对创造主体作用的忽视,文学成了政治的工具。程正民在《中国现代文学理论知识体系的建构》中认为,苏联文论向来强调文艺的阶级性,突出文艺和革命事业的关系。这是苏联文论的特色,也是马克思主义文论的重要特色。由此带来的问题是在"左"的文艺思潮的影响下,在教条主义和庸俗社会学的影响下,人们常常把文艺和政治的问题简单化、庸俗化。在二三十年代,"拉普"领导人就完全忽视文艺的特点和创作规律,把文艺和政治混为一谈,使文艺沦为阶级斗争的工具,沦为政治宣传的工具。他们强调文艺是"特定阶级意识形态的产物",是"阶级斗争的工具",要在文艺界展开不调和的斗争,"进行一场政治领域那样的革命"。[①]这个缺失在苏联文论中本来就存在,在向中国传播的过程中,人们都强调文学的社会反映论,这个缺失更加被忽略。

从20世纪20年代末期起,苏联文论开始源源不断地进入中国,例如,苏联早期领导人关于文学艺术的讲话、文章及相关言论,20年代以后苏联多种文学思潮与流派的观点和学说,包括无产阶级文化派思潮、庸俗社会学理论和"拉普"的文学观,30年代出现的社会主义现实主义理论,40年代的日丹诺夫主义等,这些对中国文论的发展产生了直接的影响。这种影响一方面表现在"中国文学中的马克思主义理论批评逐渐形成,并在文学的实践中发挥着举足轻重的作用";另一方面表现在"起源于庸俗社会学和无产阶级文化派思潮的各种极左的文学理论观点和文学批评实践,也一度被中国文学界的某些人当作马克思主义文学理论及其具体运用而接受下来"[②],强化了中国文论的政治化和工具化倾向。例如,在中国20年代末期的革命文学论争中,某些革命文论家对鲁迅等的批判,30年代的有关典型的论争,以及中华人民共和国成立前后对胡风等人的批判,都应该说是苏联文论在中国传播中的缺失所导致。

[①] 程正民、程凯:《中国现代文学理论知识体系的建构》,北京大学出版社2005年版,第130页。

[②] 汪介之:《回顾与沉思——俄苏文论在20世纪中国文坛》,北京大学出版社2005年版,第4页。

二 胡风对苏联文论缺失的补正

胡风的文论思想，受到了苏联文论的影响。曾有学者分析胡风文艺思想来源的时候，把它归之为三个方面：一是"夹有若干杂质的主要是通过苏联介绍来的马克思主义文艺思想"，二是"鲁迅文艺思想"，三是"我国传统的'文艺主要是表现感情'的文艺思想"。[1] 胡风自己在《我的小传》中说，"1929年秋到日本东京，接受了日本当时蓬勃发展的普罗文学运动和苏联文学的影响，加深了对新文学中以鲁迅精神为主导的革命传统的理解，虽然进了庆应大学英文科，但是主要精力是从事马克思主义和普罗文学运动的学习和革命活动"[2]。后来，胡风在教条机械论的包围中开始了社会主义现实主义的探求，编了一本地下丛刊《木屑文丛》，介绍了反映苏区斗争的小说和苏联社会主义的现实主义的理论等。20世纪80年代，胡风在《略谈我与外国文学》中又回忆说："从1933年起，十多年间我在编刊物之外还写了评论。首先是日本普罗文学给了我影响，特别是藏原惟人从政治道德上衡量作家对人物的态度这一点启发了我，同时向苏联普罗文学探求。不幸的是，当时支配苏联文学的是'拉普'，而它的理论是庸俗社会学（唯物辩证法的创作方法）的。后来苏联清算了它，我也花了两三年的时间才摆脱了它。"[3] 1954年，胡风向党中央写了《三十万言书》，在《三十万言书》的第四部分《作为参考的建议》中，胡风引了一些参考材料，里面大多就是苏联的许多文学决议及领导人讲话。这些事实说明，胡风一直关注并受着苏联文论的影响，同时胡风曾自觉摆脱了"拉普"的影响，远离苏联文论中的"缺失"。在中华人民共和国成立前后的文论活动中，胡风更是高扬自己的文学理论，与错误的文论思想作坚决的斗争。具体来说，胡风对苏联文论中缺失的纠正，主要表现在以下两个方面。

其一，高扬"主观战斗精神"，提倡"主客观化合论"。"主观

---

[1] 陈辽：《胡风文艺思想平议》，《中国文学》1985年第4期。
[2] 胡风：《胡风全集》第7卷，湖北人民出版社1999年版，第207页。
[3] 同上书，第263页。

第三章 中国接受俄国文论中的"纠偏"现象研究

精神"是胡风文艺思想的核心和突出的特点,但50年代批判胡风文艺思想的运动中使用最频繁的却是"主观战斗精神",这个概念几乎成了胡风理论的代名词。"主观战斗精神"的理论表现在胡风1935年发表的《什么是"典型"和"类型"——答文学社问》和《为初执笔者的创作谈》、1940年的《今天,我们的中心问题是什么?》、1942年的《关于创造发展的二三感想》、1944年的《文艺工作的发展及其努力方向》以及1945年发表的《置身在为民主的斗争里面》等文章里。所谓"主观战斗精神",胡风认为就是对"血肉的现实人生的搏斗",这个搏斗既是"体现对象的摄取过程",也是"克服对象的批判过程",它一方面要求"主观力量的坚强",另一方面也要求"作家向感性的对象深入",并且"对于作家,思想立场不能停止在逻辑概念上面,非得化合为实践的生活意志不可"①。主客观化合论的雏形是在《为初执笔者的创作谈》中出现,该文是在阐释苏联文学顾问会著的《给初学写作者的一封信》和法捷耶夫的《我的创作经验》时借法捷耶夫的口所提出来的。胡风说:"形成作品的材料、印象,不但须是最令作家'感动'的,而且还得跟一种基本的思想、观念,起了某种化学上的'化合'。"② 有学者认为,苏联模式的文论对文艺的理解,"受了当时苏联哲学界流传的机械论和形而上学观点的影响"。其中的一个表现便是,对个别与一般之间的关系缺乏辩证的理解,看不到它们是以特殊为中介建立联系并互相转化的,"往往把一般规律简单地套用到个别事物上,因而忽略了从特殊层面上对文艺特殊性质和规律做深入的探讨,有意无意地把文艺当作只是一种概念和公式的图解"③。现在看来,胡风的"思想立场不能停止在逻辑概念上面"就是对以反映论为原则的苏联模式文论某些偏颇的纠正。

---

① 胡风:《置身在为民主的斗争里面》,载《胡风全集》第3卷,湖北人民出版社1999年版,第187页。
② 胡风:《为初执笔者的创作谈》,载《胡风全集》第2卷,湖北人民出版社1999年版,第240页。
③ 王元骧:《立足反映论,超越反映论》,载《文学理论与当今时代》,浙江大学出版社2002年版,第83页。

其二，细致辨析社会主义现实主义理论，将"实践"观念引入文学理论之中。胡风在《三十万言书》中反驳林默涵的社会主义现实主义者"首先要具有工人阶级的立场和共产主义世界观"的观点时，充分阐述了"拉普"某些理论的错误。他说，拉普派的指导"理论"是：要求作家首先具有工人阶级即共产主义的世界观，要求作家用"唯物辩证法的创作方法"去创作。"拉普"派的统治对那以前的苏联文学起了严重的危害作用，为了清算"拉普"派的这种"理论"，斯大林提出了社会主义现实主义的口号，并且认为社会主义现实主义的本质意义就包括在斯大林的谈话里面。胡风在《三十万言书》中引用了斯大林的原话："写真实！让作家在生活中学习罢！如果他能用高度的艺术形式反映出了生活真实度，他就会达到马克思主义。"[1]胡风在《三十万言书》中反驳林默涵的"对于社会主义现实主义者，创作方法和世界观是不可能分裂而只能是一元的"这个论断时，他又顺带批判了 A. 别里克的批评理论。胡风说，1950 年年初，A. 别里克发表了一篇批评，那里面的论断之一，是把社会主义现实主义看成艺术创作的"党的方法"，提出"创作方法与革命的世界观的有机统一"。A. 别里克的批评在苏联被看作新"拉普"派而遭到了批判，"对于仅仅的一篇文字，却火烧一样地当作新'拉普'派看待，展开了那么大的斗争，可以想见"拉普"派危害之大"[2]。胡风认为林默涵的要求社会主义现实主义者"首先要具有工人阶级的立场和共产主义世界观"这个理论是先验的唯心主义的，不是从历史条件和实践要求来理解这个概念。由于机械论（唯心论）抛弃了实践的理解，把世界观当作了一次完成的死硬的东西，抽象化了的东西，它就取消了具体作家世界观的复杂内容对于实践的依存关系和矛盾情况及创作方法的相生相克的变化过程。胡风认为林默涵的理论是受了苏联"拉普"等错误思想的影响，因此他在辩驳的过程中，也批判了苏联文论中的错误理论思想。

---

[1] 胡风：《胡风三十万言书》，湖北人民出版社 2003 年版，第 105 页。
[2] 同上书，第 107 页。

三 胡风文论对苏联文论缺失补正的意义

苏联文论在向中国传播的过程中，因"无产阶级文化派思潮"、"拉普"文学理论、庸俗社会学理论的批评以及日丹诺夫主义等的影响，使得中国文论的发展出现了某些偏差。胡风的文论理论，可谓是对那些偏差或缺失的补正，归纳起来，胡风文论的"补正"意义主要体现在以下两个方面。

其一，恢复马克思文论的本来面目。苏联文论在向中国的传播过程中，因"无产阶级文化派思潮"、"拉普"文学理论、庸俗社会学理论的批评以及日丹诺夫主义等的影响，使得中国文论（主要是马克思主义文论）的发展出现了某些偏差。在很长一段时间内，马克思主义文论在一些人眼中，只是单一的社会学批评，其实这是不正确的看法。四川大学冯宪光教授就认为，"马克思主义文论历来以意识形态的分析见长"，但它"在评论、分析文艺现象时，十分重视对其所体现的社会心理和审美心理的分析，从而形成在马克思主义基本原则指导下的心理分析的基本原则和方法"[①]。马克思主义文论既关注文学的社会属性等外部因素，也关注审美心理、主体能动作用等文学精神现象。但是长期以来，因为苏联庸俗社会学文论的影响，人们却自觉不自觉地脱离主观能动性而片面夸大客观规律的决定作用，导致对主体方面的能动作用没有给予应有的研究和阐释。这样就造成了某种程度的错觉和误解，好像马克思、恩格斯著作中很少有关于主体的能动作用的论述，好像马克思主义忽视对审美主体的审美意识的积极能动作用的探讨，这是对马克思主义关于主体能动性的见解的不应有的忽视。马克思、恩格斯的著作中也蕴藏着丰富的关于审美主体的能动作用的思想。而胡风的理论正是对马克思主义文论的主体能动性思想的凸显。

胡风的主体性理论所依据的就是马克思的《费尔巴哈论纲》、马克思恩格斯的《德意志意识形态》、恩格斯1844年给马克思的信等这

[①] 冯宪光：《马克思主义文艺批评的心理分析方法》，《四川大学学报》1997年第4期。

些著作中有关"人""人的本质""人的情感活动"等论述。因此有学者认为,胡风是一位信仰马克思主义的批评家,他的批评注重"在文艺作品底世界和现实人生底世界中间跋涉、探寻,从实际的生活来理解具体作品,解明一个作家、一篇作品,或一种文艺现象对于现世人生斗争所能给予的意义"。① 与某些偏重于社会反映论的批评家不同,胡风在评论作家作品时,从不轻易运用"通过什么—反映什么"这种思考模式,他不乐于将复杂的文学现象简单地还原为政治经济现象,尽管他并不怀疑存在决定意识的真理。胡风关注的是作家创作过程中主体与客体的联结状况,也就是"主观精神"如何选择、把握和熔铸题材,又如何通过彼此的"相生相克"而"化合"为作品。正是以此为基点,胡风全面探讨了主体地位、作用以及主客体之间的关系,"从而有力地纠正了左翼文学运动忽视主体性的偏向,在20世纪中国文艺理论发展史上鲜明地突出了主体的地位"。② 甚至可以说,胡风以对创作主体和创作对象的具体而深入的研究,填补了世界范围内马克思主义文论在这一方面所普遍存在的严重缺憾。

其二,在一定程度上抵制了苏联极左文论在中国的泛滥。胡风一贯主张继承五四现实主义传统,发挥作家的"主观战斗精神",以反对当时文坛上存在的两种非现实主义倾向——主观公式主义和客观主义。所谓"主观公式主义",胡风把它看成一种创作"态度"与"看法",即"从一个固定的抽象的观念中引申出来,不顾实际生活的千变万化的情形,无论在什么场合都把这个固定的看法套上去",其特征是夸大了思想意识的能动性,满足于主题上表现一个现成的革命原则,以此套用生活,图解生活。这样作品中的人物形象,不是从生活中提炼出来的,而是从概念中演绎出来的,胡风称这样的人物是"纸扎的,是死的,是毫无艺术生命力的"。所谓"客观主义",胡风有时又称之为"自然主义"。胡风使用"客观主义"的概念时,通常是指被动的"奴从现实",即作家表现生活时,只想从对象的表面看到

---

① 胡风:《文艺笔谈·序》,载《胡风评论集》上册,人民文学出版社1984年版,第3页。
② 范际燕:《胡风文艺思想与马克思主义文艺理论》,《湖北大学学报》2000年第1期。

第三章 中国接受俄国文论中的"纠偏"现象研究

某种社会现象就满足了，在复杂的生活面前，不能发挥主观能动作用去把握现实的本质意义，不能在创作中注入作家独特的理解和艺术个性、热情。这样的作品很少有感染力，"只是带着素朴的唯物主义的观点，在对象的表面中间随意地遨游"。"主观主义"强调主观上对革命原则的拥护和宣传，"客观主义"以生活素材来图解革命原则，同样起着宣传的功能，这两种表面上是截然相反的创作倾向，都代表了同一种思潮："以抽象的革命原则来取代对客观生活的真灼认知，依靠现成的思想原则来取代作家个人对生活的独立思考和审美感受。"[①] 主观主义和客观主义这两种思想之所以产生，除了中国文论发展的自身因素之外，应该说最主要的还是来自苏联文论极左思想的影响。

总之，胡风文论思想是20世纪中国很独特的一个存在，它的形成可能受了苏联文论的影响，但它同时又敏锐地注意到了苏联文论在中国传播中的缺失，并顽强地与之抗争，实行20世纪中国文论发展的自我"纠偏"，这也是胡风文论思想的历史价值之所在。

[①] 王建珍：《胡风"主观战斗精神"谈》，《沧州师范专科学校学报》2004年第4期。

第四章 中国接受俄国文论中的"阐发"现象研究

中国对俄国文论的阐发，几乎在每一个时期，都有其鲜明的代表。中华人民共和国成立前有周扬、冯雪峰等，他们将俄国的马克思主义文论进行阐发，使之适应中国文论的发展，是为中国化。五六十年代有钱谷融，他以高尔基的文论理论为基点，大胆提出"文学是人学"。新时期以来，钱中文则对巴赫金进行了阐发，提出了"新理性精神"理论。

第一节 周扬对俄国文论的接受

在20世纪中国对俄国文论的接受中，周扬应该说是一个不可忽视的对象。他从30年代登上文坛参加中国左翼作家联盟起，就开始译介俄国的文学和文论，以至于有人说"周扬一生以介绍学习苏联始，以探索马克思主义理论问题终"[①]。因为中国对马克思主义文论的接受主要是通过俄国文论来完成的，所以，对俄国文论的接受可以说贯穿周扬文论活动的始终。

一 周扬对俄国文论的译、介、研

一个学者接受外国的文论，最基本的或者说最初始的表现可以分为三种情况，即翻译、介绍和研究。因为不管他以后是否赞同这种文论观点，他对此文论的翻译、介绍和研究本身，就已经是一种文论接

---

① 《编者的话》，载《周扬集》，中国社会科学出版社2000年版，第3页。

第四章　中国接受俄国文论中的"阐发"现象研究

受行动。同样，周扬对俄国文论的接受，也首先表现在这三种活动之中。

其一，周扬对俄国文论的翻译。周扬最早开始翻译的是苏联小说，如翻译柯伦泰的长篇小说《伟大的恋爱》（上海水沫书店1930年6月初版），与立波合译顾米列夫斯基的小说《大学生私生活》（上海现代书局1932年1月10日初版）等。后来，他在翻译文学作品的同时，也开始翻译俄国的文论作品，如1935年《译文》杂志第2卷第2期，发表了周扬所译别林斯基的《论自然派》，那是别林斯基《1847年俄国文学一瞥》中的一节，也是别林斯基的文学论文的最早中译文。1936年4月《译文》新1卷第2期上，发表了周扬翻译的沙可夫的《批评家杜勃洛柳蒲夫》。周扬非常欣赏车尔尼雪夫斯基的理论，因此1942年翻译了车氏的《生活与美学》，最初由延安新华书店出版，香港海洋书屋1949年9月再版。1957年，人民文学出版社重新出版了周扬翻译的车尔尼雪夫斯基的《生活与美学》，并且该书于1959年、1962年两次重印。1979年6月，人民文学出版社再次出版了该书，改名为《艺术与现实的审美关系》。此外，1958年，生活·读书·新知三联书店出版了周扬、缪灵珠、辛未艾、季谦等合译的《车尔尼雪夫斯基选集》（上卷，1958年；下卷，1959年）。

其二，周扬对俄国文论的介绍。周扬在翻译俄国文论论著的同时，他还编选了一些介绍俄国文论的书籍。例如，他曾在30年代编选《高尔基创作四十年纪念论文集》，该书由上海良友图书印刷公司1933年10月20日初版。在40年代他编选了《马克思主义与文艺》，该书最初由解放社1944年5月出版，后来又由大连大众书店1946年3月出版，安东东北书店1947年5月翻版，中原新华书店1949年4月出版，解放社1949年9月出版。《马克思主义与文艺》一书辑录了俄国的政治领袖或文论家如普列汉诺夫、列宁、斯大林、高尔基等人的许多有关文学方面的言论。除了编选之外，周扬还亲自著文介绍俄国文论。例如，1936年7月，周扬以"列斯"为笔名在《光明》杂志第1卷第4号上发表了《纪念别林斯基的125周年诞辰》。1937年，他在《希望》创刊号发表了《艺术与人生——车尔芮雪夫斯基》，该文高度评价了别、车、杜文论的理论价值，把他们都看作

— 101 —

"为人生的艺术旗帜之下发展过来"的卓越的批评家。1942年4月16日，周扬又在《解放日报》发表了《唯物主义的美学——介绍车尔尼舍夫斯基的美学》。1957年周扬将他1942年所写的《唯物主义的美学——介绍车尔尼舍夫斯基的美学》修改后，重新以《关于车尔尼雪夫斯基和他的美学》为名发表。

其三，周扬对俄国文论的研究。周扬在翻译介绍苏联文学和文论的同时，还对之进行研究。例如，他曾在《文学》1933年第1卷第3期上发表《十五年来的苏联文学》，在1933年2月22日《申报·自由谈》上发表《夏里宾与高尔基》，在《文学》1935年第4卷第1期上发表《高尔基的浪漫主义》等文章。如果说这些还主要是侧重研究俄国文学的话，那么，发表于《现代》1933年第4卷第1期的《关于"社会主义的现实主义与革命的浪漫主义"——"唯物辩证法的创作方法"之否定》，就是标准的文论研究论文了。该文分析了苏联文论中的唯物辩证法的创作方法的不正确性，然后论述了苏联文坛提出社会主义现实主义的现实必要性、社会主义现实主义的基本特征，以及社会主义现实主义与革命的浪漫主义的关系等问题。1934年周扬还写了《高尔基论文学用语》，这篇文章的写作是起因于高尔基与绥拉菲莫维奇关于潘菲洛夫的《布鲁斯基》的论战。论战是以文艺作品中的言语问题为中心，高尔基反对绥拉菲莫维奇无条件地称赞潘菲洛夫，因为《布鲁斯基》中的言语非常粗杂。周扬就在该文中研究和论述了高尔基关于文学用语的观点。此外，周扬还于1940年写了《〈马克思恩格斯列宁论艺术〉后记》（载《马克思恩格斯列宁论艺术》，鲁迅艺术文学院1940年版）等文章，其中论述了列宁有关文学的见解。

二　周扬对俄国文论观点的接受

周扬不仅只是一个文学翻译工作者，他还是一位文论家。因此，他对俄国文论的接受，还表现为对俄国文论观点的接受。而周扬接受俄国文学观点又可分为两种情况：一是将俄国文论家的观点或话语作为自己文论的论据，二是他在自己的文章中直接陈述或变用俄国文论家的观点。

第四章　中国接受俄国文论中的"阐发"现象研究

其一，周扬在自己的文论活动或所写的文论论文中，经常引用俄国文论家的话语，作为对自己文论论文的佐证。

20世纪30年代，周扬在《我们需要新的美学》中与梁实秋、朱光潜讨论关于"文学的美"等问题时，为了说明"凡是艺术作品都有着一定的意识内容。文学如此，音乐和图画也如此"①，他引用普列汉诺夫关于印象派绘画的一段话来为自己的观点佐证。印象派画家对画作的意识内容漠不关心，认为光就是绘画中的主人公。普列汉诺夫反驳时提出达·芬奇的《最后的晚餐》，认为假使达·芬奇艺术的兴味不集中在基督和他的门徒的灵魂的状态，而集中在光线效果的话，那我们看到的将会不是一幕感动灵魂的戏剧，而只是一些描绘出色的光点，这样，画所唤起的印象就会不可比拟地贫弱，而达·芬奇的作品的价值就会大大地降低。周扬因此得出结论，梁实秋所说的鉴赏图画只会得到美感经验，牵涉不到思想和感情的话，是不确切的。

20世纪40年代周扬写了《〈马克思主义与文艺〉序言》（载1944年4月11日《解放日报》），这篇序言主要是为了阐释毛泽东的《在延安文艺座谈会上的讲话》的正确性，即阐述"毛泽东同志的这个讲话一方面很好地说明了马克思、恩格斯、列宁等人的文艺思想，另一方面，他们的文艺思想又恰好证实了毛泽东同志文艺理论的正确"②。该文的主要论点是文艺从群众中来，必须到群众中去。在论述文艺为什么是从群众中来的问题时，周扬大段引用了高尔基在苏联作家大会的报告中关于劳动创造文化的话语。在论述文艺为什么要到群众中去的问题时，周扬引用了列宁1905年写的《党的组织与党的文学》里有关真正自由的文学是"为千千万万劳动人民，为这些国家的精华、国家的力量、国家的未来服务"，接着又引用了列宁在十月革命后与蔡特金的谈话，"艺术是属于人民的。它必须在广大劳动群众的底层有其最深厚的根基。它必须为这些群众所了解和爱好。它必须结合这些群众的感情、思想和意志，并提高他们。它必须在群众

---

① 周扬：《我们需要新的美学——对于梁实秋和朱光潜两先生关于"文学的美"的论辩的一个看法和感想》，载《周扬文集》第1卷，人民文学出版社1984年版，第214页。

② 周扬：《〈马克思主义与文艺〉序言》，载《周扬文集》第1卷，人民文学出版社1984年版，第454页。

中间唤起艺术家,并使他们得到发展"①。

中华人民共和国成立后,周扬更是在他的文论活动中大量引用俄国文论家的话语。例如,20 世纪 60 年代,周扬主持编写了一套全国高等院校文科教材,如前所述,以群主编的《文学的基本原理》一书,就大量引用列宁、斯大林、别林斯基、车尔尼雪夫斯基和杜勃罗留波夫的言论,其中列宁的话语被引用 48 次,别林斯基被引用 23 次,斯大林被引用 10 次,车尔尼雪夫斯基被引用 10 次,杜勃罗留波夫被引用 6 次。同时,该书还引用了屠格涅夫、列夫·托尔斯泰、契诃夫等俄国作家的有关文论言论。此外,周扬还在其他的一些中华人民共和国成立后的文论文章或者是报告、讲话中引用了许多俄国文论家的话语。

其二,周扬还常在自己的文章中直接陈述或变用俄国文论家的观点。周扬写了很多文论论文,但其中不少文章的观点,可以说就是来源于俄国文论家。

周扬对车尔尼雪夫斯基的介绍很多,他自己也说,"在艺术见解上,我最服膺 Chernishevski(车尔尼雪夫斯基)的理论"②。事实上,周扬后来在很多文章中,都借用了车尔尼雪夫斯基的"美是生活"的观点。例如,他 1941 年在《解放日报》上发表了《文学与生活漫谈》一文。这篇文章的主要篇幅就是谈作家应该深入生活,周扬说:"我是主张创作家多体验实际生活的,不论是去前线,或去农村都好。"③ 毛泽东的《在延安文艺座谈会上的讲话》发表于 1942 年,而周扬的这篇文章发表在其前一年。显然,周扬在文学与生活的关系中对生活的强调的观点来自车尔尼雪夫斯基的"美是生活",因为周扬在这篇文章中明确地告诉大家,"在美学上,我是车尔尼雪夫斯基的

---

① 周扬:《〈马克思主义与文艺〉序言》,载《周扬文集》第 1 卷,人民文学出版社 1984 年版,第 459 页。

② 周扬:《我所希望于〈战地〉的》,载《周扬文集》第 1 卷,人民文学出版社 1984 年版,第 232 页。

③ 周扬:《文学与生活漫谈》,载《周扬文集》第 1 卷,人民文学出版社 1984 年版,第 329 页。

忠实信奉者。他的'美即生活'的有名公式包含着深刻的真理"①。后来，周扬对赵树理创作的推崇，应该说也是这种"美是生活"观念的运用。

此外，周扬对别林斯基的观点接受或变用也很多。例如，别林斯基在谈艺术的特征时，曾提出过艺术与科学所反映的内容是一致的观点。他的原话是这样说的："人们看到，艺术和科学不是同一件东西，却不知道，它们之间的差别根本不在内容，而在处理特定内容时所用的方法。哲学家用三段论法，诗人则用形象和图画说话，然而他们说的都是同一件事。"② 1933年，周扬在《现代》第3卷第1期发表了《文学的真实性》，他在该文中说，"文学，和科学、哲学一样，是客观现实的反映和认识，所不同的，只是文学是通过具体的形象去达到客观的真实的"③。周扬写这篇文章主要是为了与苏汶论战。苏汶在1932年《现代》第2卷第5期上发表了《批评之理论与实践》，周扬读了之后，认为论争的中心问题之一是文学的真实性。但是，周扬的"文学，和科学、哲学一样"的观点显然来自别林斯基。

三 周扬对俄国文论模式的接受

如果说周扬对俄国文论的译、介、研，以及他在自己的中国文论研究论文中，吸收俄国文论资源来强化或佐证自己的文论观点还只是一种显性、表层的接受的话，那么，他运用俄国文论的思维方式来阐述自己的文论理论见解，则是对俄国文论的一种潜性、深层的接受了。

所谓俄国文论模式，是指自19世纪初便在俄国流行的传统批评模式，它以重社会分析为主要特征，别林斯基、车尔尼雪夫斯基和杜勃罗留波夫为其开创者。进入20世纪后，其潮流包括马克思主义文

---

① 周扬：《文学与生活漫谈》，载《周扬文集》第1卷，人民文学出版社1984年版，第325页。

② [俄] 别林斯基：《1847年俄国文学一瞥》，载《别林斯基选集》第2卷，时代出版社（上海）1952年版，第429页。

③ 周扬：《文学的真实性》，载《周扬文集》第1卷，人民文学出版社1984年版，第58页。

论、现实主义（写实派）、庸俗社会学、无产阶级文化派、"拉普"、社会主义现实主义等理论批评形态。总括起来，它是"一种纯认识论或者说是唯科学主义的理论模式"①，其具体内涵表现为社会意识形态论、反映论和阶级论。这种模式后来演变成一种简单的密切配合政治思想、政策思想的文论模式，而周扬就深受这种文论模式的影响。他于1942年所写的《关于车尔尼雪夫斯基和他的美学》和《王实味的文艺观与我们的文艺观》，1944年所写的《〈马克思主义与文艺〉序言》等文章中，就已表达出这种思想倾向，而他后来于1945年写的《关于政策与艺术——〈同志，你走错了路〉序言》和1946年所写的《论赵树理的创作》就是这种思想倾向的实践之作。

《关于政策与艺术——〈同志，你走错了路〉序言》最初发表于1945年6月2日的《解放日报》。周扬认为，这个剧本的最大价值，或者说成功之处，就在于它将艺术与政治思想相结合。通过这篇序言，周扬明确提出，"艺术反映政治，在解放区来说，具体地就是反映各种政策在人民中实行的过程与结果"②。艺术作品如何才能反映政治，他认为这就要求文艺工作者自己获得和掌握政策思想，要求艺术创造与政策思想相结合。当然，周扬也在该文中指出，"这并不是要求艺术作品变成政治论文式的，简单地用艺术语言来解说政策，那样，就会剥夺了艺术创造的生命，剩下的只有抽象的概念加上艺术外衣了。这就是创作上的公式主义，标语口号主义"③。然而，周扬虽然强调避免公式主义和标语口号主义，但是他要求文学创作与政策思想相结合，实际上已经不可避免地会导致公式主义和标语口号主义，而且他这种文论实践本身，就是对政治思想、政策思想的密切配合。

《论赵树理的创作》原载1946年8月26日的《解放日报》，它是周扬这一阶段最重要的也是最有影响的评论文章。文章首先阐明了当

---

① 王元骧：《立足反映论，超越反映论——兼谈我对苏联文艺学模式认识上的突破历程》，载《文学理论与当今时代》，浙江大学出版社2002年版，第81页。
② 周扬：《关于政策与艺术》，载《周扬文集》第1卷，人民文学出版社1984年版，第476页。
③ 同上书，第477页。

前的政治形势，认为"在被解放了的广大农村中，经历了而且正在经历着巨大的变化。农民与地主之间进行了微妙而剧烈的斗争"，"这是现阶段中国社会的最大最深刻的变化，一种由旧中国到新中国的变化"①。然后分析了赵树理的《小二黑结婚》《李有才板话》和《李家庄的变迁》三篇小说，认为它们在人物的创造和语言的创造上具有值得研究和学习的地方。最后，周扬在文中总结说："'文艺座谈会'以后，艺术各部门都达到了重要的收获，是毛泽东文艺思想在创作上的实践的一个胜利。我欢迎这个胜利，拥护这个胜利！"② 这就说明了周扬分析根据地文学中所出现的新题材和新人物，也是为了配合当时的政治形势和政策任务的。

中华人民共和国成立后，周扬的文论在相当长一段时期内，也总是配合着政治形势和任务，缺乏独立性和创造性。例如，他1950年写的《论〈红旗歌〉》、1951年写的《从〈龙须沟〉学习什么？》、1954年写的《文艺思想问题》、1958年写的《文艺战线上的一场大辩论》、1962年写的《为最广大的人民群众服务》等文章，大多是对当时政治形势和任务的配合。但是，20世纪70年代末之后，周扬又先后发表了《三次伟大的思想解放运动》《关于马克思主义的几个理论问题的探讨》等论文。这些论文突破了周扬以前在文论活动中经常运用的苏联模式，而重新正视历史上长期存在过的"左"倾教条主义把马克思主义变成僵死教条而造成蒙昧主义的状况，强调破除迷信，解放思想，要以发展的眼光看待马克思主义，认为马克思主义是一种发展的学说，并且提出了马克思主义与人道主义的关系和社会主义的"异化"问题。

四 周扬接受俄国文论之反思

周扬对俄国文论的接受，是20世纪中国接受俄国文论的一个重要个案，具有高度的代表性。如果理清了周扬对俄国文学接受的脉络

---

① 周扬：《论赵树理的创作》，载《周扬文集》第1卷，人民文学出版社1984年版，第486页。

② 同上书，第498页。

及其背后的意蕴，就可以剖析一个时代文论发展的潮流。那么，我们对周扬接受俄国文论可以做出哪些反思呢？

其一，周扬接受俄国文论时的文学空间。周扬为什么热衷于接受俄国文论，或者说，为什么他大量接受俄国文论而对西方其他国家的文论相对冷漠？这就涉及文学空间问题。所谓文学空间，一般是"指文学作为人类艺术地掌握世界的一种精神形态，其存在和发展的空间"[1]。这里的文学空间则是指中国接受俄国文论以及俄国文论在中国的传播和发展的空间问题。周扬初登上文坛的第一篇文论论文《辛克来的杰作：〈林莽〉》[2]是介绍和分析美国文学的。周扬之所以会从介绍美国文学转向俄国文学及其批评，中华人民共和国成立前可能与他的政治身份以及解放区文学空间对介绍俄国文学的提倡有关，而中华人民共和国成立后则更多的是当时文学空间对欧美文学及批评的排斥。

例如，20世纪50年代，周扬曾多次在讲话中谈到向苏联学习的同时，也要向欧美学习。例如，1955年他在《人民日报》上发表《纪念〈草叶集〉和〈堂·吉诃德〉——在世界名著〈草叶集〉出版一百周年、〈堂·吉诃德〉出版三百五十周年纪念大会上的报告》[3]。1956年3月，他又在文艺工作座谈会上说："一定要向资本主义国家学习。我们不只学习苏联，也要学习资本主义国家中那些进步的艺术。"[4] 这些话本来都是很有道理的，但在当时"全盘苏化"的文学空间里，周扬的这种声音是微弱的。到了"文化大革命"爆发后，他的那些话语则成了别人攻击他的靶子。例如，姚文元在《红旗》1967年第1期上发表《评反革命两面派周扬》对他进行批判，上海革命大批判写作小组在《红旗》1970年第4期上发表《鼓吹资产阶级文艺就是复辟资本主义——驳周扬吹捧资产阶级"文艺复兴""启蒙运动""批判现实主义"的反动理论》等。这都是不正常的文学

---

[1] 钱念孙：《重建文学空间》，《学术界》2004年第1期。
[2] 该文原载《北新》半月刊1929年2月1日第3卷第3号，署名起应。
[3] 该文原载1955年11月27日的《人民日报》。
[4] 转引自姚文元《评反革命两面派周扬》，载洪子诚主编《中国当代文学史·史料选》下册，长江文艺出版社2002年版，第541页。

第四章　中国接受俄国文论中的"阐发"现象研究

空间状态，在建设我国的当代文论时，值得我们反省。

其二，周扬接受俄国文论的历史功绩。周扬是一名有相当理论修养的文论家，周扬对俄国文论的接受，有何历史功绩呢？归纳起来，这种功绩可能表现在两个方面：一是促进了马克思主义文论在中国的传播，二是促进了中国自己的文论建设。

周扬一生的文论活动，贯穿对马克思主义文论的论证、宣传和运用，然而，他的马克思主义文论活动的理论资源从何来？在很大程度上，他是通过接受俄国文论来实现的。因为马克思、恩格斯等直接谈论文学的著作不多，而俄国的别、车、杜等的民主主义文论曾受到马克思和恩格斯的高度称赞，苏联的文论又被认为是对马克思主义文论的继承和发展，所以周扬翻译了车尔尼雪夫斯基和他的美学著作《艺术与现实的审美关系》，在《马克思主义与文艺》一书中选录了许多俄国文论家的许多文章，在《文学的真实性》一文中引用了许多苏联早期马克思主义文论家和20世纪二三十年代某些流派的文学观点，引用了列宁、斯大林和普列汉诺夫的许多言论，还著文对俄国的许多文论家的观点和著作做了大量的介绍，等等。这些都有力地促进了马克思主义文论在中国的传播。

周扬对俄国文论的接受，也促进了中国自己的文论建设。周扬曾在《对文艺工作的希望和对作家的要求》中说，"根据历史的经验，欧洲的文艺复兴也好，盛唐的文艺复兴也好，大体上都是研究了古代，大量吸收外来的东西以后形成的。不研究古代，不大量吸收外来的东西，很难设想能有一个文化的高潮"[①]。周扬这个话的意思很清楚，要建设好中国自己的文艺，就得研究古代和向外国学习。他后来在一次文艺工作座谈会上更是很明确地提出了这点："我们的立足点是工农兵，要一手伸向古代，一手伸向国外，继承人类宝贵的遗产。"[②] 周扬强调对外国文学和文论的吸收，事实上他对俄国文论的接受，就促进了中国文论的建设。

[①] 周扬：《对文艺工作的希望和对作家的要求》，载《周扬文集》第3卷，人民文学出版社1990年版，第71页。

[②] 周扬：《在文艺工作座谈会上的讲话》，载《周扬文集》第3卷，人民文学出版社1990年版，第345页。

中国接受俄国文论研究

其三，周扬接受俄国文论的现实影响。周扬是中华人民共和国成立前后文艺界的主要领导人物，其地位在文艺界举足轻重，因此，他的言行会对中国现代文论产生重要的影响。那么，周扬对俄国文论的接受，给中国现当代文论产生了什么样的影响？

周扬在20世纪30年代就开始接受俄国文论的某些观点和基本模式，如前所述，这种接受有其历史功绩，但是，周扬对俄国文论的接受，也有其不良的现实影响。周扬接受俄国文论所产生的最大的不良影响，就是他"开创了一种密切配合政治思想、政策思想的文艺批评模式。这种模式影响深长，既为中华人民共和国成立后文艺批评提供了范本，确定了流向，也潜隐日后恶性发展以至毁灭文艺的种子"[①]。因为各种历史原因，周扬接受了和发展了俄国文论中的许多错误东西，从而加剧了中国某个时期文论的政治化，这一点一直饱受世人的诟病。

但是，进入80年代之后，周扬对他以前所接受的俄国文论模式有所扬弃。在纪念马克思逝世一百周年的大会上，他做了《关于马克思主义的几个理论问题的探讨》的报告。这个报告根据马克思的《1844年经济学—哲学手稿》，对人道主义和异化问题做了大胆探讨，表现了周扬敢于追求真理的一面。同时，这个报告还显示出，"以周扬为代表的一批中国马克思主义批评家，已经摆脱了仅仅从苏联人那里接受马克思主义的传统思路，走向直接从马克思主义经典作家的原著来理解和接受马克思主义，包括它的美学文学思想"[②]。这就是说，周扬的报告的意义，不仅在内容上给我们以思考，而且他的写作方式本身也是对以前苏联模式的反拨。

总体来说，周扬一生的文论活动，与俄国文论有千丝万缕的联系，而今天我们再来梳理他的俄国文论接受轨迹，反思其得失成败，无论是对我们今天接受外国文论，还是对我们建设中国文论的当代形态，都具有不可估量的意义。

---

① 许道明：《中国现代文学批评史新编》，复旦大学出版社2002年版，第271页。
② 汪介之：《回望与沉思——俄苏文论在20世纪中国文坛》，北京大学出版社2005年版，第128页。

第四章　中国接受俄国文论中的"阐发"现象研究

第二节　钱谷融接受高尔基文论之反思
——以《论"文学是人学"》为例

高尔基是俄国著名的作家和文论家，其最早传入中国的文论论文是《文学与现在的俄罗斯》。该文由郑振铎翻译，刊登于1920年10月1日出版的《新青年》第8卷第2号上。此后，他的文论论著不断输入中国，被中国众多学者所接受，对20世纪中国文论产生了深远的影响。钱谷融就是受高尔基所影响的中国文论学者之一，在20世纪50年代，他对高尔基文论的接受，非常具有代表性，但其中也有些问题值得我们反思：钱谷融当时为什么会接受高尔基？在高尔基的众多文论思想中，钱谷融为什么会偏重接受其人学思想？钱谷融又是如何接受高尔基的，即其接受方法是怎样的？对于这些问题，本书试以钱谷融的《论"文学是人学"》为例来分析。

一　钱谷融接受高尔基文论的原因

钱谷融于1957年写了《论"文学是人学"》一文，该文共有3万多字，原载《文艺月报》（上海）1957年第5期。钱在《论"文学是人学"》中明确指出，他写这篇文章，"就是想为高尔基的这一意见做一些必要的阐释，并根据这一意见，来观察目前文艺界所争论的一些问题"[①]。因此，这篇文章应该是钱谷融接受高尔基文论思想的作品，而且整体来看，也是他接受高尔基文论的最重要的代表作。那么，钱谷融为什么会写出这篇论文，或者进一步说，钱谷融为什么接受高尔基的文论呢？

钱谷融后来多次谈到过他当时写《论"文学是人学"》时的情况，例如，他在《艺术·人·真诚：钱谷融论文自选集》中就收录了《我怎样写〈论"文学是人学"〉》《关于〈论"文学是人学"〉》《〈论"文学是人学"〉发表的前前后后》等文章，此外他还在一些访谈里面也谈到了写《论"文学是人学"》时的有关情况。对于写这篇

[①] 钱谷融：《论"文学是人学"》，人民文学出版社1981年版，第2页。

§ 中国接受俄国文论研究

文章的最初起因，他是这么说的：

> 一九五七年三月华东师范大学召开了一次大规模的学术讨论会，全国各地许多兄弟院校都推派了代表来参加。校、系各级领导在此之前早就为召开这次会议做了多方面的准备，并多次郑重地向教师们发出号召，要他们提交论文。我在各方面的一再动员和敦促下，遂勉力于那年的二月初写成了《论"文学是人学"》一文。现在回想起来，如果不是在那里刚宣布不久的"双百方针"的精神的鼓舞下，如果没有当时那种活泼的学术空气的推动，单凭一般的号召和动员，我也不一定会写。即使写，文章的面貌，恐怕也将大大的不同了。①

显然，这只是钱谷融写《论"文学是人学"》的外在机缘。如果没有当时华东师范大学召开的那次学术讨论会，钱谷融可能不会写这篇文章，但是钱谷融写文章可以有很多方面的内容可写，他为什么要接受和阐释高尔基的文论，而不是外国其他文论家或我国的其他先贤呢？例如，钱谷融就曾在一封书信中向别人解释说，丹纳（Hippolyte Adolphe Tain）在其所写的英文版的《英国文学史》一书的序言中说过 Literature，it is the study of man 的话②。当然，这封信是钱谷融近年来所写，他早年写《论"文学是人学"》的时候，或许还没见过丹纳的这句话。但是，论述文学中"人学"思想的文论家，我国近现代以来就有王国维、胡适、周作人等人。王国维之所以被很多学者认为是中国现代文论的肇始者之一，关键就在于他的文论关注着人，关注着人生的痛苦与解脱，而《〈红楼梦〉评论》就是他"人学"批评的典范之作。胡适也关注着文学中的"人学"思想。1918 年 6 月 15 日他在《新青年》上发表《易卜生主义》，大力宣扬易卜生的个人主义，主张个人需要充分发扬自己的天才性，要充分发展自己的个性，

---

① 钱谷融：《艺术·人·真诚：钱谷融论文自选集》，华东师范大学出版社 1995 年版，第 9 页。
② 钱谷融：《以简代文——致李岭同志的一封信》，《文艺理论研究》2003 年第 4 期。

第四章 中国接受俄国文论中的"阐发"现象研究

高扬健全的个性主义的大旗。周作人更是从 1918 年开始，在《新青年》上接连发表了《人的文学》《新文学的要求》和《平民文学》等文章，在"人的文学"的启蒙主题下，更加详细地阐述了"人的文学"是五四新文学区别于传统文学的最主要的特质。而且钱谷融自己也说，文学是"人学""这句话也并不是高尔基一个人的新发明，过去许许多多的哲人，许许多多的文学大师都曾表示过类似的意见"[1]。但为什么他们都没有进入钱谷融的视野，成为《论"文学是人学"》阐释的起点或基础呢？这里面可能有两个原因。

其一，与当时的文学环境有关。中华人民共和国成立后，中国文学界以极大的热情全面介绍俄国文学。曾有人做过一个统计："从 1949 年 10 月至 1958 年 12 月，中国共译出俄国文学作品达 3526 种（不计报刊上所载的作品），印数达 8200 万册以上，它们分别占同时期全部外国文学作品译介种数的三分之二和印数的四分之三。"[2] 而在这些俄国文学作品中，高尔基作品的翻译又雄踞榜首，各种版本的出版总数达百余种。文论论著的翻译也是如此，高尔基的许多文论著作，在 1949 年前基本上都已有翻译。1949 年之后，我国对高尔基文论著作的译介朝着系统化的方向发展，以前出版的一些论著译本也开始重译、修订或补充后重新出版，其文论思想在中国受到高度重视。与之相反，胡适、周作人等在当时受到批评，地位是相当低的。因此，高尔基与胡适、周作人等两者对照，前者自然而然就成了当时钱谷融的接受对象，也就是他这篇文学论文的阐释起点。

其二，与当时的政治环境有关。钱谷融之所以借高尔基之口来谈文学是人学，与当时的政治气候是有很大的关系的。"十七年"时期的文论，处于政治文化的规约之中，它"直接延续的仍是 40 年代以来延安的传统，战时的文艺思想和建设一个现代民族国家的总体需求，也成为当代文艺学研究的主导思想"[3]。在当时的政治环境之下，文论中那种对"人"的个体思想的阐释是不被允许的。钱谷融后来

---

[1] 钱谷融：《论"文学是人学"》，人民文学出版社 1981 年版，第 1 页。
[2] 陈建华：《二十世纪中俄文学关系》，高等教育出版社 2002 年版，第 157 页。
[3] 孟繁华：《中国 20 世纪文艺学学术史》第 3 部，上海文艺出版社 2001 年版，第 3 页。

也回忆说:"从《论'文学是人学'》一文的发表并受到批判以来,已经二十多年过去了。在这段漫长的岁月里,特别是在林彪、'四人帮'横行的十多年里,'文学是人学'这句话是绝对不能提的。"① 因此,钱谷融为了表达自己的思想,他抬出在当时中国享有崇高地位的高尔基,顺着他的思路往下说,应该是最明智、最有效的一种做法。

二 钱谷融接受高尔基文论的角度

高尔基的文论思想是丰富的,然而很长一段时期内,无论是在当时的苏联还是中国,人们对高尔基文论的理解和接受却是肤浅的。苏联著名作家特里丰诺夫在20世纪六七十年代曾多次对读者说过这样几句话:高尔基是一座森林,这里有乔木、灌木、花草、野兽,而现在我们关于高尔基的了解只好像是在这座树林里找到了蘑菇。在俄罗斯是这种情况,在中国也是如此。

中国对高尔基文论的理解,关注的主要是创作经验、文学修养、文学创作方法、文学的社会作用和意义的论述等方面的内容。例如,1935年上海龙虎书店出版了廖仲贤编译的《给青年作家——高尔基论文选集》,1936年上海天马书店出版了楼适夷转译的《我的文学修养》,上海读书生活出版社出版了以群转译的《高尔基给文学青年的信》,1937年上海联华书局出版了齐生等译的《我怎样学习》,上海读书生活出版社出版了以群、荃麟合译的《怎样写作——高尔基文艺书信集》,1941年重庆读书出版社出版了以群译的《给初学写作者》,1943年重庆读书出版社出版了戈宝权译的《我怎样学习写作》,等等。中华人民共和国成立之后,中国对高尔基论著的翻译,开始朝着系统化的方向发展,一批高尔基的重要文学论著相继问世。例如,1956年上海新文艺出版社出版了缪灵珠翻译的《俄国文学史》,1958年人民文学出版社出版了孟昌、曹葆华合译的《文学论文选》,1959年人民文学出版社又出版了巴金、曹葆华合译的《回忆录选》,1962年和1965年人民文学出版社又出版了曹葆华、渠建明合译的《文学

---

① 钱谷融:《艺术·人·真诚:钱谷融论文自选集》,华东师范大学出版社1995年版,第120页。

第四章　中国接受俄国文论中的"阐发"现象研究

书简》(上、下卷)等。在当时许多人的意识中,"高尔基的文学思想,集中到一点,似乎就是提倡文学发挥歌颂人民、打击敌人的作用"①。这种认识由为数众多的评论者所反复强调,久而久之,便成为人们理解高尔基文学见解的基本框架,它限制了人们去进一步探索作家的丰富思想和多方面的批评成果。因此,在很长一段时期内,中国文坛都是称高尔基为"革命的海燕""社会主义现实主义的奠基人",同时出现了《高尔基是社会主义现实主义的旗帜》《社会主义现实主义的奠基者——高尔基》等文章。但是,钱谷融对高尔基的理解和接受,却与当时众人有些不同。

钱谷融在《论"文学是人学"》中,选择的却是高尔基的"人学"角度。他开篇就说,"高尔基曾经做过这样的建议:把文学叫作'人学'。我们在说明文学必须以描写为中心,必须创造出生动的典型形象时,也常常引用高尔基的这一意见"②。然后,钱谷融在《论"文学是人学"》一文里谈了五个问题,即关于文学的任务、关于作家的世界观与创作方法、关于评价文学作品的标准、关于各种创作方法的区别、关于人物的典型性与阶级性。他认为谈文学最后必然要归结到作家对人的看法、作品对人的影响上。而上面这五个问题,也就是在这一点上统一起来了:文学的任务是在于影响人、教育人;作家对人的看法、作家的美学理想和人道主义精神,就是作家的世界观中对创作起决定作用的部分,就是评价文学作品的好坏的一个最基本、最必要的标准,就是区分各种不同的创作方法的主要依据;而一个作家只要写出了人物的真正的个性,写出了他与社会现实的具体联系,也就写出了典型。

那么,当众人都在强调高尔基的"歌颂人民、打击敌人"的文学思想时,钱谷融为什么却要选择其"人学"思想来予以解释和阐发呢?钱谷融对此做出的理论上的解释是,"文学是人学"是理解一切文学问题的一把总钥匙,理论家离开了这把钥匙,就无法解释文艺上

---

① 汪介之:《回望与沉思——俄苏文论在20世纪中国文坛》,北京大学出版社2005年版,第154页。
② 钱谷融:《论"文学是人学"》,人民文学出版社1981年版,第1页。

的一系列现象;创作家忘记了这把钥匙,就写不出激动人心的真正的艺术作品来。而许多人却"只知道逗留在强调写人的重要一点上,再也不能向前多走一步"①。他更加深入地解释说,文学的对象和题材是人,是处在各种复杂关系中的人,这是常识。但一般人往往把描写人仅仅看作文学的一种手段、一种工具。他们之所以在文学中描写人,不过是为了达到他要反映"整体现实"的目的,完成他要反映"整体现实"的任务。

钱谷融的这种解释应该是针对现实的有感而发。中国当代文坛对文学的性质或文学其他上层建筑关系的确认,一直以毛泽东在《在延安文艺座谈会上的讲话》中提出"文艺从属于政治"为基石,因此佛克马和易布思说:"当代中国的文学批评的流行趋势是由毛泽东的《在延安文艺座谈会上的讲话》(1942)一文所决定的。从1949年至毛泽东逝世的1976年,可以当作中国历史上的一个时期,在这个时期里,毛泽东文艺理论在各种变幻莫测的政治潮汐中是唯一不变的主流和单独存在下来的思想流派。"② 事实上,也正是因为政治的原因,中国当代文坛在50年代初,发生了几次大的文艺批判运动。在这些运动中,文学中的"人"遭到任意践踏,它成了反映当时政治现实的工具,胡风的文艺思想受到批判就是典型的例证。而"在特殊的历史环境中,钱谷融清醒地意识到了政治和阶级尺度评判文学的武断和暴力,使得文学丧失了作为文学的特质,因此,他以独特而富有激情的语言深入阐述了自己的文学主张,呼唤一种真正的'人的文学'的观念"③。后来钱谷融回忆说,他的《论"文学是人学"》在受到批判时,"会上有同志在发言中说到我的某些观点与胡风很相类似这样的话,以群同志连忙叮嘱各报记者在报道中不要提这句话,说这太可怕了"④。当时人们对胡风的文艺思想是不理解的,而我们今天看来,

---

① 钱谷融:《论"文学是人学"》,人民文学出版社1981年版,第1页。
② [荷兰]佛克马、易布思:《二十世纪文学理论》,林书武等译,生活·读书·新知三联书店1988年版,第119页。
③ 季进、曾一果:《钱谷融先生的文学思想述论》,《文学评论》2005年第2期。
④ 钱谷融:《艺术·人·真诚:钱谷融论文自选集》,华东师范大学出版社1995年版,第131页。

钱谷融与胡风的思想有着某些共同的地方,即都是对文学中"人"的地位的确认。因此,在1957年"百花齐放"的短暂的"春天"里,钱谷融之所以接受高尔基的"人学"思想,应该说包含有对当时文坛上的"非人"现象批判的原因。

三 钱谷融接受高尔基文论的方法

钱谷融选择了从人学的角度来接受高尔基的文论,但是,他是如何来领会和接受高尔基的思想的呢?钱谷融在《论"文学是人学"》里谈了五个问题,从而来说明文学之所以是人学的原因。但是,钱谷融对高尔基"人学"思想的接受绝对不是照搬,否则就不会出现20世纪80年代围绕《论"文学是人学"》的那场争论。

这场争论主要是因高尔基是否说过"文学是人学"的话而起的。刘保端先是在《新文学论丛》1980年第1期上发表《高尔基如是说》,后来又在《文学评论》1982年第3期上发表《关于"文学是人学"问题》,他对高尔基是否说过"文学是人学"这句话提出了异议,认为高尔基没有说过"文学是人学"这句话。刘保端列举了几段高尔基关于"人学"的讲话。高尔基第一次使用"人学"一词是1928年6月12日苏联地方志学中央局庆祝大会上致答词时说的,他的原话是:"敬爱的同志们,首先我感谢你们给予我的荣誉,把我选为你们地方志学大家庭的一员。感谢你们。我还是想,我的主要工作,我毕生的工作不是地方志学,而是人学。"[①] 后来,高尔基又说过:"不要以为我把文学贬低成了《方志学》(顺便说一句,《方志学》也是非常重要的事情),不,我认为这种文学是《民学》,即人学的最好的源泉。"[②](当然,关于后面这段话中某些词语的翻译,他们两人有不同的看法。)从而,刘保端认为高尔基没有说过"文学是人学"的话。

钱谷融后来在《关于〈论"文学是人学"〉》(《新文学论丛》

[①] 转引自刘保端《关于"文学是人学"问题》,《文学评论》1982年第3期。
[②] [苏]高尔基:《谈技艺》,载《高尔基选集·文学论文选》,人民文学出版社1958年版,第165页。

中国接受俄国文论研究

1981年第1期）等文章中解释说，高尔基没有说过"文学是人学"的原话，中国学者了解和引用这句话是通过季摩菲耶夫的《文学原理》来完成的。但是，这并不等于说高尔基没有表达过"文学是人学"的意思，通过高尔基的许多作品以及讲话可以知道，"文学是人学"是对高尔基文论思想的概括。确实，高尔基曾多次谈到过文学中的"人学"。例如，钱谷融在《论"文学是人学"》的第一部分中，就引用了高尔基在《读者》中关于文学中"人"的话语："文学的目的是要帮助人了解他自己，提高他的自信心，并且发展他追求真理的意向，和人们身上的庸俗习气作斗争，发现他们身上好的品质，在他们心灵中激发起羞耻、愤怒、勇气，竭力使人们变为强有力的、高尚的、并且使人们能够用美的神圣的精神鼓舞自己的生活。"[①] 在第三部分中又引用了高尔基在《我怎样学习写作》中的话语。高尔基说，文学"自古以来，到处就都张着'摄取人的心灵'的网子，而且现在还是张着的"[②]。

  这就是说，高尔基没有说过"文学是人学"的原话，但他表达过这种意思。钱谷融就对高尔基的文论思想进行了总结发展，明确提出了"文学是人学"，然后用高尔基的文学是"人学"这一理论，对中国文学中的许多现象进行了分析。例如，钱谷融用"文学是人学"分析了《红楼梦》。他认为，曹雪芹写《红楼梦》不是因为要反映封建社会日趋崩溃的征兆，不是为了反映官僚士大夫阶级的必然没落的命运，而是因为受到了对于贾宝玉、林黛玉等的一种无法排解的、异常深厚复杂的感情的驱迫。他还用"文学是人学"思想分析了李后主的诗词，认为李后主的诗词所写的都是他个人的哀乐，既没有为人民之意，也绝少为国家之心，亡国以后，更是充满了哀愁和感伤，充满了对旧日生活的追忆和怀恋。但是，文学作品本来主要就是表现人的悲欢离合的感情，表现人对于幸福生活的憧憬和向往，对于不幸的遭遇的悲欢、不平的，这也是钱谷融所说的人道主义精神。在《论

---

  ① 钱谷融：《论"文学是人学"》，人民文学出版社1981年版，第5页。
  ② ［苏］高尔基：《我怎样学习写作》，戈宝权译，生活·读书·新知三联书店1951年版，第3页。

"文学是人学"》的第五部分,钱谷融还用"人学"理论分析了鲁迅《阿Q正传》中的阿Q,对当时争论的典型问题做出了解释。

这样看来,钱谷融的《论"文学是人学"》之所以多年来一直受到世人的称赞,除了他在当时的政治环境中敢于犯忌提出"文学是人学"之外,还与他那种治学方法有关。高尔基是俄国的文论家,但钱谷融具有"世界文学"的眼光,他承认文论作为一门科学,具有人类"普适性",然后用不同国家和民族的文学理论进行相互阐释。他为了论证"文学是人学",举了巴尔扎克、托尔斯泰、左拉、莫泊桑等人的例子,引用了美国作家马尔兹(Albert Maltz)的话语,分析了中国众多的古典文学作品。这实际上是我们现在所提倡的比较文学研究中的阐释法。当今许多学者说,比较文学的发展现已进入第三阶段,即从法国学派的影响研究、美国学派的平行研究进入中国学派的阐发研究。阐发研究是正在发展中的新型研究方法,它对不同民族、不同国家的文学和文论进行相互阐发,相互说明,以期达到对文学研究新的层面上的理解。钱谷融对高尔基"文学是人学"的阐发研究范式,对中国比较文论的发展也是一种启示。

当很多人随大潮地接受高尔基的"与政治相吻合"的一面时,钱谷融却接受其"人学"思想,我们从中可以学到钱谷融的敏锐的学术眼光。当政治环境把"人学"视为禁区时,钱谷融却大胆借高尔基之口提出"文学是人学",我们从中可以学到他敢于追求真理的勇气。当许多人对高尔基思想只是照搬的时候,他却以世界性的眼光对之进行了扩展和阐发,能够在前人的基础上继续前进,我们可以从中感悟到他的超俗的思维能力。这些,无论是对我们建设中国自己的文论,还是接受外国文论,都具有巨大的启示意义。事实上,中国对高尔基的接受和研究,至今还存在某些不足,虽然我国在20世纪80年代翻译出版了20卷的《高尔基文集》,但是我们的翻译工作的依据一直是苏联出版的高尔基著作,而列宁以后的几代苏联领导人和文化官员出于对文学的庸俗社会学的理解,竭力把高尔基打扮成他们政策的鼓吹者和执行者以供苏联作家们学习效仿。为此,他们一方面肆意删改高尔基的作品(连特写《列宁》这样的作品也遭到了有关部门的刀笔加工),或者干脆扣压高尔基的作品,不予再版或发表〔如政论集（不合时宜的思想）和大量特写、短评、书信]。正是这些被删掉、被改动的地方，被扣押不予发表的作品表现了作家大胆、复杂、深邃、隐秘的思想。没有了这些，"我们所接受的就只能是一个被阉割了的、被片面化了的高尔基"[1]。这些都是我们继续向钱谷融学习的理由。

---

[1] 余一中：《我们应当怎样接受高尔基——兼谈20世纪俄罗斯文学研究的某些问题》，《当代外国文学》1997年第3期。

第五章　20世纪中国接受俄国文论的得失论衡

20世纪中国接受俄国文论，是怎样接受的？为什么会这样接受？中国接受俄国文论产生了什么结果？这是本章要解决的问题。拟从三个方面来回答，即接受机制、接受立场和接受效应。

第一节　中国接受俄国文论的日本渠道评析

在中国对俄国文论的接受史上，有一个非常奇特的现象，那就是中国接受俄国文论经常不是从俄文直接获得，而是辗转通过日文、英文等来接受的。例如，波格丹诺夫的《无产阶级诗歌》《无产阶级艺术的批评》《宗教、艺术与马克思主义》三篇论文就是先被人译成英文，载于英国伦敦《劳动月刊》，后由苏汶从英文转译成中文，辑为《新艺术论》于1929年由水沫书店出版。普列汉诺夫的《艺术论》也是被人译成英文后，再被林柏从英文转译过来，于1929年4月由上海南强书局出版，内收《论艺术》《论原始民族的艺术》和《再论原始民族的艺术》三篇文章，也就是普列汉诺夫的《没有地址的信》（1899—1900）中的三篇书信体论文。但是，中国接受俄国文论，在某个时期，更多地是通过日本这条渠道来完成的。

一　通过将日文译本转译成中文来接受俄国文论

中国接受俄国文论，有很多是在日本人将俄国文论原著翻译为日文后，再被中国那些精通日文的学者，将日文译本转译成中文来实现的。俄国的许多文论家及其论著进入中国，都经历了这样一个迂回历程。

其一是普列汉诺夫。1929年8月，上海水沫书店出版了冯雪峰翻译的普列汉诺夫的《艺术与社会生活》，这本书是普列汉诺夫晚年的一部重要文艺论著，而冯雪峰就是从日本学者藏原惟人的日译本转译的。此外，冯雪峰在同一时期还从藏原惟人的日译文转译了普列汉诺夫的《论法兰西底悲剧与演剧》和《文学及艺术底意义——车勒芮绥夫司基底文学观》。前者是普列汉诺夫的《从社会学观点论18世纪法国戏剧文学和法国绘画》（1905）一文的节译，译文连载于《朝花旬刊》1929年第1卷第7、8期；后者为普列汉诺夫的著作《尼·加·车尔尼雪夫斯基》（1909）的第1部第3篇的第1章，刊登在《小说月报》1930年第21卷第2号。

除了冯雪峰外，鲁迅当时也很关注普列汉诺夫，他与冯雪峰一样，也是从日文接受的。1930年2月，鲁迅翻译了普列汉诺夫的《车勒芮绥夫斯基的文学》第一章（《尼·加·车尔尼雪夫斯基》第1部第3篇的第1章的一部分），由《文艺研究》杂志1930年第2期刊出。1930年7月，上海光华书局又出版了鲁迅从藏原惟人的日译本转译的普列汉诺夫的《艺术论》。这个译本所收的文章，除了林柏的译本中所收的三篇外，还附有普列汉诺夫的《论文集〈二十年间〉第三版序》。鲁迅为自己翻译的《艺术论》写了一篇序言，首先介绍了普列汉诺夫的生平、思想和主要著述，进而论及收入该书的几篇文章所体现的作者的文艺观。《论文集〈二十年间〉第三版序》是鲁迅从藏原惟人所译的《阶级社会的艺术》一书中转译的，译文曾单独发表于1929年7月出版的《春潮》月刊第1卷第7期。

同时，胡秋原也从日文转译了普列汉诺夫的一些论著。例如，1930年7月出刊的《现代文学》第1卷第1期，发表了胡秋原翻译的《蒲力汗诺夫论艺术之本质》。1932年，胡秋原编译了《唯物史观艺术论——朴列汗诺夫及其艺术理论之研究》一书，由上海神州国光社出版。该书厚达800余页，含"绪言""艺术理论家朴列汗诺夫之性质""艺术之本质""艺术与经济""艺术之起源""艺术之进化与发展""文艺底个性与社会性之考察""朴列汗诺夫之方法论"等10章，对普列汉诺夫的文艺思想和文艺批评做了较为全面的评述。另外，此书还附有胡秋原从日文转译的《朴列汗诺夫传》以及和普列汉诺夫的文艺思想有关的文章6篇，如《艺术与无产阶级》《政治底价值与艺术底价值》《文艺起源论》和《革命文学问题》等。

其二是弗里契。1930年，冯雪峰从藏原惟人的日译本转译的弗里契的《艺术社会学之任务及诸问题》，由《萌芽月刊》第1卷第1期、第2期连载。这篇译文随后不久又以《艺术社会学底任务及问题》为书名，于1930年8月由上海大江书铺作为"文艺理论小丛书"之一出版发行。此书乃弗里契的《艺术社会学》一书的概要。冯雪峰还翻译了弗里契的另一篇文章《巴黎公社的艺术政策》，刊登于《萌芽月刊》第1卷第3期（1930年3月出版）。

不久之后，弗里契的《艺术社会学》全书又被天行（刘呐鸥）和胡秋原从昇曙梦的日译本重译。天行（刘呐鸥）翻译的《艺术社会学》于1930年10月由上海水沫书店初版，1947年8月由上海作家书屋再版。胡秋原翻译的《艺术社会学》于1931年5月由上海神州国光社初版，1933年重印，由上海言行出版社1938年11月再版。刘呐鸥的译本是作为"马克思主义文艺论丛"之一出版的，胡秋原译本的1938年版本也是作为"唯物史观艺术理论丛书"之一印行的。1932年，胡秋原翻译了弗里契的《蒲力汗诺夫与艺术之辩证发展问题》，由《读书杂志》第2卷第9期发表。

其三是卢那察尔斯基。1929年5月，冯雪峰从日译文转译了卢那察尔斯基的《艺术之社会的基础》一书，作为"科学的艺术论丛书"之一种，由上海水沫书店出版。书中收有《艺术之社会的基础》《关于艺术的对话》和《新倾向艺术论》（《艺术及其最新形式》）三篇论文。1929年，鲁迅译了卢那察尔斯基的《艺术论》和《文艺与批评》两本书。其中，《艺术论》是从日本学者昇曙梦的日译本转译的，内收《艺术与社会主义》《艺术与产业》《艺术与阶级》《美及其种类》和《艺术与生活》5篇文章，作为"艺术理论丛书"之一种，由上海大江书铺出版。《文艺与批评》一书收入的《艺术是怎样地发生的》《托尔斯泰之死与少年欧罗巴》《托尔斯泰与马克思》《今日的艺术与明日的艺术》《苏维埃国家与艺术》《关于科学底文艺批评之任务的纲要》6篇文章，均系译者选译自各种日文书刊，后辑成一册，同样被列入"科学的艺术论丛书"，由上海水沫书店出版。

其四是高尔基。1930年，上海光华书局出版了鲁迅选编的《戈里基文录》，它是中国出版的第一本高尔基文论与批评文集。书中收有高尔基的论文7篇，并附有《戈里基自传》和柯刚写的《玛克辛·戈里基》两篇文字。这些文章的译者是许遐（鲁迅）、柔石、侍桁、冯雪峰、沈端先等人，他们都是从日文译出。不久，林林从日文转译了高尔基的《文学论》，1936年由质文社在东京出版，上海光明书局国内经销。逸夫（楼适夷）从日文转译了高尔基的《我的文学修养》，由上海天马书店1936年出版。以群转译了《高尔基给文学青年的信》，由上海读书生活出版社1936年出版。

其五是还有许多俄国的文论家如布哈林、托尔斯泰、沃罗夫斯基、维诺格拉多夫等也通过日本渠道被介绍进中国。例如，1929年画室（冯雪峰）从日译本转译的伏洛夫司基（沃罗夫斯基）的《作家论》一书，由上海昆仑书店出版。书中包括《巴札洛夫和沙宁——关于二种虚无主义》《戈理基论》两篇论文。其中，前者是沃罗夫斯基关于屠格涅夫的《父与子》和阿尔志跋绥夫的《沙宁》两部小说的比较研究，后者是关于高尔基的评论。这个译本后面还附有弗里契的文章《文艺批评家的伏洛夫司基》。1930年，冯雪峰的这个译本经译者对译文略加修改，书名改为《社会的作家论》，著者译名改为"伏洛夫斯基"，被作为"科学的艺术论丛书"之一种，由上海光华书局重新出版。"拉普"后期的主要领导人之一法捷耶夫的《创作方法论》，是一篇全面阐释"辩证唯物主义创作方法"、号召"为了艺术文学上的辩证派的唯物论"而斗争的文章。该文在1931年就由冯雪峰从日文转译到我国来，刊载于《北斗》月刊第1卷第3期（译者署名何丹仁）。1928年，鲁迅从日文转译布哈林的《苏维埃联邦从Maxim Gorky期待着什么?》（《我们期望从高尔基那里得到什么》）一文，刊载于当年7月出版的《奔流》第1卷第2期上。胡风从日文转译出列夫·托尔斯泰论文学与艺术的言论，以《关于文学与艺术》为题，发表于1936年6月出版的《译文》新1卷第4期。该译文后来又收入他辑译的《人与文学》一书（桂林文艺出版社1943年版）。

除了专著外，俄国的文论教材也通过日本进入中国。例如，苏联文论家维诺格拉多夫的《新文学教程》被楼逸夫根据日译本转译成中文，被上海天马书店1937年出版。同年，重庆读书出版社印行了以群译本，该译本也是根据日译本所译。该书在苏联国内销行很广，以群在译后记中说它在苏联"是一部最风行的文学入门书，修正第二版，发行二十万部，还不能满足各方面的需要"[①]。

二 通过翻译日本的研究论著来接受俄国文论

20世纪初期，日本许多学者写出了一些研究俄国文论的著作，中国精通日文的学者将这些论著又翻译成中文，使得中国文坛得以接受俄国文论。这也就是说，中国接受俄国文论，有很多是将日本学者研究和介绍俄国文论的论著翻译成中文来完成的。

日本早期研究俄国文论的学者，首推昇曙梦。他完成了许多研究和介绍俄国文论的论著，而中国学者也很早就开始了将他的论著翻译成中文。例如，他论述"无产阶级文化派"掀起的无产阶级文学运动的专著《新俄的无产阶级文学》，就由画室（冯雪峰）译为中文，于1927年由上海北新书局出版。昇曙梦研究俄国文学及批评的代表作是《现代俄国文艺思潮》和《俄国现代思潮及文学》，这两本书也先后被译成中文。《现代俄国文艺思潮》由陈淑达译出，上海华通书局1929年出版。该书是一本小册子，概述了19世纪至20世纪前20年俄国文艺思潮发展的脉络。内容包括"国民文学的构成和写实主义的确立""1840年代思潮""1860年代思潮""民情主义思潮""田园文明的挽歌""马克思主义的思潮""近代主义的思潮""都会文艺思潮""革命文坛的各流派""无产阶级的文学""共产党的文艺政策"等章节。《俄国现代思潮及文学》由许涤非译出，上海现代书局1939年出版。昇曙梦的该书日文原著初版于1915年，修订于1923年，论述了19世纪末和20世纪初俄国文学思潮。作者在该书译本序言中称："本书乃是我过去的著作中最倾注心力的一部，乃是综合了过去长期间的研究的东西。网罗于本书中的时代，主要乃是近代象征主义时代，这时代于种种的意义上，是我所最感到魅惑的时代，因此

---

① 以群：《〈新文学教程〉译后记》，读书出版社（重庆）1946年版，第198页。

能抱着非常的兴味而埋首于研究。那研究的结晶,便出现成为本书,此后像这样的著作,我究竟还能不能写出,几乎连我自己也不确切知道。虽然像是自称自赞,但是关于这时代的研究,如同本书那样完备的,就连俄国本也还没有。"① 此外,昇曙梦的《高尔基评传》(胡雪译,开明书店出版)、《高尔基与中国》(新中国文艺社编译)也曾被译成中文出版。

冈泽秀虎也是日本著名的俄国文论研究专家,他毕业于日本早稻田大学俄罗斯文学科,专攻俄国文论。著有《苏俄文学理论》一书,及《文艺科学上社会学的方法》等论文。冈泽秀虎的《苏俄文学理论》中的某些章节曾在日本的刊物上发表过,也曾有中国学者将其译成中文。如该书序论及第一章,曾以《苏俄文学理论研究》为题,发表于早稻田大学文学部会编纂的《文学思想研究》第8卷中,中国学者杨浩将其翻译刊于《北新》第5卷第44期。第二章曾以《苏俄十年间的文学理论研究》为题,连载于《文艺战线》第6卷各号,也曾有中国学者按期译出,刊于《小说月报》第20卷3月以后各号。后来,陈雪帆(陈望道)将其《苏俄文学理论》全书译成中文,先是1930年由大江书铺出版,后于1935年改由开明书店出版,1940年开明书店再版。初版时译者署名陈雪帆,再版便改为陈望道。全书内容包括序论、正文和附录。序文主要介绍革命后俄国文学的概况,并将其分为三个时期。第一章论述的是第一期的文学理论,主要介绍了普罗列答利亚文学论、左翼未来派的理论、"锻冶厂"的文学论等。第二章论述的是第二期的文学理论,主要介绍了"十月"派的文学理论、"在哨岗"的极左文学论、托洛茨基的文学论、列夫的文学论等。第三章论述的第三期的文学理论,主要介绍了卢那察尔斯基文学论。陈望道认为,"征引繁富和译文明快是本书原本两大特色,藉此足证著确是'力求做忠实的介绍者',藉此也使本书成为一本质实详明的俄国现代文艺批评史"②。此外,冈泽秀虎的《郭果尔研究》等

---

① [日]昇曙梦:《写给中译本的序》,载许涤非译《俄国现代文艺思潮及文学》,上海现代书局1939年版,第1页。
② 陈望道:《译后杂记》,载[日]冈泽秀虎《俄苏文学理论》,开明书店1940年版,第380页。

第五章　20世纪中国接受俄国文论的得失论衡

后来也被译成中文。

藏原惟人和外村史郎也是日本著名的文论学者,此两人曾辑译了不少俄国文学著作,而他们所辑译的许多书籍,后来又被中国学者译成中文。例如,1928年9月,画室(冯雪峰)从日文转译的由藏原惟人、外村史郎辑译的《新俄的文艺政策》一书,由上海光华书局出版,其内容是1924年5月9日俄共(布)文艺政策专题讨论会的发言记录。里面收有卢那察尔斯基1924年5月9日在关于俄共(布)文艺政策专题讨论会上的发言。1930年6月,鲁迅译的同样由藏原惟人和外村史郎编选的《文艺政策》一书,由上海水沫书店出版(当年10月再版)。书中除收录了《关于对文艺的党的政策》[1924年5月9日俄共(布)文艺政策专题讨论会发言记录]之外,还收有《观念形态战线和文艺》(1925年1月第一次全苏无产阶级作家会议决议)、《关于党在文学方面的政策》[俄共(布)中央1925年6月18日决议]等文件。收入《文艺政策》中的所有文献资料,都曾连载于1928年6月至8月出版的《奔流》月刊第1卷第1—3期。以上几种译文集,虽不是对"拉普"理论的集中译介,而只是包含了"拉普"主要领导人的文章和言论,却使中国广大文学界人士得以了解到"拉普"的基本理论主张。

尤其值得一提的是,苏联的"社会主义现实主义"的口号,最初也是通过日本而传入中国的。1933年2月出版的《艺术新闻》(周刊)第2期,刊登了林琪从日本《普洛文学》1933年2月号翻译的一篇报道《苏俄文学的新口号》,首次向中国读者介绍了"社会主义现实主义"这一口号在苏联的出现。1933年8月31日的《国际每日文选》第31号,刊登了从日本研究者上田进的《苏联文学的近况》一文中翻译的格隆斯基和吉尔波丁(组织委员会秘书长)在苏联作家协会组织委员会第一次全体会议上的发言片段。1940年10月,希望书店出版了日本学者森山启著、林焕平翻译的《社会主义的现实主义论》。这本书包括《关于创作理论的二三问题》《关于创作方法之现在的问题》《社会主义的现实主义之"批判"》《"否定的现实主义"批判》《艺术方法与科学方法小感》《创作方法与艺术家的世界观》《艺术上的现实主义与哲学上的唯物论》七篇论文,从不同角度探讨"社会主义现实主义"问题。这本书还将第一次苏联作家代表大会通过的《苏联作家协会章程》作为附录予以收入。此外，日本尾濑敬止的《新俄艺术概观》也被雷通群译成中文，由上海新宇宙书店1930年出版。

三 中国通过日本接受俄国文论之反思

由此看来，中国接受俄国文论，有很多是通过日本渠道来实现的。那么，中国接受一个国家的文论，为什么要绕道第三国来进行？其间又有什么得失呢？我们首先来看一下当时的历史情境。

其一，中国通过日本来接受俄国文论的时间主要集中于20世纪上半期。在近代以前的漫长历史中，中国和日本同属于汉字文化圈的成员，日本文化受到中国文化的广泛影响。但是，甲午战败之后，中国朝野震惊，日本形象提升。特别是庚子事变之后，中国人认识到，要学西方，必先学日本。于是留日学生源源东渡，东文学校纷纷开设。有学者形容当时的情况是："男子留日，女子留日，兄弟留日，父子留日，夫妇留日，全家留日，公费留日，自费留日，青年留日，老年留日，秀才留日，举人留日，进士留日。一时间，留学日本，狂潮翻卷，蔚为壮观。"[①] 留学日本热必然带来日文书籍翻译热，有人对晚清的日文书籍翻译做了一个不完全统计：从1896年至1911年，15年间，中国翻译日文书籍至少1014种。这个数字，远远超过此前半个世纪中国翻译西文书籍数字的总和，也大大超过同时期中国翻译西文书籍的数字。以1902年至1904年为例，译自英文的共89种，占全国译书总数的16%；译自德文的24种，占4%；译自法文的17种，占3%；而译自日文的有321种，占总数的60%。[②] 这个情势一直延续到20世纪40年代。日文书籍的翻译之所以出现这样一个热潮，梁启超曾认为这与日文易学，日书易译有关。"学英文者经五六年始成，其初学成也尚多窒碍，犹未必能读其政治学、资生学、智学、群学等之书也。而学日本文

---

① 熊月之：《西学东渐与晚清社会》，上海人民出版社1995年版，第639页。
② 同上书，第640页。

者，数日而小成，数月而大成，日本之学，已尽为我所有矣，天下之事，孰有快于此者？"① 这样看来，20世纪上半期的日本对西学接受较多，而中国当时的翻译人才也多精通日文，因此出现了中国接受俄国文论也绕道日本的现象。

其二，中国通过日本来接受俄国文论的内容主要集中于无产阶级文论。通过对中国绕道日本所接受的俄国文论做个归纳，我们可以很清楚地看到，无论是转译的俄国文论论著，还是翻译的日本学者的研究论著，几乎都集中于俄国十月革命前后的文论。例如，中国学者所转译的俄国文论，大都是普列汉诺夫、弗里契、高尔基、卢那察尔斯基等人的论著；中国学者翻译的日本学者的论著，也大都是研究十月革命前后的文论情况，如昇曙梦的《新俄的无产阶级文学》《现代俄国文艺思潮》和《俄国现代思潮及文学》，冈泽秀虎的《苏俄文学理论》，藏原惟人和外村史郎辑译的《新俄的文艺政策》等，都是如此。日本的俄国文论翻译者和研究者，如昇曙梦、冈泽秀虎、藏原惟人和外村史郎等，主要是一些倾向和同情无产阶级文学运动的学者，中国的俄国文论接受者也都主要是一些崇尚和从事无产阶级文学运动的革命家和学者，如鲁迅、冯雪峰、胡风、陈望道等。当时中国也有少数懂俄语的人才，但之所以会出现中国从日本接受俄国文论的情况，主要是因为当时日本的无产阶级文学运动成绩要强于中国。有学者就说，"日本无产阶级文学起步早于中国，当中国新文学开始转向革命文学时，日本无产阶级文学已有了6年的历史，积累了一些经验，因此对日本无产阶级文学的翻译、介绍，对于中国新文学来说，主要是一种学习、借鉴过程"②。

中国学者假道日本接受俄国文论，肯定有其不甚便当之处，事实上，就是那些翻译或接受者自己，也认识到了其不足的地方。例如，胡秋原在神州国光社出版了《唯物史观艺术论》，有780页之多，梁实秋称其是一部巨著。但是，胡秋原的这本研究普列汉诺夫及其艺术理论的著作，是根据一些日译本来完成的。梁实秋在《普列汉诺夫及

---

① 梁启超：《论学日本文之益》，《清议报》1899年第10册。
② 方长安：《选择·接受·转化》，武汉大学出版社2003年版，第269页。

§ 中国接受俄国文论研究

其艺术理论——读胡秋原著〈唯物史观艺术论〉》中就说了这样几句话：

> 胡先生之研究唯物史观艺术论与普列汉诺夫是根据一些日本人的译本，胡先生一面认为这是"遗恨"，一面又说："不过外村史郎、藏原惟人、昇曙梦、川内唯彦等氏，都是日本斯学的权威，可信的名译，这或者足以使我得免于罪戾。"那么，我们读者也自然是满意的了。①

从梁实秋的上述话语我们得知，胡秋原对自己不懂俄文，从日文资料研究俄国文论是引以为"遗恨"的。但是，包括胡秋原在内的许多人，认为日本的许多学者是俄国文论的权威，因此，他们在翻译和研究俄国文论的过程中，又尽可能完备地传达日本学者的意见。例如，鲁迅翻译的《文艺与批评》一书中，收有一篇《关于科学底文艺批评之任务的提要》，这是卢那察尔斯基写的一篇论文。鲁迅从日本藏原惟人的日译文转译过来后，在自己写的"译者附记"中引用了藏原惟人的"译者按语"中的一段话："这是作者显示了马克思主义文艺批评基准的重要的论文。我们将苏联和日本的社会底发展阶段之不同，放在念头上之后，能够从这里学得非常之多的物事。"接着这段话之后，鲁迅写道：

> 这是也可以移赠中国的读者们的。还有，我们也曾有过以马克思主义文艺批评自命的批评家了，但在所写的判决书中，同时也一并告发了自己。这一篇提要，即可以据以批评近来中国之所谓同种的"批评"。必须更有真切的批评，这才有真的新文艺和新批评的产生的希望。②

---

① 梁实秋：《普列汉诺夫及其艺术理论——读胡秋原著〈唯物史观艺术论〉》，天津《益世报·文学周刊》1933年4月29日、5月6日第23、24期。
② 鲁迅：《〈文艺与批评〉译者附记》，载《鲁迅全集》第10卷，人民文学出版社2005年版，第302页。

第五章　20世纪中国接受俄国文论的得失论衡

中国的翻译者之所以翻译、介绍俄国文论，就是为了对中国当前的文论有所增益，但是，为了不使文学论著在译介的过程中有所变形和曲解，他们尽可能在译介过程中指出其背景和中国可资借鉴的地方。例如，冯雪峰也是如此。1930年，上海光华书局重新出版了冯雪峰翻译的《社会的作家论》，冯雪峰在"题引"中就引用了日译本序言中的一段话："现在在我国，跟着无产阶级文学底泼辣的抬头和进击，对于旧文学的真正从马克思主义的立场的，严正而峻烈的批评也紧要起来了；当此，倘这个拙译能给予一些意义，对于译者是望外之喜。"紧接着这段引文之后，冯雪峰写道："我想，这几句在序文之类里极易看见的颇公式的话，大约也可以移到这里来说。因为在我们中国，对于现存的文学作家，也有人试以猛烈的批评——但有谁真正用过马克思主义的批评方法吗？那种学者的可厌态度当然是可以抛弃的，但最要紧的是在用'马克思主义的 X 光线'——像本书著者所用的——去照澈现存文学的一切；经了这种透视，才能使批评不成为谩骂，却是峻烈的批评。"①

总之，因为时代条件、地理位置和语言等多方面的因素，中国对俄国文论的接受，在一个相当长的历史时期内，是通过日文转译的。"这种特殊的接受路径，不仅决定了中国马克思主义文学理论家、批评家们独特的理论素养、知识结构、思维习惯和关注侧重，而且在很大程度上制约了一个长时期内中国文学与文化生活的基本格局。"②鲁迅后来也认识到了这种转译的不足，他说，"懂某一国文，最好是译某一国文学，这主张是断无错误的"，而且认为"待到将来各种名作有了直接译本，则重译本便是应该淘汰的时候"③。事实也是这样，如冯雪峰翻译的普列汉诺夫的《艺术与社会生活》，1929年8月由上海水沫书店出版。这本书是译者从日本学者藏原惟人的日译本转译

---

① 冯雪峰：《〈社会的作家论〉题引》，载《雪峰文集》第2卷，人民文学出版社1983年版，第753—754页。
② 汪介之：《回望与沉思——俄苏文论在20世纪中国文坛》，北京大学出版社2005年版，第55—56页。
③ 鲁迅：《论重译》，载《鲁迅全集·花边文学》，人民文学出版社2005年版，第531页。

的，是普列汉诺夫晚年的一部重要文艺论著。冯雪峰将这本书翻译得很好，后经修订多次再版，但是，20世纪60年代从俄文本直接翻译的汉译本出现以后，冯雪峰的译本也就渐渐被人们忘记了，然而转译本的历史贡献却是不能抹杀的。

第二节　俄国文论与中国文论的现代转型

中国文论进入20世纪之后，发生了现代转型。笔者曾著文认为，中国文论的现代转型，是朝着两个方向转的，一是科学化，一是人本化。[①] 中国文论之所以会发生转型，其中原因之一便是国外文论的刺激。俄国文论从文化根源上来说，属于与中国文论异质的西方文论。因此，中国接受俄国文论时，也接受了其中许多与中国传统文论质地相异的因素，也就是说，俄国文论也促进和强化了中国文论的现代转型。

一　俄国文论输入中的"科学理性"因素

所谓异质性，是指中西文论"从根本质地上相异的东西"。曹顺庆认为，"就中国与西方文论而言，它们代表着不同的文明，在基本文化机制、知识体系和文论话语上是从根本上就相异的（而西方各国文论则是同根的文明）"[②]。这种异质文论话语，在互相遭遇时，会产生相互激荡的态势，并相互对话，形成互识、互证、互补的多元视角下的杂语共生状态，并进一步催生新的文论话语。

我国古代的文论，由于其直觉思维和整体把握的方式及长于辩证逻辑，使得它用许多成对的美学范畴诸如情与理、形与神、虚与实等来对文学艺术的特征、构成、布局予以把握和描述，而这些范畴大多却"只可意会、不可言传"，具有相当大的弹性和张力；还有许多概念、术语如气、神韵、风骨、情采、性灵等同样显示出灵活性、多义

[①] 庄桂成：《论中国文学批评视野下的现代转型》，《华中师范大学学报》2004年第2期。

[②] 曹顺庆：《比较诗学的重要突破——〈中国文论思辨思维〉序》，《中国比较文学》2004年第4期。

第五章 20世纪中国接受俄国文论的得失论衡

性、多功能性、整体性的特点。这是因为统于一尊的经学思维方式遏制了思维的个性化,神秘的直觉代替了思维的理性化,笼统的整体直观妨碍了思维的精确性。

但是,中国20世纪文论"打破了传统整体直觉思维的格局,引入了西方科学思维方式……使文论出现了重事实、重演绎,强调理性分析和逻辑实证的特征;在概念范畴上则力求遣词造句的严密准确,使之具有稳定性、精确性和解析性。西方包含着大量新术语、新句法、逻辑性强的语言系统开始引进,并在中国来自现实生活、出于人们口头的白话的基础上加以改造,这对于纠正古代汉语言文分家,许多概念范畴含混不精确,系统推理缺乏明确的规范程序的弊病有重大作用"[1]。

王国维就是如此,而且他自己也意识到了这个问题。例如,他在《论新学语之输入》中就说,"西洋人之特质,思辨的也,科学的也,长于抽象而精于分类;对世界一切有形无形之事物,无往而不用综括及分析之二法",可是"吾国人之所长,宁在于实践之方面,而理论之方面则以具体的知识为满足。至分类之事,则除迫于实际之需要外,殆不欲穷究之也""故我中国肖辩论而无名学,有文学而无文法,足以见抽象与分类二者,皆我国人之所不长"。事实上抽象分类、分析综合的科学方法,对学术研究是十分重要的。因此他指出,为了推进我国的学术研究,"今日所最急者在授世界最进步学问之大略,使知研究之方法"[2]。因此,自20世纪初以来,西方文论中与中国传统文论质地相异的东西,逐渐进入中国文论中,这种异质性就是中国传统文论所缺少的科学理性。

到了20世纪二三十年代,随着俄国文论进入中国,西方文论异质性对中国文论的影响加强。俄国文论从文化根源上来说,属于与中国文论异质的西方文论。因此,中国接受俄国文论时,也接受了其中许多与中国传统文论质地相异的科学理性等因素。20世纪20年代末

---

[1] 黄曼君:《中国20世纪文学理论批评史》,中国文联出版社2002年版,第64页。
[2] 王国维:《论新学语之输入》,载周锡山编《王国维文学美学论著集》,北岳文艺出版社1987年版,第111页。

§ 中国接受俄国文论研究

30年代初,由冯雪峰主编,上海水沫书店和光华书局出版的"科学的艺术论丛书"中,就有许多是俄国文论论著。例如:

1. 普列汉诺夫:《艺术论》,鲁迅译,光华书局,1930年。

2. 普列汉诺夫:《艺术与社会生活》,冯雪峰译,水沫书店,1929年。

3. 波格丹诺夫:《新艺术论》,苏汶译,水沫书店,1929年。

4. 卢那察尔斯基:《艺术之社会的基础》,冯雪峰译,水沫书店,1929年。

5. 卢那察尔斯基:《文艺与批评》,鲁迅译,水沫书店,1929年。

6. 弗里契:《艺术社会学》,天行(刘呐鸥)译,水沫书店,1930年。

7. 沃罗夫斯基:《社会的作家论》,画室(冯雪峰)译,光华书局,1930年。

8. 藏原惟人、外村史郎辑译:《文艺政策》,鲁迅译,水沫书店,1930年。

自从现代文学观念被引入中国之后,建立一种科学的文论,或者说以科学的方法研究文学就成为中国现代文论的一种追求。如果说五四及其以前对科学的信仰多指向自然科学意义上的科学,相应地,对文学的科学认识也主要是将科学研究的观察、归纳、演绎原则应用到文学研究上,甚至以文学为科学研究的工具和手段,但是,到了俄国文论大规模进入中国,以社会科学方法研究文学、艺术的尝试渐渐多起来。马克思主义作为一种强有力的社会科学思潮也推动着从社会、经济根源去解释意识形态的倾向,"许多马克思主义理论家已开始将辩证唯物主义的原则应用于文学、艺术的研究,并取得了初步成果。这些新的思想和方法很快在东方——首先是在日本——引发新一轮文学认识上的变革,并涌现了一批早期成果"[①]。而这些浸透了马克思主义科学理性精神的文论论著,后来都转道日本或直接被介绍进入中国。

[①] 程正民、程凯:《中国现代文学理论知识体系的建构》,北京大学出版社2005年版,第63页。

例如，《文学原理》是苏联文艺理论家季摩菲耶夫的论著，1934年出版，1948年再版，1953年被译成中文。全书分为三大部分，近30万字。作者希望在此书中以马克思列宁主义的科学方法分析研究文学现象和问题，找出文学的一般原则或规律，以此建立文学研究的科学基础。《文学原理》被译成中文时，译者在序言中就说，"全国解放以来，我国的大学和中学的文学课堂上，以及广大的爱好文学的读者群中，都感到一个迫切的需要：要掌握新的文学理论，要获得马列主义的文学科学的知识……作者（按：指季摩菲耶夫）想从文学的复杂现象中，抽出文学作品和文学发展的规律，使文学的研究，可以和自然科学的研究一样的精确化"[①]。

二 俄国文论输入中的"审美—人学"因素

中国古代文论主要是处于工具论思想笼罩之下，忽视作为个体的人的思想。中国古代由于处在封建专制社会，"人"的自觉意识受到束缚，虽然从事文学写作的人多，但是文学的自觉性却不强，大多把文学视为儒家之"道"的附庸、教化的工具。19世纪虽然产生了一些变化，但是与人文精神的曲折发展一样，文学的自觉性也是处在曲折发展的过程中。这种状况一直持续到19世纪末，"士大夫纷纷把学习西方作为救国的手段，在西学的影响下，人文精神有了新的理论体系、价值观念，因而也有了较大的发展，形成一股重要的思潮"[②]。因此，自20世纪初开始，我国许多文论家突破工具论的束缚，大胆论述文学中"人学"思想，例如王国维、胡适、周作人等都是如此。王国维之所以被很多学者认为是中国现代文论的肇始者之一，关键就在于他的文论关注着人，关注着人生的痛苦与解脱，而《〈红楼梦〉评论》就是他"人学"批评的典范之作。胡适也关注着文学中的"人学"思想。1918年6月15日他在《新青年》上发表《易卜生主义》，大力宣扬易卜生的个人主义，主张个人需要充分发扬自己的天

---

① 查良铮：《译者的话》，载［苏］季摩菲耶夫《文学原理》，平明出版社（上海）1953年版，第1页。

② 陈伯海：《近四百年中国文学思潮史》，东方出版中心（上海）1997年版，第387页。

才性，要充分发展自己的个性，高扬健全的个性主义的大旗。周作人更是从 1918 年开始，在《新青年》上接连发表了《人的文学》《新文学的要求》和《平民文学》等文章，在"人的文学"的启蒙主题下，更加详细地阐述了"人的文学"是五四新文学区别于传统文学的最主要的特质。五四之后，俄国某些文论家思想，也强化了中国文论中的人学思想。

俄国的文论向来蕴含着丰富的审美和人学因素。19 世纪的别林斯基就提出过"历史的、审美的"文论观，运用这些观点和方法广泛评论了俄国文学的历史和现状，包括民间文学、戏剧、美术以及外国文学艺术流派等各个方面。别林斯基非常强调美学批评与历史批评的结合，他在《关于批评的讲话》一文中明确指出："不涉及美学的历史的批评，以及反之，不涉及历史的美学批评，都将是片面的，因而也是错误的。批评应该只有一个，它的多方面的看法应该渊源于同一个源泉，同一个体系，同一个对艺术的观照。"[①] 19 世纪中期，俄国还出现了纯美主义文论流派。这个流派以德鲁日宁等人为代表，他们推崇普希金的创作。德鲁日宁认为，普希金是一个"温和的""钟情的"，具有"微笑才能"，描写"光明图景"的作家，他在创作时既"没有预先提出思想"，也"没有竭力灌输某种抽象的理论"。德鲁日宁等人奠定了纯美主义批评流派从"纯艺术论"观点评论普希金作品的理论基础，得到了一些作家和批评家的支持，在俄罗斯产生了相当广泛的影响。

陀思妥耶夫斯基的文论更是非常强调审美和人学。他认为，艺术与现实有着密切的关系，但它们是通过人来作中介的。陀思妥耶夫斯基的小说，无一不是以"人"作为艺术表现的基点，以"人"作为现实和理想的化身。"以完全的现实主义在人身上发现人"——这是作家的一句名言，也是他评定文学作品高下的一条准则。他说："人们称我为心理学家，不对，我只是最高意义上的现实主义者，即刻画

[①] ［俄］别林斯基：《别林斯基选集》第 3 卷，满涛译，上海译文出版社 1980 年版，第 595 页。

第五章 20世纪中国接受俄国文论的得失论衡

人的心灵深处的全部奥秘。"①对"人"的特别的关注,对心灵的深刻挖掘,是陀思妥耶夫斯基文学创作和文论的特点。在20世纪中国影响很大的高尔基,更是非常关注文论中的"人学"因素。1895年,高尔基在小说《读者》中就提出,"文学的目的,是帮助人了解自己本身,提高他的自信心""一般地说,文学的任务——是使人变得高尚"。进入20世纪后,高尔基再次重申:"文学艺术的一般任务是什么呢?就是把人身上最好的、优美的、诚实的也即高贵的东西,用色彩、词句、声音、形式表现出来……比如说,我的任务就是激起人对自己的自豪感。"②

20世纪50年代,俄罗斯文学和文论经过较长时期的压抑之后,进入一个新的时代。在文学创作领域,"解冻文学"开风气之先,打破了长时期以来的沉闷空气。在文论领域,现实主义和人道主义传统得到回归。1953年4月16日,女诗人奥·弗·别尔戈丽茨在《文学报》上发表《谈谈抒情诗》一文,指出以往一个长时期内的文学作品,特别是诗歌缺乏感染力,主要原因在于"没有人""没有抒情主人公",而这恰恰是"缺乏主要的东西""她的文章事实上触及了文学作为人学的人道主义与现实主义的关系问题"③。后来,老作家伊·爱伦堡在发表小说《解冻》前,写了《谈作家的工作》一文,提出文学的功能在于帮助人们"更充分地认识人的内心世界",因此文学就应当写"活生生的人",写日常生活事件,"揭示隐藏在人的心灵深处的光明与黑暗的斗争",反映世界的复杂性。这标示着文论中的人学意识在俄国的全面回归。接着,俄国文论中的审美学派又出现了。审美学派产生于20世纪五六十年代的关于文艺的审美本质问题的大讨论。理论界一般认为,文艺审美本质的讨论始于斯托洛维奇的学位论文《论艺术审美本质的几个问题》(1955)和布罗夫的专著《艺术的审美实质》(1956)。审美学派的批评家反对文艺的意识形态

---

① [俄]陀思妥耶夫斯基:《陀思妥耶夫斯基论艺术》,冯增义、徐振亚译,漓江出版社1988年版,第390页。
② 转引自张杰、汪介之《20世纪俄罗斯文学批评史》,译林出版社2000年版,第129页。
③ 张杰、汪介之:《20世纪俄罗斯文学批评史》,译林出版社2000年版,第364页。

本质论，主张文艺的本质是审美。文艺的审美本质表现在两个方面：一是文艺反映客观存在的审美属性，二是文艺是艺术家创造性活动的结果，作品的艺术性的高低是衡量它的审美价值的尺度。

三 "异质性"与中国现代文论的转型

中国文论从20世纪初就开始转型，但是，转型是一个艰难的历程，并不可能一蹴而就。正是因为有了后来俄国文论中的"异质性"因素的强烈而持久的刺激，才导致了中国文论的"现代性"逐渐萌生。当然，转型是各种外国文论刺激的结果，这不只是俄国文论一己之力，然而对20世纪中国影响最大的还是俄国文论，20世纪20年代之后，中国每一次文论的变动，大都与俄国文论有着直接或间接的关系。

中国文论的现代转型，就是中国文论从"古代"型的文论，转化为"现代"型的文论，这个转型的方向就是科学化和人本化。

所谓文论的科学化，是指让文论成为一门科学，实现人类对世界的规律性把握，也就是实现"思维和存在"在规律层次上的统一。韦勒克在谈及批评到底是一门艺术还是一门科学时指出，"批评家不是艺术家，批评不是艺术（近代严格意义上的艺术）。批评的目的是理智上的认知，它并不像音乐或诗歌那样创造一个虚构的想象世界。批评是理性的认识，或以这样的认识为其目的"[①]。金克木则说得更直接，"文艺本身不是科学。你要研究这个文学作品，研究这个艺术品，拿它当作一个客观对象来加以分析，那么这就是科学，可以叫作文艺的科学、文学的科学、艺术的科学"[②]。确实，中国20世纪之前的文论不是"科学化"的文论，它是一种感悟式、印象式的文论。此前的文论家往往采用直观领悟和内省体验的方式，这与中国哲学的思维方式有密切关系。中国哲学注重人的内心修炼。儒家追求内心世界的"乐"与"和"，道家追求描写世界的"忘"与"适"，禅宗追

---

① ［美］韦勒克：《批评的诸种概念》，四川文艺出版社1988年版，第38页。
② 金克木：《艺术科学丛谈》，丁泓、余征译，周毅校，生活·读书·新知三联书店1986年版，第69页。

求自性与顿悟，讲的都是一个直觉体验的问题。因此，我国传统文论混淆了批评和艺术的界限，现代转型的方向之一就是从艺术转向科学。

而在这个历程之中，俄国文论功不可没。如前所述，20世纪20年代起，俄国各种"科学的文学论"丛书传入中国，使得中国文论学者也试着用社会学的方法解释文学的根本问题，开始把文学置于社会科学的框架中去理解，使得中国出现了众多的以马克思主义"唯物史观"为理论基础的文学论。到了20世纪50年代，各种俄国文论教材传入中国，它们更加强化了中国文论中的科学化因素。苏联的文论教材有科学严谨的体系，对我国文论教材有示范作用；中华人民共和国成立初期的文论教材，在体系上几乎无一不受苏联的影响。苏联文论理论通过对文学与其他上层建筑及经济基础关系的阐述，使我们对文学有了宏观的视野和研究方法。在苏联文论教材中，文学被看成与哲学和社会科学一样的社会意识形态，由经济基础决定，同时反作用于经济基础。到了20世纪80年代之后，因特殊历史原因迟缓传入的俄国形式主义文论，其科学精细的形式分析，对我国当代文论也产生了强烈的影响。

所谓文论的人本化，就是把人当作文学研究的核心、出发点和归宿，通过对人本身的研究来探寻文学的本质及其他文学研究问题。俄国文学之所以在世界上有其崇高的地位，是由于其文学的人本因素。同样，俄国文论之所以在世界文论的长河中也占有一席之地，也是因为其文论中的人学和审美因素，或者说是对人的审美分析。虽然俄国文论中曾有过一些庸俗的社会学批评，但它并不能代表俄国文论的全部。曾有学者把20世纪俄国文论的潮流分为三股：一是以重视社会分析为主要特征的社会批评潮流，它包括马克思主义文论、现实主义（写实派）、庸俗社会学、无产阶级文化派、"拉普"、社会主义现实主义等理论批评形态；二是以探讨文学与人的心灵世界、文学与历史文化关系为基本目的的历史文化批评潮流，如象征主义、宗教文化批评和历史诗学等派别以及与之相关的那部分批评家；三是强调艺术审美功能、重艺术形式研究的审美批评潮流，属于这一潮流的主要有阿克梅主义、未来主义、俄国形式主义、布拉格学派、审美学派和莫斯科—塔尔图符号学派等。① 这些是 20 世纪的俄国文论，此外还有 19 世纪的文论，它们中的许多就催生了中国文论中的人本因素。

最典型的是高尔基对中国文论的影响。胡风是中国 20 世纪中期的著名文论家，1943 年他辑译了《人与文学》（桂林文艺出版社 1943 年版），里面就有高尔基有关人学的文学论文或涉及人学的文学理论和批评文字。胡风认为，文学不仅要同敌人作斗争，不仅要服从于、服务于社会政治斗争，而且还要揭示人民群众中的"精神奴役创伤"，以达到改造国民性的目的。由此出发，他在论及高尔基时，特别强调的是后者的文学是"人学"的思想。胡风认为，高尔基的伟大在于，他始终肯定人的价值，主张以文学改造人生，帮助人洗去"历史遗毒"，"追求'无限地爱人们和世界的'，在至高的意义上说的'强的''善良的'人"。② 钱谷融也是受高尔基人学思想影响的中国文论家。1957 年，他根据高尔基的人学理论，写出了著名的《论"文学是人学"》。该文共有 3 万多字，原载于《文艺月报》（上海）1957 年第 5 期。钱在《论"文学是人学"》中明确指出，他写这篇文章，"就是想为高尔基的这一意见做一些必要的阐释，并根据这一意见，来观察目前文艺界所争论的一些问题"③。

此外，苏联的"解冻文学"等也对中国文论中的"人学"思想产生了重要的影响，包括 50 年代中期的中国文学和文论"短暂的春天"，以及 20 世纪 70 年代末 80 年代初的文学思想解放，都不能说与之无关。

朱光潜 1944 年曾写过一篇文章《谈翻译》，在谈到翻译国外文论著作的重要性时，他说，"没有一个重要的作家的生平有一部详细而且精确的传记可参考，没有一部重要作品曾经被人做过系统的研究和分析，没有一部完整而有见解的文学史，除《文学雕龙》以外，没有一部有哲学观点或科学方法的理论书籍。我们以往偏在注疏评点上做工夫，不失之支离破碎，便失之陈腐浅陋"。因此，他认为中国需

---

① 张杰、汪介之：《20 世纪俄罗斯文学批评史》，译林出版社 2000 年版，第 6 页。
② 转引自汪介之《回望与沉思——俄苏文论在 20 世纪中国文坛》，北京大学出版社 2005 年版，第 154 页。
③ 钱谷融：《论"文学是人学"》，人民文学出版社 1981 年版，第 2 页。

要放宽眼界，多吸收一点新的力量，最好学文学的人都能精通一两种外国文。但是他又说，"为多数人设想，这一层不易办到，不得已而思其次，我们必须做大规模的系统的翻译"①。朱光潜的话也就是说，中国文论与外国文论有些质地不同，我们需要吸收国外文论，从而来改造中国文论，从注疏评点转向科学方法的系统研究，这也就是中国文论的现代转型。事实上，中国对俄国文论的接受就是如此。

第三节　俄国文论与20世纪中国文论的工具论

20世纪中国对俄国文论的接受，促进了中国文论的现代转型。但是，任何一种事物的影响都是双重的，俄国文论的传入，既有对中国文论发展积极的一面，也有其不利的一面。如前文所说，俄国文论中的某些因素促进了中国文论的人本化，然而，中国对俄国文论中某些内容的接受，也恶化了20世纪中国文论的工具论倾向。

一　文学与革命：20世纪中国文论工具论的初始

20世纪20年代，中国文坛出现了一股倡导"革命文学"的潮流，这股潮流不同于五四时期的"文学革命"，其核心是"一种激进的政治文化观念"②，后来被人们称为中国左翼文论。有学者把中国左翼文论划分四个阶段：一是初始阶段（1922年—1927年年底）；二是高潮阶段（1928年年初—1930年3月）；三是变化阶段（1930年3月—1931年与1932年之交）；四是发展阶段（1932年上半年—1936年10月）。中国左翼文学思潮的涌动，正值20世纪二三十年代国际无产阶级文学运动的高涨时期，它的整个发生与发展过程，与当时声势浩大的国际左翼文学思潮息息相关。以至有学者说，"没有国际左翼文学思潮的影响，就没有中国左翼文学运动"③。但是，受国

---

① 朱光潜：《谈翻译》，载《翻译通讯》编辑部编《翻译研究论文集（1894—1948）》，外语教学与研究出版社1984年版，第353页。
② 王铁仙：《中国左翼文论的是非功过》，载林伟民《中国左翼文学思潮》，华东师范大学出版社2005年版，第1页。
③ 林伟民：《中国左翼文学思潮》，华东师范大学出版社2005年版，第55页。

§ 中国接受俄国文论研究

际思潮特别是俄国文学思潮影响的中国左翼文论,出现了严重的工具论倾向。

1923年至1924年,共产党人邓中夏、恽代英、萧楚女等人在《中国青年》上发表了一系列谈文艺问题的文章,其中有邓中夏的《新诗人的棒喝》《贡献于新诗人之前》,恽代英的《文艺与革命》,萧楚女的《艺术与生活》等。在这些文章中,他们批判了"文艺无目的论",提出了"革命文学"的概念,并要求文学为革命服务。例如,邓中夏认为人是有感情的动物,当生活受到压迫,要进行反抗,就会发生革命。这就需要进行政治和经济的斗争。这时,借助于有说服力的艺术或娴熟的新闻报道,可以达到这个目的,而"文学却是最有效用的工具"[①]。

到了20年代末期,中国文坛出现了关于"革命文学"的论争,许多文论工作者更加强调"文学工具论"。他们狭隘地理解"革命文学"的理论性质,片面夸大"革命文学"的社会功能,忽视文学的艺术审美属性。例如,李初梨在《怎样地建设革命文学》中,要使"革命文学"变成"斗争的武器",变成"机关枪、迫击炮"。他夸大文学的"教导"和"宣传"作用,认为革命文学"有时无意识地,然而常时故意地是宣传"[②]。忻启介也在《无产阶级艺术论》中认为"宣传的煽动效果愈大,那么这无产阶级艺术价值愈高"[③]。当时,表现最为突出的是钱杏邨。他的文论的最大特点,是崇尚反抗的、战斗的"力的文艺",贬抑轻盈、柔美的"抒情文学"。但是,什么是"力的文艺",他认为只有正面描写了革命时代,表现无产阶级革命时代的斗争、反抗、复仇、罢工等活动的作品,才属于"力的文艺"。这样,钱杏邨在他的《现代中国文学作家》批评论集中,以"力的文艺"的标准来评判作品,因而大批"五四"新文学作家只能属于"死去了的阿Q时代"[④]。

---

① 邓中夏:《贡献于新诗人之前》,《中国青年》1923年12月第10期。
② 李初梨:《怎样地建设革命文学》,《文化批判》1928年2月15日第2号。
③ 忻启介:《无产阶级艺术论》,《流沙》半月刊1928年5月1日第4期。
④ 钱杏邨:《死去了的阿Q时代》,载中国社会科学院文学研究所现代文学研究室编《"革命文学"论争资料选编》上册,上海文艺出版社1981年版,第182页。

瞿秋白是30年代左翼阵营内较为有代表性的批评家。1932年,他对钱杏邨等人的文论提出了反批评。瞿秋白认为,"钱杏邨的错误并不在于他提出文艺的政治化,而在于他实际上取消了文艺,放弃了文艺的特殊工具……进一层说,以前钱杏邨等受着波格唐诺夫,未来派等等的影响,认为艺术能够组织生活,甚至于能够创造生活,这固然是错误的。可是这个错误也并不在于他要求文艺和生活联系起来,却在于他认错了这里的特殊的联系方式。这种波格唐诺夫主义的错误,意识可以组织实质,于是乎只要有一种上好的文艺,一切问题都可以解决了"①。瞿秋白指出了钱杏邨等人的文学工具论的来源,但并不反对文艺政治化倾向,他所持的仍然是文学为政治革命服务的观点,也就是说,瞿秋白所使用的仍然是文学工具论。

二 文学与政治:20世纪中国文论工具论的延续

中华人民共和国成立后,文学的工具论得到了延续,但在具体表现形式上,它已从文学为革命服务更改为文学从属于政治。对文学与政治的关系问题,20世纪50年代的时候,还为此发生过一场争论。

1950年,阿垅在《文艺学习》杂志第1期上,发表了《论倾向性》一文。他认为,就艺术创作和艺术作品而言,艺术与政治是"一元论的",即两者"不是'两种不同的原素',而是一个同一的东西;不是'结合'的,而是统一的,不是艺术加政治,而是艺术即政治"②。他最后的结论是,把作品的艺术性和政治性分开,片面地向作品要求政治倾向性是从概念出发,违背了艺术真实性的原则,势必会导致创作中的教条主义和公式主义。尚且不说阿垅对文学与政治关系的阐述是否完全正确,但就是这样较为"骑墙"的中性观点,不久就遭到更为激进的陈涌的批评。陈涌在《论文艺与政治的关系》一文中认为,阿垅对政治与艺术的统一"作了鲁莽的歪曲","艺术即政治"的观点是"纯粹唯心论的观点"。它在表面上反对为艺术而

---

① 易嘉(瞿秋白):《文艺的自由和文学家的不自由》,《现代》1932年10月第1卷第6号。

② 阿垅:《论倾向性》,《文艺学习》1950年第1期。

艺术，"但实质上，却是也同时反对艺术为政治服务的"①。这非常明确地告诉大家，陈涌是认为文学应该为政治服务的，而这也是当时大多数文论工作者的看法。

后来，邵荃麟又对文艺与政治的关系做了专题阐述。他在《文艺报》1951年第3卷第1期上发表了《论文艺创作与政策和任务相结合》，把"文艺服从于政治"具体化为"文艺创作如何与政策相结合"。他认为，政治是现实生活的集中体现，而政策又是政治的具体表现，因此，文艺与现实生活的关系就集中体现在文艺创作与政策的紧密结合上。邵荃麟在论述这一问题时，首先引经据典，为自己的论点寻找坚实的基础。他说："十月革命后，列宁曾经和蔡特金谈起这个问题，指出十月革命后的苏联文艺必须提高到政策的水平上来。1934年，斯大林和高尔基确定社会主义现实主义为苏维埃作家的创作方法问题时，也特别指出这种创作方法的主要特征之一，即是必须与苏维埃政策相结合。前几年日丹诺夫在关于《星》和《列宁格勒》两杂志的报告中，又重申了列宁与斯大林的指示，并且更肯定地说：'我们要求我们的文学领导同志与作家同志，都应以苏维埃制度所赖以生存的东西为指针，即以政策为指针。'"②

这一时期苏联对中国文论工具论的影响，还特别表现在文论手段的政治化上。如前文所述，1951年6月，《文艺报》发表的冯雪峰批判萧也牧的小说，用的就是政治斗争语言，显示出用政治手段解决文学问题的倾向。文章认为萧也牧"对于我们的人民是没有丝毫真诚的爱和热情的""如果按照作者的这种态度来评定作者的阶级的话，那么，简直能够把他评为敌对的阶级了""这种态度在客观效果上是我们的阶级敌人对我们劳动人民的态度""我们如果把左琴科照片贴在牌子上面，你们不会不同意的罢？"③ 后来，对胡风等人的批判，更是中华人民共和国成立后用政治手段解决文学问题的典型案例。1952

---

① 陈涌：《论文艺与政治的关系》，《文艺报》1950年第2卷第2期。
② 邵荃麟：《论文艺创作与政策和任务相结合》，载《邵荃麟评论集》上册，人民文学出版社1981年版，第285页。
③ 李定中（冯雪峰）：《反对玩弄人民的态度，反对新的低级趣味》，《文艺报》1951年第2卷第5期。

第五章　20世纪中国接受俄国文论的得失论衡

年舒芜在《长江日报》发表了《从头学习〈在延安座谈会上的讲话〉》和在《文艺报》上发表了《致路翎的公开信》，1953年，《文艺报》又发表了林默涵的《胡风反马克思主义的文艺思想》和何其芳的《现实主义的路，还是反现实主义的路?》等文章，展开了对胡风文艺思想的批判。为了应对来自各方面的种种指责，全面阐述自己的文艺思想，1954年3月至7月，胡风在其支持者的协助下，写出了《关于解放以来的文艺实践情况的报告》，报告分四个部分共27万字，通称"三十万言书"。但是，事情出现了人们没有想到的结果，1955年5月18日胡风被捕，先后被捕入狱的达数十人，并以武力搜查到135封胡风等人的往来信件。胡风等人被定性为"反革命集团"，株连2100人，逮捕92人，隔离62人，停职反省73人，最后78人被确定为"胡风分子"，其中23人划为骨干分子。[①] 一场本是正常的文论理论的论争，大家彼此对某些文艺理论问题的观点有些不同，但最后的结果却是用政治化的手段来给以解决，并且酿成了一场巨大的悲剧，里面的原因值得我们深思。在"全盘苏化"的氛围之下，苏联文学决议解决问题的方式，肯定对之产生了重大的影响。

三　20世纪中国文论的工具论倾向之反思

20世纪中国文论中为什么会出现工具论倾向，这里面原因是复杂的。其中可能有中国古代"文以载道"观的残余影响，例如，郭沫若在1930年就说："古人说，'文以载道'，在文学革命的当时虽曾尽力加以抨击，其实这个公式倒是一点也不错的。'道'就是时代的社会意识。"[②] 同时，也与外国某些文论的刺激具有不可分离的关系。例如，美国作家辛克莱的"文艺宣传"说，就曾影响了中国的许多文论工作者。但是，那种外国文论的刺激，更多是来自俄国文论。俄国文论之所以会对中国文论的工具论产生影响，与以下两个方面的因素有关。

其一，俄国文论中原本就存在工具论思想。俄国文论给人类留下

[①]　许道明：《中国现代文学批评史新编》，复旦大学出版社2002年版，第329页。
[②]　郭沫若：《文学革命之回顾》，《文艺讲座》1930年4月10日第1册。

了许多宝贵的遗产，它们在世界文论史上熠熠生辉，但同时，也给人们留下许多遗毒，这以苏联时期的庸俗社会学批评为代表。所谓庸俗社会学批评，是一种起源于片面解释马克思主义关于意识形态的阶级制约性原理，从而导致历史—文学进程简单化、庸俗化的文论。这一批评的基本特点是，"把文学创作和经济基础、作家的阶级属性之间的关系庸俗化，把文学看成社会学的'形象化插图'"。① 苏联的庸俗社会学批评中，就存有大量的文学工具论思想。

例如，无产阶级文化派的灵魂人物波格丹诺夫曾提出所谓"组织形态学"，认为世界的统一性不在于物质性，而在于所谓"组织性"。"人类生活的全部内容，就是组织自然界外部力量，组织人类集体力量和组织经验"，而"'纯阶级'的无产阶级文化"就应当是"无产阶级主要的组织工具"。② "劳动阶级"要"把它的经验用它的整个人生方式和用它的创造工作组织成阶级意识"③。全俄"无产阶级文化教育组织"在1918年9月第一次会议的决议《无产阶级与艺术》的第一条，据此指明，文艺"乃是阶级社会中组织集体力量——阶级力量的最强有力的工具"④。全俄无产阶级文化协会在1923年《艺术问题提纲》中仍然开宗明义地在第一条中说："在阶级社会条件下，艺术是资产阶级统治的强大工具之一。对无产阶级来说，它是无产阶级斗争的工具。"⑤

苏联的庸俗社会学批评还体现在许多文学决议中。苏联文学决议最大的弊病就是用政治式的宣判来解决文学问题或者说把文学当作政治斗争的工具。苏联当时用简单粗暴和行政命令的方式来对待文艺中的思想问题和是非问题。例如，《关于〈星〉和〈列宁格勒〉两杂

---

① 张杰、汪介之：《20世纪俄罗斯文学批评史》，译林出版社2000年版，第266页。
② [苏] 苏沃罗夫：《列宁和布尔什维克党反对波格丹诺夫"组织科学"斗争史略》，载白嗣宏选编《无产阶级文化派资料选编》，中国社会科学出版社1983年版，第310页。
③ [苏] 波格丹诺夫：《宗教、艺术与马克思主义》，载白嗣宏选编《无产阶级文化派资料选编》，中国社会科学出版社1983年版，第56页。
④ 《无产阶级与艺术》，载白嗣宏选编《无产阶级文化派资料选编》，中国社会科学出版社1983年版，第1页。
⑤ 《关于纲领问题》的第2部分，载白嗣宏选编《无产阶级文化派资料选编》，中国社会科学出版社1983年版，第3页。

第五章 20世纪中国接受俄国文论的得失论衡

志》决议就对左琴科做出了无限上纲、狂风暴雨式的批判,骂他是"文学无赖和渣滓"①,结果左琴科被苏联作协开除出会,停止刊登他的所有作品,连作协所发的食品供应证也被吊销了,而这在战后供应困难时期更是莫大的打击。左琴科受到精神和物质的双重打击,出版社和杂志不仅不再出版他的著作,而且还要逼他归还预支稿费。他走投无路,只得重操旧业当鞋匠,并变卖家中杂物勉强度日。苏联文学决议对安娜·阿赫玛托娃的批判也是如此。

其二,中国接受俄国文论时的功利立场。所谓接受的功利立场,是指中国在接受俄国文论时,出于一种社会功利主义态度,出于为革命发展或社会建设服务的目的。例如,中国对无产阶级文化派和"拉普"、对社会主义现实主义,甚至对列宁的文论思想等的接受,应该说都是基于功利主义的立场。在这种功利主义接受态度下,文学工具论的思想被凸显和强化。

例如,1951年对电影《武训传》的批判,被认为是"学习苏联在文艺领域的管理经验的一次尝试,它的指导思想和具体方式都有着日丹诺夫主义的明显影响"②。例如,邵荃麟在《论文艺创作与政策和任务相结合》中就说:

> 这一年来,文艺批评的风气一般地说是较前提高了。但是有领导、有组织的自我批评,像这次对《武训传》所展开的批评,却是很少。这可以说是我们文艺工作上的弱点之一。我觉得,我们应该好好学习一下苏联的经验。1946年,联共中央书记日丹诺夫同志做《关于〈星〉和〈列宁格勒〉两杂志所犯错误》的报告以后,苏联文学界、戏剧界、音乐界、美术界全面展开了为苏维埃文学艺术的思想纯洁性的斗争。③

---

① 《关于〈星〉和〈列宁格勒〉两杂志》,载曹葆华等译《苏联文学艺术问题》,人民文学出版社1959年版,第34页。
② 汪介之:《回望与沉思——俄苏文论在20世纪中国文坛》,北京大学出版社2005年版,第200页。
③ 邵荃麟:《论文艺创作与政策和任务相结合》,载《邵荃麟评论集》上册,人民文学出版社1981年版,第285页。

这样看来，中国接受苏联文论，在很多时候不是从审美的角度出发，不是从学理的角度来建设和发展文论，而是出于功利的实用态度，为如何从政治或政策的角度处理文学问题，或者是与文学相关的政治问题。这就使得文学工具论更加突出。

总之，20世纪中国文论的工具论倾向，是一个非常突出的弊病，其中的原因有很多，但俄国文论的影响，绝对是其中不可忽视的因素。这同时也告诉我们，中国文论在接受外国文论的时候，要吸取其精华，除其糟粕，要以理性、审美的眼光来进行接受。

余论　全球化语境下的中国文论

20世纪中国文论深受俄国文论的影响，但是，影响中国文论的也不仅仅有俄国文论，还有英、美、法、德等世界各国文论。全球视野下，世界各种文论潮起潮落，缤纷登场。从俄国形式主义到布拉格学派，再到英美新批评、法国结构主义和解构主义，从瓦莱里的象征主义、克罗齐的表现主义到弗洛伊德的精神分析学，再到柏格森的直觉主义、萨特和海德格尔的存在主义，以及后现代的各种流派和思潮，它们在世界舞台上各显身手，但其中似乎始终没有中国文论的位置，中国没有在世界上可以值得称道的文论学派。照理说，中国是世界上为数不多的尊崇和信奉马克思主义的国家，中国可以发展马克思主义文论，但是，当西方马克思主义文论在世界上为人所瞩目的时候，我们却难以看到中国马克思主义文论的身影。也就是说，中国并没有建立自己的马克思主义文论学派。因此，我们不得不思考：全球化语境下，中国的马克思主义文论应该如何发展？

一　反对教条主义

中国马克思主义文论要发展，首先应反对教条主义，加强理论创新。马克思主义文论发源于欧洲，马克思和恩格斯是其创始人。创立之后，马克思主义文论不断发展壮大，并逐渐开始国际传播，最终形成三股潮流：苏联马克思主义文论、西方马克思主义文论和中国马克思主义文论。但是，马克思主义文论在中国的历程并不是一帆风顺的，其间有很多曲折和坎坷，它们延宕了中国马克思主义文论的现代化进程。而这些曲折和坎坷产生的原因，则主要来自教条主义思想的

§ 中国接受俄国文论研究

束缚。

所谓教条主义，又称本本主义，其主要特点是把书本当《圣经》，把理论当教条，一切从"本本"出发，从定义、公式出发照抄照搬，反对具体情况具体分析，把马克思主义的个别原理或个别词句当成千古不变的教条。马克思主义文论在20世纪初进入中国，它的到来为人们宏观地把握文学的社会、历史特性而提供了理论依据，是对中国传统的知人论世批评学说的深化和发展。但是，马克思主义文论创始人直接谈论文学问题的论著不多，他们的著作大多是对社会政治、经济等问题的思考，创立了历史唯物主义和辩证唯物主义，这些为分析和解决文学问题提供了一种工具和方法。然而，在20世纪中国马克思主义文论发展的历程中，却出现了众多教条主义地对待马克思主义文论的案例。例如，20年代太阳社、创造社革命文学的倡导者们大都曾留学苏联和日本，他们教条主义地接受当时苏、日正在流行的无产阶级文化派思想，因而在大力宣传马克思主义学说、倡导革命文学的同时，简单地否定五四文学革命和五四新文学，并错误地对鲁迅、茅盾等作家进行批判。30年代中国某些左翼文论家教条地照搬苏联"拉普"的做法，把"自由人""第三种人"视为资产阶级代表而一概排斥。其实，杜衡、戴望舒等都是左联成员，胡秋原在对马克思主义文艺理论的基本原理的介绍方面所做的工作，是相当了不起的，但他们却被视为敌人，不留任何余地加以批判。这些都扼杀了当时中国马克思主义文论创新的可能增长点。

马克思主义经典作家并没有为我们留下完整的文艺理论巨著，因此，中国马克思主义文论的发展，也可以说是对世界范围内马克思文论的一个完善和发展过程。"不论何种分支，何种理论观点，只要它不违背马克思主义的基本原则、立场、方法，我们就应当承认其合理价值，承认其在马克思主义文论发展史上的应有地位，讨论问题的出发点和着眼点应重在建设和发展。"[1] 然而在某些历史时期，事实却并非如此。20世纪四五十年代，中国教条主义地照搬苏联的马克思主义文论，偏重于社会反映论而忽视了创作主体的作用。而胡风看到

---

[1] 马驰：《马克思主义文艺思想在中国的传播与发展》，《文艺研究》2000年第4期。

了这种文论的不足之处，他在评论作家作品时，从不轻意运用"通过什么—反映什么"这种思考模式。他不乐于将复杂的文学现象简单地还原为政治经济现象，尽管他并不怀疑存在决定意识的原理。胡风格外关注的是作家创作过程中主体与客体的联结状况，也就是"主观精神"如何选择、把握和熔铸题材，又如何通过彼此的"相生相克"而"化合"为作品。应该说，胡风的文论全面探讨了主体的地位、作用以及主客体之间的关系，从而有力地纠正了左翼文学运动忽视主体性的偏向，在20世纪中国文学批评发展史上鲜明地突出了主体的地位。甚至有学者说，胡风以对创作主体和创作对象的具体而深入的研究，"填补了世界范围内马克思主义文论在这一方面所普遍存在的严重缺憾"①。但是，历史却与人们开了个玩笑，胡风及其文论遭到了教条主义的压制和打击，许多人评价胡风文论的标准是教条主义地看它是否符合政治家的有关话语，这一情况直到党的十一届三中全会之后才逐渐得到改变。

马克思主义是科学，它始终严格地以客观事实为根据。而实际生活总是在不停地变动，因此，马克思主义必然随着时代、实践和科学的发展而不断发展，不可能一成不变。在文论领域，如果总是抱着过去的陈旧观点不放，教条主义地处理实际生活中出现的新现象，把对马克思主义文论的创新看成异类，那么中国马克思主义文论的发展将永远会停滞不前，这种情况在20世纪80年代时也有例证。因此，我们应当解放思想，反对教条主义，大胆进行理论创新，努力开创中国马克思主义文论发展的新局面。

二　坚持共存和对话

检视20世纪中国的文论，可以说是对立冲突多于对话和交流。中国的20世纪是一个民众觉醒、政治变革的时代，社会阶级斗争和意识形态领域内的思想斗争异常激烈，因而文艺领域内争夺话语主导权和控制权的斗争也极其尖锐。不同的历史时期，随着政治格局和文

---

① 范际燕：《胡风文艺思想与马克思主义文艺理论》，《湖北大学学报》2000年第1期。

化氛围的转换，人们往往把某一话语视为异端，作为否定和批判的对象。例如，中华人民共和国成立后相当长一段时间内，许多人在马克思主义文论的旗帜下，严厉排斥和批判古代文论与欧美现代文论，这些都是非常错误的做法。因此，中国马克思主义文论要发展，还应该坚持对历史上优秀文论成果的吸收，坚持与同时代非马克思主义文论的共存和对话。

马克思主义从不拒绝人类文化创造中一切于自己有益的东西，它本身就是在广泛吸取人类思想文化精华的基础上诞生与成长起来的，马克思主义文论也应当如此。凡是历史上优秀的文论成果，其中有价值的、合理的因素，都可以吸收作为马克思主义文论新的理论创造的营养和素材。马克思、恩格斯等经典文论家对德国古典哲学和美学的改造，苏联马克思主义文论对19世纪俄国革命民主主义美学和文艺思想的发扬光大就是例证。但在20世纪里，这方面做得最成功的是西方马克思主义文论。罗马尼亚裔的法国文艺理论家戈德曼，将发生结构主义文学理论与马克思主义的基本原则联系起来，注重从文学社会学的角度研究文学的基本问题，吸收结构主义和发生认识论的某些研究成果，从而形成了自己具有独创性的文论。德国法兰克福学派的弗洛姆，努力用马克思的学说改造弗洛伊德的精神分析学，进而提出自己的人论。他认为，马克思的观点是人是由社会形成的，而弗洛伊德则主要从家庭遭际、心理分析来看人，马克思的思想比弗洛伊德更科学、深刻，但缺乏对人的内心世界的精细分析。因此，他在综合两者的基础上提出了"生产性的爱"的理论，体现了人的社会性与情欲、本能的统一。美国学者布赖斯勒说，"今天的马克思主义文论已从这些不同的批评（笔者注：指引文的前文所述的结构主义、解构主义、女权主义、新历史批评等现代西方文论）吸收了许多思想，并逐渐发展成众多不同的理论，以至于不再存在一个单一的马克思主义思想，而是各种各样的马克思主义批评流派"[1]。人类的普遍精神价值是存在的，不同文化之间能够在此基础上进行对话和交流，因此，中

---

[1] Charles E., Bressler, *Literary Criticism：An Introduction to Theory and Practice*, 3rd ed., New Jersey：Prentice Hall, 2003, pp. 169 - 170.

国马克思主义文论也应该像西方马克思主义文论那样，注意吸收西方现代文论中的合理因素。

除了吸收历史上优秀的文论成果外，还应坚持与同时代非马克思主义文论的共存和对话。马克思主义不能期望在与人类其他文论系统的隔绝中孤立、封闭地得到发展，但更不能批倒其他文论而单独保留自己来实现一枝独秀。马克思主义文论传入中国后，起初它与国内其他文论一起发展，共同竞争。但中华人民共和国成立之后相当长一段时期内，国内的文论却由"多元"变成了只剩下马克思主义文论"一元"。曾有学者说："如果一个社会只有一种学术思想，这种学术思想的存在理由也就失去了。一定历史时期之内，假如没有另外的学说与之抗衡，则占据主流地位的学说内部，便会分裂、内耗乃至自蔽。"① 因此，发展中国的马克思主义文论，不应采用政治甚至武力手段来压制非马克思主义文论，而应坚持对话，多元共存，鼓励不同学术观点之间的竞争。

三　立足当代现实

任何事物的发展，必须有其立足点，否则一切无从谈起。因此，全球化语境下中国马克思主义文论要发展，还必须找到它的立足点，即中国马克思主义文论应从哪儿开始发展。马克思在《〈黑格尔法哲学批判〉导言》中说，"理论在一个国家的实现程度，总是决定于理论满足这个国家的需要的程度"②。这句话的意思是：任何理论的产生和在实践中的实现，都与这个国家和人们的需要有关，因此，中国马克思主义文论的发展，应立足于中国当代的现实需要，这也就是我们常说的问题意识。

其一，立足于中国现当代文学发展的现实。20世纪以来，中国文学的发展可谓泥沙俱下、良莠不齐，因此众多学者提出了中国现当代文学的经典化问题，即从难以计数的20世纪中国文学作品中遴选出20世纪的文学经典，这自然是文论的分内之事。但是，20世纪80

---

① 刘梦溪：《中国现代学术经典·总序》，河北教育出版社1996年版，第1页。
② 《马克思恩格斯选集》第1卷，人民出版社1995年版，第11页。

§ 中国接受俄国文论研究

年代以来，西方众多现代文论方法涌入我国，例如文体学批评、新批评、结构主义批评、解构批评、女权主义批评、新历史批评等。既然有如此多的西方文论进入中国，那么马克思主义文论的地位在哪里？也就是说，中国还需要马克思主义文论吗？对此，钱中文曾做过详细的阐述。他说，在哲学与文学批评中，"过去运用的一些马克思主义原则，由于在实践中被简单化、庸俗化而受到质疑，甚至被人否定。但是它的基本原理，如经济基础与上层建筑、反映论、存在与意识的理论、历史主义原则、辩证分析精神等问题，很难逾越。在文学艺术总体特征的探讨中，马克思主义文学批评占有明显的优势，这是其他文学批评所难以代替的"[1]。他并且举例陈涌的《关于陈忠实的创作》[2] 一文，认为其对《白鹿原》的分析，对小说中的人物之间相互关系的探讨，重社会因素而条分缕析，是其他文论所不可能做到的。中国当代文学的繁荣和发展，需要马克思主义文论的辅助，同时，这也是马克思主义文论发展和创新的生长点。因此，中国马克思主义文论的发展，应当立足于中国现当代文学发展的现实。

其二，立足于中国当代文论发展的现实。中国当代文论发展的现实是什么？这可能是一个难以一下说得很全面的问题。但笔者认为，中国当代文论发展的最大现实应该是原创性缺乏，大量文论著述低水平重复。这个重复主要表现在两个方面：一是后人重复前人的，很多20世纪末的学者重复研究20世纪初的问题，而得出的结论仍然是原地踏步，如文学与政治的关系问题；二是国内重复国外的，许多曾在中国热闹非凡的文学问题，却在西方某个时期早已提出并得到较好的解决，这以20世纪80年代尤为显著。那么，中国文论如何提出自己的问题，如何拓展属于自己的原创性空间呢？任何民族文化的发展，都必须以本民族的传统文化为本根。因此，中国马克思主义文论要发展，还必须立足于我国文论传统。朱立元认为，我们面对的传统有两个。一个是19世纪以前的古代文论传统，一个是百年以来，特别是

---

[1] 钱中文：《文学理论：走向交往对话的时代》，北京大学出版社1999年版，第320页。
[2] 陈涌：《关于陈忠实的创作》，《文学评论》1998年第3期。

五四以来逐步形成的现代文论传统[①]。但其中尤显重要的，还是20世纪中国文论现代转型与发展所创造积累的成果，它是马克思主义文论与中国社会、中国文学现代转型的实践相结合所形成的理论成果，是中国的马克思主义文论传统。"它既是过去近百年来我国现代化过程中所创造和积累的主要理论'资本'，同时也是我们今天继续进行现代化探索建构的理论基础和依据。"[②] 我们应当在20世纪中国文论传统上，寻找过去没有解决或者是现在亟待解决的问题，在此基础之上深入挖掘，为世界文论贡献属于自己的、原创性的"问题"。

中国马克思主义文论要在全球舞台上争得一席之地，我们就不能教条主义地对待它。否认马克思主义的科学性，是错误的、有害的；但教条式地对待马克思主义，也是错误的、有害的。中国马克思主义文论要发展，我们就应在坚持基本"元点"——辩证唯物主义和历史唯物主义的基础上，解放思想，更新观念，立足现实，博采众长。唯其如此，一个具有世界影响的中国文论学派，一个独领潮流的中国马克思主义文论学派，才能逐渐成长壮大，光耀千秋。

[①] 朱立元：《走自己的路——对于迈向21世纪的中国文论建设问题的思考》，《文学评论》2000年第6期。

[②] 陈传才：《文艺学百年》，北京出版社1999年版，第321页。

附录 中国接受俄国文论年表

1907 年

1907 年，《天义报》刊发克鲁泡特金著、独应（周作人）译的《论俄国革命与虚无主义运动》（选自《一个革命家的回忆》），周作人还写有跋语。

1918 年

李大钊撰写《俄罗斯文学与革命》一文，该文也谈到了俄国的文学思想，认为 19 世纪"俄国文学界思想界流为国粹、西欧二派"。

《东方杂志》1918 年第 15 卷第 12 号发表署名罗罗的文章《陀思妥夫斯基之文学与俄国革命之心理》。

1919 年

1919 年，田汉的长篇论文《俄罗斯文学思潮之一瞥》，大约五万字，用文言写成，发表于《民铎》杂志第 1 卷第 6、7 号连载。在文中，田汉谈到了伯凌斯奇（别林斯基），认为别氏"以其犀利之批评造成俄国文学之社会的倾向"，他在俄国文学史上的贡献是多方面的。同时，田汉还谈到了周尔尼塞福斯奇（车尔尼雪夫斯基）、多蒲乐留博夫（杜勃罗留波夫）和薛刹留夫（皮萨列夫）。如文章称车尔尼雪夫斯基为"急进派之中坚"，"时人有多角天才之称，凡批评、哲学、政治、经济各方面靡不经其开拓，头脑明晰，思想卓尔，凡事恶暧昧不明者，务将其抽象的哲学引入实体的研究"；文中提到他的重要论著《艺术对现实的审美关系》和《俄国文学果戈里时期概观》。

《解放与改造》1919年第1卷第1、2期发表《列宁与杜尔斯基之人物及其主义之实现超然》。

1919年,沈雁冰在《学生杂志》第6卷第4—6号发表《托尔斯泰与今日之俄罗斯》一文。

1919年,《东方杂志》第16卷第4期发表署名君实的文章《俄罗斯文学之过去及将来》。

1920年

1920年,耿匡翻译托尔斯泰的《我们怎样办呢?》,发表于《新社会》1920年第9期。

1921年

《小说月报》于1921年9月出版的第12卷特刊《俄国文学研究》中,在介绍俄国文学作品的同时,首次以较大篇幅介绍了俄国文论,主要有沈泽民译的克鲁泡特金的《俄国底批评文学》,郭绍虞的《俄国美论与其文艺》,张闻天的《论托尔斯泰的艺术观》。

1921年9月1日,在上海成立了党的第一个出版机构——人民出版社,由当时担任中央宣传部主任的李达主持,有计划地出版《马克思全书》15种。

1921年,耿济之全文翻译了托尔斯泰的《艺术论》,并作《译者序言》。

1921年,《文学周报》第96期发表沈冰译的《俄国文学与革命》。

1922年

1922年,《小说月报》第13卷第1期发表沈雁冰的《陀思妥以夫斯基的思想》。

1922年,《东方杂志》第19卷第20号发表化鲁的《俄国文学与革命》。

1923 年

1923 年，《小说月报》第 14 卷第 5—9 期发表郑振铎的《俄国文学史略》，其中第 11 章专门介绍俄国文艺评论（第 9 期）。

1923 年，《小说月报》第 14 卷第 8 期发表西谛的《关于俄国文学研究的重要书籍介绍》。

1924 年

1924 年，鲁迅同冯雪峰编辑出版"科学的艺术论丛书"，其中鲁迅翻译了卢那察尔斯基的《艺术论》。

1925 年

1925 年 2 月 13 日，上海《民国日报》副刊《觉悟》刊发了列宁著、赵麟译的《列·尼·托尔斯泰和现代工人运动》。

1925 年，《文学周报》发表了沈雁冰的《论无产阶级艺术》。

1926 年

1926 年，《中国青年》第 144 期发表了一声节译的列宁的《党的组织和党的出版物》，当时译名为《论党的出版物与文学》。

1927 年

1927 年，瞿秋白旅俄期间写成的《十月革命前的俄罗斯文学》作为蒋光慈著的《俄罗斯文学》的下篇出版。瞿秋白在这部书中写下了《俄国文学评论》专章（第 19 章）。

1927 年，北新书局出版任国桢编辑的《苏俄的文艺论战》一书，选译了三篇文章，分别是"列夫派"褚沙克的《文学与艺术》，"岗位派"阿卫巴赫的《文学与艺术》和沃伦斯基的代表作《认识生活的艺术与今代》，书后附录瓦勒夫松的《蒲力汗诺夫与艺术问题》。

1927 年，《莽原》第 2 卷第 1 期发表韦漱园的译作《现代俄国文学底共通性》。

1927 年，《莽原》第 2 卷第 6—8 期连载李霁野和韦漱园的译作

《无产阶级的文化与无产阶级的艺术》（译文）。

1927 年,《晨报副镌》第 70 期刊载毕树棠译作《俄国文学之黑暗与光明》。

1928 年

1928 年,《现代文化》第 1、2 期刊出《托尔斯泰诞生百年纪念专号》。

1928 年,《奔流》第 1 卷第 1 期刊发郁达夫翻译的屠格涅夫论文《哈姆雷特与堂诘诃德》。

1928 年,《我们月刊》第 2 期刊发钱杏邨的《波支翁金搭布利车斯基（批评）》和李初梨的《普罗列搭利亚文艺批评底标准》。

1928 年,《东方杂志》第 25 卷第 19 号刊发巴金译作《脱洛斯基的托尔斯泰论》。

1928 年,《晨报副镌》第 74 期刊发焦菊隐的《莫尔斯基论杜格涅夫》。

1928 年,《熔炉》第 1 期刊发杜衡的《无产阶级艺术底批评（波旦诺夫）》。

1928 年,《北新》第 2 卷第 23 期刊发鲁迅翻译的黑田辰男的文论《关于绥蒙诺夫及其代表作"饥饿"》。

1928 年,《流沙》第 4 期刊发《无产阶级艺术论》。

1929 年

1929 年 5 月，冯雪峰翻译卢那察尔斯基的《艺术之社会的基础》。

1929 年 6 月，鲁迅同冯雪峰编辑出版"科学的艺术论丛书"，其中他译了普列汉诺夫的《〈二十年间〉文集第三版序言》《艺术论》。

1929 年 8 月，鲁迅同冯雪峰编辑出版"科学的艺术论丛书"，其中他译了卢那察尔斯基的《文艺与批评》。

1929 年 8 月，冯雪峰译普列汉诺夫的《艺术与社会生活》。

1929 年 10 月,《创造月刊》第 2 卷第 3 期刊发嘉生翻译的列宁的《托尔斯泰论》。

§ 中国接受俄国文论研究

　　1929年至1930年，冯雪峰在鲁迅的指导和协助下，主编了当时产生很大影响的"科学的艺术论丛书"。这套丛书原计划出14种，后出八种，冯雪峰在短短的两年内就亲自译了其中的三种：卢那察尔斯基的《艺术之社会的基础》（1929年5月），普列汉诺夫的《艺术与社会生活》（1929年8月），梅林的《文学评论》（1929年9月）。

　　鲁迅翻译了5本苏联的理论著作，它们是布哈林的《苏维埃联邦从Maxim Gorky期待着什么》、卢那察尔斯基的《艺术论》《文艺与批评》、联共（布）关于文艺政策讨论会记录与决议《文艺政策》和普列汉诺夫的《艺术论》。

　　《一般》1929年第9卷第1—4期刊发罗翟的《陀思退夫斯基的地位特质及影响》。

　　《现代小说》1929年第3卷第1期刊发朱镜我的《文学批评的观点（那里波斯基）》。

　　《小说月报》1929年第20卷第1—6期刊发赵景深的《最近俄国的文学批评》。

　　《文学周报》1929年第6卷第301—325期刊发赵景深的《罗亭型与俄国思想家》。

　　《乐群》1929年第1卷第6期刊发陈勺水的《俄国最近文学的批判》。

　　《一般》1929年第7卷第1—4期刊发罗翟的《托尔斯泰在俄国文学上的地位》。

　　陈安志在《清华周刊》1929年第32卷第2期发表《关于波格达诺夫的著作》。

　　1929年，蒋光慈在日本养病时，深入钻研马列文论，他在集中阅读了别林斯基的《现代批评之诸问题》、卢那察尔斯基的《艺术之社会基础》以及《普列汉诺夫文集》等论著后，无限感叹地说，"读了诸名家的艺术批评，我不禁慨叹我们国内批评坛的幼稚"。他特别推崇别林斯基，称他是"俄罗斯的伟大的文学批评家"。（《异邦与故国》，载《蒋光慈文集》第2卷，上海文艺出版社1983年版，第482页和第486页。）

1930 年

1930 年 2 月 15 日，鲁迅译了普列汉诺夫的《车勒芮绥夫斯基的文学观》，发表于《文学研究》第 1 卷。

1930 年 3 月 2 日，左联成立时，专门成立马克思主义文艺理论研究会。

冯雪峰 1930 年翻译了普列汉诺夫的《车勒芮绥夫斯基的文学观》，译文题为《文学及艺术底意义——车勒芮绥夫司基底文学观》，发表于《小说月报》第 21 卷第 2 号。

1930 年 8 月，程鹤西翻译的《什么是"亚蒲洛席夫"式的生活》（《什么是奥勃洛摩夫性格？》节译），发表于《小说月报》第 21 卷第 8 号。

1930 年，上海光华书店出版鲁迅编的《戈理基文录》。

1930 年，冯雪峰再次翻译了列宁的《党的组织和党的出版物》，署名成文英，题为《论新兴文学》，载于《拓荒者》第 1 卷第 2 期。

1930 年光华书局出版冯雪峰翻译沃罗夫斯基的《社会的作家论》，后收录于《雪峰文集》第 2 卷，人民文学出版社 1983 年版。

1930 年，胡秋原在日本完成了普列汉诺夫研究专著《唯物史观艺术论》。胡秋原深受普列汉诺夫的影响。他认为，普列汉诺夫科学美学的主要成分并不是马克思主义，而是接受了别林斯基和泰恩的理论。他认为沃伦斯基的著名论文《认识生活的艺术与现代》就是发挥了普列汉诺夫的理论。

《新文艺》1930 年第 2 卷第 2 期刊发《论马雅珂夫斯基》。

《现代文学》1930 年第 1 卷第 1 期刊发胡秋原著的《蒲力汗诺夫论艺术之本质》。

《现代文学》1930 年第 1 卷第 5 期刊发《鲁那卡尔斯基论托尔斯泰》。

《清华周刊》1930 年第 33 卷第 9 期刊发署名德昌的《由托拉斯基的文学与革命引起的苏俄文艺论战》。

《拓荒者》1930 年第 1 卷第 1—5 期刊发《高尔基对布洛克的批评》。

《北新》1930年第4卷第1、2期刊发胡秋原翻译茂森唯士著的《革命后十二年来之苏俄文学》。

《现代学生》1930年第1卷第3期刊发日本昇曙梦作、刘大杰译的《现代俄国文艺思潮论》。

《文艺讲座》1930年第1期刊发蒋光慈的《社会主义的建设与现代俄国文学》、雪峰的《俄国无产阶级文学发达史》和冯宪章著的《蒲列汉诺夫论》。

《沙仑》1930年第1卷第1期刊发鲁那卡尔斯基著的《俄国电影Froduction的路》。

《艺术》1930年第1期刊发冯乃超著的《俄国革命前的文学运动》。

1931年

《小说月报》1931年第22卷第1—6期刊发俄国罗迦乞夫斯基著的《杜思退益夫斯基》和俄国普时纳著、许德佑译的《杜思退益夫斯基的五十年纪念》。

《读书月刊》1931年第2卷第4、5期刊发凌坚译的《高尔基论》。

《红叶周刊》1931年第56—63期刊发《高尔基论"人"》。

《青年界》1931年第1卷第1期刊发《最近高尔基的言论》。

《现代文学评论》1931年第1卷第4期刊发《俄国文学史》。

《现代文艺》1931年第1期刊发辛克莱著、佐木华译的《几个俄国作家的考察》。

1932年

1932年瞿秋白翻译了列宁的两篇论文：《列甫·托尔斯泰像一面俄国革命的镜子》《L. N. 托尔斯泰和他的时代》。瞿秋白对俄国文学批评的运用：在文艺大众化问题讨论中，他就以列宁提出的文艺要"为千千万万劳动人民"服务的思想为指导，强调应当重视"描写工人阶级的生活，描写贫民、农民、士兵的生活，描写他们的斗争"。

1932年瞿秋白发表了《文艺的自由和文学家的不自由》等论文，

文中以列宁的文学党性原则作为指导,引用列宁批判资产阶级自由的名言,指出在阶级社会中不可能有独立于阶级利害之外的"文艺自由"。(《瞿秋白文集》第2卷,人民文学出版社1953年版,第957页)同时,瞿秋白还写有《文艺理论家的普列汉诺夫》(《瞿秋白文集》第2卷,人民文学出版社1953年版)等。

1932年瞿秋白翻译了普列汉诺夫的四篇论文:《易卜生的成功》《别林斯基的百年纪念》《法国的戏剧文学和法国的画》《唯物史观的艺术论》。

《读书杂志》1932年第2卷第10期刊发徐翔译的《最近苏联之文学哲学与科学》。

《读书杂志》1932年第2卷第11、12期刊发《庐那卡尔斯基艺术理论批判》。

《大陆》1932年第1卷第2期刊发铮铮译的《高尔基赞美列奥洛夫》。

《微音月刊》1932年第2卷第5期刊发森堡译的《高尔基评传》。

《文学月报》1932年第1卷第5、6期刊发林琪著的《高尔基和工人作家的谈话》和卢那察尔斯基著、沈起予译的《高尔基与托尔斯泰》。

《苏俄评论》1932年第2卷第5期刊发濮世铎译的《苏俄文学中之同路人文学》。

《文学月报》1932年第1卷第5、6期刊发黄芝葳译的《普列汗诺夫批判》。

1933 年

1933年9月,上海良文图书公司出版周起应编的《高尔基创作四十年纪念论文集》。

1933年5月,《文学杂志》第2号刊发陈淑君译的《托尔斯泰论》,内收列宁论托尔斯泰论文四篇。

《东方杂志》1933年第30卷第2号刊发胡仲持译的《苏联的文化革命》。

《申报月刊》1933年第2卷第10号刊发斐丹著的《苏联文艺运动的新倾向》。

《读书杂志》1933年第3卷第6期刊发《苏联文学之现阶段与创作方法之问题》。

《矛盾月刊》1933年第2卷第1期刊发向培良著的《卢纳卡尔斯基论》。

1934年

1934年2月,思潮出版社出版克己、何畏译的《托尔斯泰论》,内收列宁论托尔斯泰论文四篇,普列汉诺夫论托尔斯泰论文三篇。克己在《译者序言》中谈到介绍列宁论托尔斯泰论文意义时说,"在这些论文上,我们除掉得以正确地理解托尔斯泰主义之批判意义外,同时还可以学得站在唯物辩证法的基础上的,艺术社会学底性质的批判方法"。

《文学》1934年第3卷第1—3期刊发许遐(鲁迅)译的《我的文学修养(苏联高尔基)》。

《文学》1934年第3卷第4—6号刊发《苏联批评家评〈大地〉》。

《苏俄评论》1934年第6卷第5期刊发绿萍译的《国内战争及战时共产主义时代的苏联文学》。

《文学新地》1934年第1期刊发卢那察尔斯基著、余文生译的《苏联的演剧问题》。

《时事月报》1934年第11卷第5期刊发薛维垣著的《苏联作家大会高尔基报告书之内容》。

《时事类编》1934年第2卷第25—27期刊发高尔基著、张仲实译的《论苏联文学(在全苏联作家大会上的报告)》。

《新中华》1934年第2卷第7期刊发《卢那查尔斯基论》。

《文学》1934年第3卷第1—3期刊发靖华著的《高尔基的创作经验》。

《文学》1934年第3卷第4—6号刊发《杜思退益夫斯基的书简集》。

《春光》1934年第1卷第2期刊发卢那察尔斯基著、云林译的

《妥斯退夫斯基论》。

《文学新地》1934年第1期刊发乌里亚诺夫著、商廷发译的《托尔斯泰像俄国革命的一面镜子》。

1935年

1935年4月16日，《译文》第2卷第2期刊发周扬译的《论自然派》，这是节译别林斯基著名论文《1847年俄国文学一瞥》中有关果戈里和自然派部分。周扬在译后记中简要介绍了别林斯基。当时他称之为"白林斯基"。

《文化建设》1935年第1卷第4期刊发《高尔基在第一次苏联作家大会演说词（Pravda）》。

《苏俄评论》1935年第9卷第6期刊发列宁的《托尔斯泰——俄国革命的一面镜子》。

《译文》1935年第2卷第1—3期刊发昂德列益维奇著、沈起译的《杜斯退益夫斯基的特质》。

《白地月刊》1935年第1卷第1—3期刊发王璜著的《杜斯退益夫斯基与现实主义》。

《第一线》1935年第1卷第1期刊发署名迅译的《卢那卡尔斯基批判》。

《时事类编》1935年第3卷第22期刊发德永直著、林素译的《关于创作上的高尔基的方法》。

《客观》1935年第1卷第5期刊发《高尔基论知识分子出路》。

《文学》1935年第2卷第1、2期刊发俄皮思拉杜甫著、易华译的《高尔基早年作品风格之研究》。

《文学》1935年第4卷第1—6期刊发《高尔基的浪漫主义》。

1936年

1936年4月16日，《译文》新一卷第2期刊出《杜勃洛柳蒲夫诞生百年纪念》专辑，主要内容有批评家传略，治唐诺夫论文《批评家杜勃洛柳蒲夫》，批评家的论文《什么时候才会有好日子》（《真正的白天何时到来?》的最后结论部分）等。

1936年6月，高尔基著、林林译的《文学论》在上海光明书店出版。林林在自己所译《文学论》的前言中也指出，"高尔基在这里，以数十年来的丰富的全部经验，以充满着斗争的全部热情，指出文学上最基本的诸问题，并且解剖和文学紧系着的现实底本质"，而"这些问题，都是我们目前新文学运动最紧切的问题"。同年，杨凡译《文学论》在东京质文社出版。郭沫若在为杨凡《文学论》所写序言中说，这是"为向来的文艺专家们所机械组织出的文学论、美学论之类著作所不及的书"，"这是应该'传抄十本诵万遍，口角流沫右手胝'的宝典"。

1936年6月16日，《译文》新1卷第4期刊发胡风译的托尔斯泰的《关于文学与艺术》。

1936年7月，《光明》第1卷第4号刊发周扬以"列斯"的笔名写的《纪念别林斯基的一百二十五年诞辰》一文，向文艺界介绍了别林斯基的政治态度、文艺思想、生活道路和文学批评。

1936年11月，王凡西编译的《伯林斯基文学批评集》由上海生活书店出版，这是我国最早的别林斯基文学论文集。集子包括四个部分：《伟大的俄国批评家》（《真理报》1936年6月12日为别林斯基诞生125周年发表的社论）、《论文学》（《文学一词的一般意义》，系别林斯基计划中的《俄国文学批评性历史》中的一章）、《论自然派》、《论果戈里的小说》（《论俄国中篇小说和果戈里君的中篇小说》后半部分）。编译者在"小引"中称别林斯基为"俄国最出名的文艺批评家和政论家"。

《光明》1936年第4卷第1期刊发列斯的《纪念伯林斯基》。

《中苏文化》1936年第1卷第1—3期刊发达明译的《近十年间苏联文学》。

《文海》1936年第1卷第1期刊发除村吉太郎著、余颀译的《苏联大众与文学》。

《中苏文化》1936年第1卷第3期刊发高尔基著的《高尔基论苏联文学》。

《清华周刊》1936年第45卷第10、11期刊发G. Strnve著、契嘉译的《苏联文学底新发展》。

《光明》1936 年第 1 卷第 1—12 期刊发《苏联文学的路》。

《自由评论》1936 年第 38 期刊发谐庭著的《列宁的艺术观》。

《清华周刊》1936 年第 45 卷第 12 期发文介绍《伯林斯基文学批评集》。

《译文》1936 年第 1 卷第 2 期刊发克夫译的《杜勃洛柳蒲夫略传》，V. 治唐诺夫著、克夫译的《批评家杜勃洛柳蒲夫》和《杜勃洛柳蒲夫诞生百年纪念》。

《译文》1936 年第 1 卷第 3 期刊发苏联 V. 吉尔波丁著的《杜勃洛柳蒲夫论》。

《译文》1936 年第 1 卷第 5 期刊发苏联 A. 施答尔却可作的《从普式庚说到高尔基》和苏联科学院编辑的《高尔基论托尔斯泰的信》。

《译文》1936 年第 1 卷第 6 期刊发奴西诺甫作的《高尔基与苏联文学》。

《译文》1936 年第 2 卷第 1 期刊发 I. 雪纪衣夫斯基作的《高尔基论普式庚》。

《中苏文化》1936 年第 1 卷第 3 期刊发莫洛托夫作的《高尔基追悼会上莫洛托夫的演词》《高尔基论苏联文学》和克鲁泼司格耶作的《列宁与高尔基》。

《文学大众》1936 年第 1 卷第 1 期刊发卢那察尔斯基作、林林译的《从民众出来的作家高尔基》。

《文学丛报》1936 年第 1—5 期刊发艾思奇作的《论现实（M. 高尔基）》。

《文学》1936 年第 7 卷第 1—6 期刊发徐懋庸著的《高尔基的人道主义》。

《世界动态》1936 年第 1 卷第 1 期刊发斯茨基作、赫戏译的《高尔基四十年的文学活动》。

《努力》1936 年创刊号刊发斐琴译的《柴霍甫致高尔基论创作的信》。

《时事类编》1936 年第 4 卷第 7 期刊发克勤格著、王隽闻译的《目前的俄国剧场》。

1937 年

1937 年 2 月，《译文》新 2 卷第 6 期出版《普式庚逝世百年纪念号》，介绍了普希金的文学主张。

1937 年 5 月，上海天马书店出版杨伍编译的《高尔基文学论文选》。

1937 年 6 月，上海开明书店出版楼逸夫编译的《高尔基文艺书简》。

1937 年 3 月 10 日，周扬在《希望》第 1 卷第 1 期发表《艺术与人生——车尔芮雪夫斯基的〈艺术与现实之美学的关系〉》，后收入《周扬文集》第 1 卷，人民文学出版社 1984 年版。

1937 年，王凡西译皮萨列夫的长篇论文《普希金底抒情诗——论普希金与倍林斯基》（《普希金和别林斯基》），刊发于《文学》第 8 卷第 3、4 号，译者在《璧沙了夫小传》中，认为皮萨列夫"是将倍林斯基思想体系发展到极端的人"。

《苏俄评论》1937 年第 11 卷第 2 期刊发季明译的《普希庚与俄国文学》。

《苏俄评论》1937 年第 11 卷第 3 期刊发侯硕之译的《苏联四大文学家之自白》和茂森唯士著、任季高译的《苏联文学素描》。

《苏俄评论》1937 年第 11 卷第 6、7 期刊发除村吉太郎著、青长译的《苏联文学的批评和自我批评》。

《文摘》1937 年第 1 卷第 3 期刊发 Gleb. Struve 著的《苏联文学底新发展》。

《中苏文化》1937 年第 2 卷第 3 期刊发昇曙梦作、李微译的《苏联文学的动向》。

《文摘》1937 年第 2 卷第 2 期刊发尾濑敬止著、育强摘译的《苏联国防文学阵营》（特译稿）。

《文艺科学》1937 年第 1 期刊发许修林著的《苏联文学运动方向转换的考察》。

《综合杂志》1937 年第 1 卷第 1 期刊发署名现实的《苏联作家与帝俄时代的文学》。

《文艺月报》1937年第2卷第1期刊发冯文侠著的《十五年来苏联文学》。

《东方杂志》1937年第34卷第1号刊发王成组著的《苏联钳制下之文艺》。

《译文》1937年第2卷第6期刊发俄国A. 普式庚作的《杜勃洛夫斯基》。

《大众知识》1937年第1卷第11期刊发欧阳文辅著的《书评：柏林斯基文学批评集》。

《小说月报》1937年第1卷第2期刊发雪纪衣夫斯基作、春雷译的《高尔基论普式庚》。

《生活学校》1937年第1卷第1—7期刊发凡容著的《高尔基给文学青年的信》。

《文化批判》1937年第4卷第3期刊发叶尔米罗夫著、郭德明译的《高尔基的理论》。

1937年6月，开明书店出版楼逸夫译的《高尔基文艺书简集》，内收《致安特列夫的信》等。

1938年

1938年，在沦陷区上海，上海新文化书房出版社出版了何芜译的《列宁给高尔基的信》，其中选译了列宁1908年至1913年给高尔基的16封书信，同时还出版了罗稷南译的高尔基的《和列宁相处的日子》。

《文艺》1938年第1卷第4、5期刊发A. 卡拉娃爱娃著、俞荻译的《苏联青年作家论》。

《文艺》1938年第2卷第1期刊发V. 帕列维尔札夫作的《朵思退耶夫斯基的样式与方法》。

《文艺》1938年第2卷第5期刊发枳敢著的《未来主义在苏联》。

《中国诗坛》1938年第2卷第4期刊发陈适怀译的《马也可夫斯基与叶赛宁》。

《文艺新潮》1938年第1卷第2期刊发《关于史丹尼斯拉甫斯基》。

《文艺新潮》1938年第1卷第7期刊发苏联波伐作、俞荻译的《阿斯托洛夫斯基怎样写作的》。

1939年

1939年，萧三在《群众》杂志发表长篇论文《高尔基底社会主义的美学观》，系统论述高尔基的美学观和艺术批评活动的原则。这篇论文是解放前我国比较系统研究高尔基文艺理论批评的重要成果。

《文艺战线》1939年第1卷第4期刊发G.勃洛甫曼作、克夫译的《苏联文学当前的几个问题》。

《通讯网》1939年第1卷第1期刊发胡春冰译的《今日苏联的新文化》。

1939年，《中苏文化》苏联十月革命23周年纪念特刊刊发罗可托夫编、曹葆华译的《斯大林论苏联的先进文化》。

《中苏文化》1939年第3卷第1期刊发仁忱译的《今日的苏联知识分子》。

《中苏文化》1939年第3卷第8、9期刊发《艺术家和人——高尔基的两重伟大》。

《中苏文化》1939年第3卷第12期刊发王平陵著的《在抗战中我们怎样纪念高尔基》和胡风著的《高尔基在世界文学史上加上了什么》。

《解放》1939年第90期刊发戈宝权译的《关于普列汉诺夫的〈我们的分歧〉一书》。

《抗战文艺》1939年第4卷第3—6期刊发《高尔基所给予我们的启示》。

《七月》1939年第4卷第1—4期刊发加奈次基作、胡风译的《列宁与高尔基》。

1940年

1940年，重庆读书出版社出版高尔基著、以群译的《给初学写作者及其他》。

1940年12月，吕荧译的《列宁论作家》发表于《文学月报》第

2卷第5期，其中辑录了列宁关于别林斯基、赫尔岑、车尔尼雪夫斯基、乌斯宾斯基、高尔基、谢甫琴科、马雅可夫斯基、巴比塞、辛克莱、约翰·里德等作家的论述。

1940年，鲁迅艺术学院出版了曹葆华、天兰译，周扬编的《马克思、恩格斯、列宁论艺术》，书中收入列宁论托尔斯泰的四篇论文，同时附有虞丁写的《列宁与文学批评》一文。

《中苏文化》1940年第5卷第1期刊发包哥廷作、葛一虹译的《我怎样描写列宁》。

《中苏文化》1940年第6卷第2期刊发卢那卡尔斯基著、葛一虹译的《列宁论造像艺术的宣传》和勃鲁维特著、葛一虹译的《列宁论艺术》。

《中苏文化》1940年第6卷第5期刊发玛哈堂作、张郁廉译的《苏联作家描写的中国抗战小说》，A.格夫作、什之译的《高尔基与中国》，维林作、以群译的《论高尔基》，吴伯箫译的《托夫论高尔基》，鲍耶夫斯基作、章泯译的《高尔基艺术剧场创造的路程》，杜特卢杜作、葛一虹译的《高尔基与列宁和斯大林》。

《中苏文化》1940年第6卷第6期刊发周行译的《车尔尼雪夫斯基论英国作家》、洪遒著的《论车尔尼雪夫斯基》。

1940年8月15日，《中苏文化》第7卷第1期刊发狄那莫夫著、葛一虹译的《论卢那卡尔斯基》，布拉果夷作、周行译的《论伯林斯基》。

《中苏文化》1940年第7卷第4期刊发戈宝权译的《列宁与斯大林论电影》。

《群众》1940年第5卷第4、5期刊发《列宁论文化》。

《群众》1940年第5卷第11期刊发戈宝权译的《斯大林论苏联文化革命》。

《中国文化》1940年第2卷第3期刊发杨思仲著的《学习马克思、恩格斯、列宁底批评态度与批评方法》。

《中国文化》1940年第2卷第4期刊发伯箫译的《俄国伟大的学者和批评家》。

《文学月报》1940年第1卷第6期刊发熊泽复六作、林焕平译的

《高尔基的人道主义》，卢波尔作、铁弦译的《文艺史家的高尔基》，陈原作的《高尔基论文学的语言》，高尔基作、铁弦译的《〈俄国文学史〉短序》和斯达察可夫作、周行译的《伯林斯基胜利了》。

《文阵丛刊·水火之间》1940年第1期刊发朱蕈译的《高尔基与马雅可夫斯基》。

《七月》1940年第5卷第1—4期刊发A. 拉佛勒斯基作、周行译的《高尔基论社会主义的现实主义》。

《七月》1940年第6卷第1—4期刊发V. 卡坦阳作、张原松译的《论马耶可夫斯基》，高尔基著、吕荧译的《普式庚论草稿》。

《广西妇女》1940年第6期刊发林焕平著的《评高尔基文学论的中译》。

《国际间》1940年第1卷第7期刊发黎瑞臣译的《高尔基论艺术》。

1941年

1941年1月，戈宝权辑译了《列宁论文学艺术与作家》，发表于《文艺阵地》第6卷第1期。

1941年，桂林文献出版社出版高尔基著、孟昌译的《文艺散论》。

《世界文化》1941年第3卷第1、2辑刊发William Lyon Phelps著的《从俄国小说上所见的苏联民族性》。

《中苏文化》1941年第8卷第2期刊发孟昌译的《高尔基文学论文辑译》。

《中苏文化》1941年第8卷第5期刊发包略克等作、苏凡译的《玛耶可夫斯基的作诗法》，斯克作、焦敏之译的《玛耶可夫斯基审美观点的批判》，张西曼译的《高尔基论未来主义》。

《中苏文化》1941年第8卷第6期刊发鲁波尔作、叶文雄译的《高尔基的文学遗产》，谷辛译的《旧俄及苏联作家论莱蒙托夫》，E. 亚力克作、艾平合译的《斯大林与高尔基》，M. 犹诺维支作、赵华译的《高尔基的俄国文学史》，N. 毕克沙诺夫作的《高尔基与音乐》，鲁波尔作、Y. K译的《高尔基论世界文学》，敏之译的《高尔基论文艺的翻译选辑》，VOKS 特稿、谷辛译的《高尔基的初步文学活动》，罗斯肯作、礼长林译的《高尔基的生活与创作年表》，J. 贝赫尔作、叶文雄译的《高尔基——不灭的火把》，勃廉特保作、苏凡译的《高尔基与托尔斯泰关于戏剧的"论争"》。

《中苏文化》1941 年文艺特刊刊发叶尔密洛夫作，陈落、白澄译的《高尔基与杜司妥益夫斯基》；魏辛译的《最近苏联文艺论争之真相》；雷赫作、苏凡译的《最近苏联文艺论争中之诸问题》；葛一虹译的《高尔基论普式庚》（S. 巴罗哈地作）；李兰译的《再论恶魔（高尔基作）》；见之译的《鲁迅与俄国文学》（罗果夫作）。

《文艺阵地》1941 年第 6 卷第 1 期刊发戈宝权辑译的《列宁论文学·艺术与作家》。

《现代文艺》1941 年第 2 卷第 5 期刊发 S. 褚威格作、许天虹译的《杜思退益夫斯基的生平》。

《笔谈》1941 年第 5 期刊发适夷译的《关于下层及其他——高尔基与契诃夫通信》。

《笔谈》1941 年第 6 期刊发适夷译的《契诃夫高尔基通信抄》。

1942 年

1942 年 4 月 16 日，《解放日报》发表周扬的《唯物主义的美学——介绍车尔尼雪夫斯基的美学》，文章详细介绍了车尔尼雪夫斯基的生平和创作，深入评述了《艺术对现实的审美关系》的主要观点，可以说是解放前我国研究俄国革命民主主义文论的一篇最重要的文献。该文后来被收入 1942 年华北书店发行、周扬译的车尔尼雪夫斯基的《生活与美学》（《艺术对现实的审美关系》），以《关于车尔尼雪夫斯基和他的美学》为题附于书后。

1942 年至 1944 年，戈宝权在《群众》杂志上比较系统地译介了列宁文艺论著，主要有《列宁论艺术及其他》《列宁论托尔斯泰》《列宁论高尔基》《列宁论党的文学问题》《列宁论俄国社会运动和文学发展的三个时期》等。他在发表上述译文时都加了详细的译者序，对论文内容进行了扼要分析和说明。

1942 年 5 月 14 日，《解放日报》发表 P. K.（博古）译的列宁的

《党的组织和党的出版物》的全文，于 5 月 20 日在《列宁论文学》的标题下辑录了列宁有关文艺问题的几段话。

1942 年上海创办刊物《苏联文艺》。从 1942 年至 1945 年共出版 37 期，用了不少篇幅介绍俄国文学批评。在介绍列宁文艺论著方面有北泉（戈宝权）的《列宁论托尔斯泰》（26 期），蔡特金的《列宁论艺术及其他》（32 期），列宁的《党的组织和党的出版物》（36 期）。

《中苏文化》1942 年第 10 卷第 1 期刊发黎家译的《反纳粹战士，残废作家奥斯特洛夫斯基》。

《中苏文化》1942 年第 11 卷第 3、4 期刊发 VOKS 特稿、苏凡译的《列宁论托尔斯泰及其时代》，梁纯夫译的《列宁论托尔斯泰与近代工人运动》，VOKS 特稿、微末译的《高尔基与托尔斯泰》，鲁格兹第夫作、枹鸣译的《论高尔基的报告文学〈舍阿托人之节日〉》。

1942 年 6 月 20 日，《中苏文化》第 11 卷第 5、6 期专栏刊发《海尔岑——俄国人民的伟大儿子》。

《中苏文化》1942 年第 11 卷第 5、6 期刊发博戈斯洛夫斯基作的《伟大的俄国学者与批评家——车尔尼雪夫斯基》，卡达阳作、石文译的《伟大的诗人——马耶可夫斯基》，叶文雄译的《海尔岑——俄国人民的伟大儿子》，莱托涅夫作、邹缘芷译的《现代俄国文学之父》。

《文艺阵地》1942 年第 7 卷第 4 期刊发巴甫珂·列文作的《论苏联近年的小说创作》。

《文学译报》1942 年第 1 卷第 3 期刊发苏·巴罗哈地作的《高尔基论普式庚》。

《文学译报》1942 年第 1 卷第 4 期刊发静闻译的《卢那卡尔斯基的文艺思想》（论文）。

《半月文萃》1942 年第 1 卷第 2 期刊发朱可夫斯基的《惠特曼在俄国》（特稿）。

《诗创作》1942 年第 9 期刊发 I. 卢波尔作、吕荧译的《普式庚——俄国文学的创立者》（译文）。

1943 年

1943 年 1 月 21 日,《解放日报》发表萧三译的蔡特金的《关于列宁的回忆》。

1943 年,萧三编译了《列宁论文化与艺术》(上册),由重庆读书出版社出版,这是根据莫斯科艺术出版社 1938 年版编译的。这个译本是我国解放前介绍列宁文艺论著的重要成果,以后各地先后翻印,对于传播列宁文艺思想起了很大作用。

《中苏文化》1943 年第 14 卷第 1 期刊发阿尔特曼作、苏凡译的《列宁与艺术》,伏尔科夫作、王语今译的《高尔基在文学崩溃中的斗争》。

《中苏文化》1943 年第 14 卷第 2 期刊发阿尔特曼作、苏凡译的《苏联文学研究的中 L. 托尔斯泰》。

1943 年 9 月 10 日,《中苏文化》第 14 卷第 3、4 期刊发《托尔斯泰论文学与艺术》。

《中苏文化》1943 年第 14 卷第 5、6 期刊发雅洛·斯拉夫斯基作的《十月革命以来苏联文化的发展》。

《文汇周报》1943 年第 1 卷第 14 期刊发派克的《托尔斯泰论苏联文学的发展》。

《文汇周报》1943 年第 2 卷第 7 期刊发戴列吉耶夫的《苏联的文学与艺术》。

《战幹月刊》1943 年第 203 期刊发东方修虹译的《苏联文学新动向》。

《翻译杂志》1943 年第 1 卷第 5 期刊发季摩菲耶夫的《苏联文学与战争》。

《群众》1943 年第 8 卷第 1、2 期刊发蔡特金作、戈宝权译的《列宁论艺术及其他》。

《群众》1943 年第 8 卷第 3—5 期刊发 V. 谢尔宾娜作、戈宝权译的《列宁论文学及其他》(上)。

《群众》1943 年第 8 卷第 6—10 期刊发戈宝权译的《列宁论托尔斯泰》。

《改进》1943年第7卷第5期刊发N.卡尔玛作的《高尔基与玛耶珂夫斯基（速写）》（特稿）。

《时代》1943年第12期刊发《高尔基论托尔斯泰》。

《东方杂志》1943年第39卷第16号刊发陈北鸥的《高尔基的写作技巧》。

《青年文艺》1943年第1卷第3期刊发塞尔格耶夫曾斯基作、周行译的《我与高尔基》（上）。

《青年文艺》1943年第1卷第4期刊发塞尔格耶夫曾斯基作、周行译的《我与高尔基》（下）。

《文学译报》1943年第2卷第1期刊发日本冈泽秀虎作、林焕平译的《十八世纪及十九世纪初期的俄国批评文学》。

《时与潮》副刊1943年第2卷第3期刊发李藏译的《俄国文学中的爱国精神》。

1944年

1944年4月8日，《解放日报》发表周扬的《〈马克思主义与文艺〉序言》，该文是1944年延安解放出版社出版的《马克思主义与文艺》的序言，该书选辑了马克思、恩格斯、普列汉诺夫、列宁、斯大林、高尔基及毛泽东有关文艺问题的言论。

《文汇周报》1944年第2卷第18期刊发罗科托夫著、陆琚译的《苏联战时文学的总结》。

《文汇周报》1944年第3卷第3期刊发吉尔波丁著、开路译的《苏联作家：梯浩诺夫》。

《翻译》1944年第1卷第6期刊发A.托尔斯泰作、蒋路译的《苏联文学传统及其发展》。

《群众》1944年第9卷第12期刊发戈宝权译的《列宁论高尔基》。

《群众》1944年第9卷第13期刊发列宁的《党的组织与党的文学》和《列宁论党的文学的问题》。

《群众》1944年第9卷第15期刊发戈宝权译的《列宁论俄国社会运动和文学发展的三个时期》。

《中苏文化》1944年第15卷第2期刊发吕荧的《普列哈诺夫的〈普式庚为艺术而艺术论〉辩正》。

《中苏文化》1944年第15卷第6、7期刊发米哈伊洛夫作、葛一虹译的《俄罗斯启蒙学者车尔尼雪夫斯基》（VOKS特稿）。

《新中华》1944年第2卷第6期刊发培尔斯原著、张月超译的《俄国的思想和文艺》。

1945年

《中苏文化》1945年第16卷第1、2期刊发特洛森克作、铁弦译的《战时的苏联诗人及其诗》，吉诺夫作、贝璋衡译的《战时苏联文艺检讨》。

《中苏文化》1945年第16卷第1、2期刊发谢尔宾那作、小韦译的《列宁与文学》。

《中苏文化》1945年第16卷第4期刊发维金涅夫作、魏辛译的《列宁的伟大思想》。

《中苏文化》1945年第16卷第5期刊发邓光等译的《苏联艺术中的列宁的形象》。

《中苏文化》1945年第16卷第6、7期刊发耶果林作、孟昌译的《拥护苏联文学的高度思想性》，苏洛道夫尼科夫作的《拥护苏联艺术的高度思想性》，斯科西雷夫作、庄寿慈译的《苏联的民族文学》，阿列克绥耶娃作的《战时苏联儿童文学检讨》。

《中苏文化》1945年第16卷第11期刊发欧德龄作的《中国文学与苏联文学》，贝特作、王琳译的《苏联的前线作家》。

《六艺》1945年第1卷第2期刊发巴夫连柯夫作的《苏联的战时文学》。

《希望》1945年第1卷第1—4期刊发V.吉尔波丁作、雨林译的《真实——苏联艺术的基础》，顾尔希坦作、戈宝权译的《论苏联文学中的民族形式问题》。

《文艺杂志》1945年第2期刊发普罗特金作、曹葆华译的《车尔尼雪夫斯基的艺术观和文学创作》。

《麦籽》1945年第3期刊发浦谷斯拉夫斯基作、丹海译的《白林斯基》。

《文学新报》1945 年第 1 卷第 5 期刊发 N. 鲍格斯洛夫斯基作的《论伟大的批评家柏林斯基》。

《世界知识》1945 年第 13 卷第 12 期刊发 N. Bogoslovsky 作的《民主主义的批评家——纪念白林斯基一百三十五周年》。

《天风》1945 年第 12 期刊发《高尔基论知识分子》。

《时代》1945 年第 5 期刊发伏朗诺夫作的《诗人高尔基》。

1946 年

《中苏研究》1946 年第 2 期刊发郭普涅尔作的《苏联人民的文学和艺术》。

《中苏文化》1946 年第 17 卷第 5、6 期刊发鲍罗廷作的《苏联文艺中的巨著〈旅顺港〉》。

《中苏文化》1946 年第 17 卷第 5、6 期刊发叶文维译的《高尔基与季米梁采夫来往书函》。

《中苏文化》1946 年年终号刊发《苏联十月革命第廿九周年日丹诺夫报告全文》。

《世界文艺季刊》1946 年第 1 卷第 4 期刊发波果斯罗夫斯基作、庄寿慈译的《论屠格涅夫》。

《时代》1946 年第 23 期刊发葆荃辑译的《列宁和斯大林论高尔基》、曹靖华译的《〈俄国文学史〉导言》。

1946 年，苏商时代书报出版社出版 A. 托尔斯泰、铁霍诺夫、罗森达尔等著，金人、水夫译的《苏联文学之路 文艺论文集第一辑》，内收《我们的文学》《二十五年的苏维埃文学》《苏联作品中的建设激情》《卫国战争时期的苏维埃文学》和《论艺术的意识性与倾向性》。

1947 年

《中苏文化》1947 年第 18 卷第 1 期刊发亚克译的《柏林斯基论普式庚》。

《中苏文化》1947 年第 18 卷第 2 期刊发张名译的《关于苏联通俗科学文艺诸问题》。

《中苏文化》1947年第18卷第3期刊发密尔斯卡娅等作、亚克译的《苏联的女作家》，霍应人译的《苏联文学家和艺术家的战后工作计划》。

《中苏文化》1947年第18卷第5期刊发沈思译的《一九四六年的苏俄文学》、葆荃译的日丹诺夫的报告《关于〈星〉与〈列宁格勒〉两杂志》。

《中苏文化》1947年第18卷第6期刊发A.亚历山大罗夫作、庄寿慈译的《高尔基与社会主义的现实主义》。

《中苏文化》1947年第18卷第7、8期刊发《论苏联文学的党性》。

《中苏文化》1947年第18卷第9、10期刊发叶果林作、孟昌译的《俄国文学的自由传统》，姆列钦作的《苏联文学的思想》。

《中苏文化》1947年第18卷第11期刊发察尔尼作、蒋路译的《论苏联文学的若干特点》。

《群众》1947年第6期刊发荃麟作的《最近苏联文艺界的思想斗争》。

《北方杂志》1947年第2卷第1、2期刊发米特尔作的《苏联文化新政策》。

《世界知识》1947年第17期刊发淑之译的《苏联作家谈写作态度》。

《读书与出版》1947年第2卷第2期刊发葆荃译的《高尔基论普希金及其作品》。

《读书与出版》1947年第2卷第4期刊发耿济之先生遗译的《苏俄文学作品百科全书序》。

《读书与出版》1947年第2卷第6期刊发戈宝权译的《高尔基论文艺写作问题》。

《读书与出版》1947年第2卷第9期刊发戈宝权译的《高尔基对苏联文学贡献了什么？》。

《大学》1947年第6卷第1期刊发戈宝权作的《对苏联文艺界最近一次批评与清算的认识》。

《时代》1947年第10期刊发R.马基德夫作、鸣骑译的《美国文学在苏联》。

《时代》1947 年第 14 期刊发 R. 萨马林作、移谟译的《苏联版英国文学史》。

《时代》1947 年第 16、17 期刊发 D. 查斯拉夫斯基作的《关于出版的自由和责任（纪念五五苏联出版节）》。

《中国建设》1947 年第 5 卷第 2 期刊发茅盾作的《苏联文学的民主性》。

《大连青年》1947 年第 10 期刊发罗烽作的《高尔基论艺术与思想》。

《文艺知识》1947 年第 1 集第 2 期刊发莫高译的《高尔基论戏剧》。

1948 年

《中苏文化》1948 年第 19 卷第 1 期刊发《论文学批评》。

《中苏文化》1948 年第 19 卷第 2、3 期刊发《奥斯特罗夫斯基诞生一百廿五周年纪念》。

《中苏文化》1948 年第 19 卷第 4、5 期刊发普洛特金作、郁文哉译的《苏联三十年间的文艺（科）学》，陶罗斐耶夫作、谱萱译的《三十年代的苏联文学》，马错耶夫等合编、苏凡译的《苏联三十年间文学书籍出版统计》，契图诺娃作、庄寿慈译的《高尔基和社会主义的美学》。

《中苏文化》1948 年第 19 卷第 6 期刊发《柏林斯基逝世百年纪念》，斯特拉饶夫作的《柏林斯基》，廉贝杰夫作的《柏林斯基画传》。

《中苏文化》1948 年第 19 卷第 7、8 期刊发萧弦译的《苏联文化三十年（事实与数字）》，莫蒂莱娃作、庄寿慈的《苏联文学对世界文化的贡献》《苏联文艺科学研究》，季摩菲耶夫作的《论苏联文学史的分期问题》，莫蒂莱娃作、庄寿慈译的《俄国对世界文学的贡献》，叶尔米洛夫作的《杜思妥也夫斯基和我们的批评》。

《中苏文化》1948 年第 19 卷第 9、10 期刊发《普列汉诺夫逝世三十周年纪念》，罗森塔尔作、谱萱译的《俄国古典美学与普列汉诺夫的美学》。

《文学战线》1948年第1卷第3期刊发拉仙柯夫作、金人译的《在社会主义现实主义路程上的苏联文学》。

《文学战线》1948年第1卷第5、6期刊发A.可洛思夫作、叶藜译的《玛耶可夫斯基与革命》。

《友谊》1948年第4卷第1期刊发叶高林作、雪原译的《苏联文学三十年（一）》。

《同代人文艺丛刊》1948年第1卷第1期刊发文澜译的《高尔基与新美学》。

《同代人文艺丛刊》1948年第1卷第2期刊发克理译的《高尔基与朵斯退也夫斯基（研究与批判）》。

《读书与出版》1948年第3卷第8期刊发戈宝权作的《苏联的作家是怎样生活的》。

《时代》1948年第8卷第3期刊发葛拉西莫夫作、高明译的《苏联艺术学院的任务》。

《时代》1948年第8卷第12期刊发达拉辛科夫作、邓梅译的《高尔基——伟大人文主义者》，葆荃辑译的《高尔基俄国文学与艺术》。

《时代》1948年第8卷第14期刊发卫惠纥作的《全民作家奥斯特罗夫斯基生平和创作》。

《时代》1948年第8卷第17期刊发萨马尔斯基作、葛达译的《出版自由在苏联》。

《时代》1948年第8卷第21期刊发爱尔斯堡作、无以译的《倍林斯基论宇宙主义（俄国大批评家逝世百年纪念）》。

《时事评论》1948年第1卷第7期刊发V.姆列钦作、勉之译的《高尔基的创作思想》。

《学习生活》1948年第1卷第2期刊发葛实作的《苏联文学是怎样一种文学》，戈宝权作的《对苏联文艺界最近一次批评与清算的认识》。

《学习生活》1948年第1卷第2期刊发《苏联文学问题研究》。

《学习生活》1948年第1卷第4期刊发A.罗斯金作、葆荃译的

《高尔基论文艺写作问题》，康诺涅斯作、青山译的《伟大的高尔基》。

《学习生活》1948 年第 1 卷第 5 期刊发沈侠魂译的《列宁怎样读书》。

《春秋》1948 年第 5 卷第 6 期刊发《高尔基论典型问题》。

《世纪评论》1948 年第 4 卷第 12 期刊发徐中玉作的《高尔基论批评》（上）。

《世纪评论》1948 年第 4 卷第 14 期刊发徐中玉作的《高尔基论批评》（下）。

《文坛》1948 年第 7 卷第 1 期刊发莫高作的《高尔基论巴尔扎克》。

《新华文摘》1948 年第 3 卷第 5 期刊发《从高尔基看创作的自由与党性》。

《远风》1948 年第 2 卷第 6 期刊发苏辛译的《高尔基对世界文学的影响》。

《世界月刊》1948 年第 2 卷第 9 期刊发丽琼摘译的《高尔基的文学论鳞爪》。

1948 年 12 月，时代书报出版社出版 B. 凯缅诺夫著的《论现代资产阶级艺术》，内收《两种文化的面貌》（柏园译）和《现代资产阶级艺术的衰颓》（水夫译）两篇文章，有署名葆荃的编者前言。

1949 年

1949 年 1 月，时代出版社出版日丹诺夫著，葆荃、梁香译的《论文学、艺术与哲学诸问题》，内收《在第一次全苏联作家代表大会上的演讲》《关于〈星〉与〈列宁格勒〉两杂志的报告》等五篇文章，附录了联共（布）党中央委员会关于文学、戏剧、电影、音乐的决议。

1949 年 4 月，新中国书局出版戈宝权的《苏联文学讲话》，全书分为七个部分，其中第六部分为"苏联近年来的文学批评怎么样？"。

1949 年 5 月，天下图书公司出版 A. 普洛特金等著，郁文哉、魏辛、蒋路等译的《苏联文艺科学》，内收普洛特金的《苏联文艺科学》、提靡菲耶夫的《苏联文学史论》、蔡尔尼的《苏联文学特点》三篇文章。

1949年6月，天下图书公司出版《谈苏联文学》，庄寿慈译，该书是英苏文化协会文学部于1946年建议英苏两国作家用书面问答的方式交流关于文学问题的意见。苏联作家提出了若干问题送往英国，这些问题曾在伦敦及其他城市的作家会议上被予以广泛的讨论。英国作家们在回答这些问题时，向他们苏联的同行提出了若干有关苏联文学方面的问题，这些问题在苏联对外文化协会文学部的会议上，同样引起了有趣的讨论。《谈苏联文学》便是英国作家所提的问题和苏联作家的回答的全部译文。例如，第一个问题便是J. B. 普里斯特莱问：英美的作家习惯上常与他们的代理人或出版者讨论计划中的作品，苏联作家跟什么人讨论他们计划中的作品呢？

1949年7月，知识书店出版叶高林著、雪原译的《苏联文学小史》，该书分为七个部分：一是为文学的党性而斗争，二是新世界的新文学，三是内战时期的文学，四是国民经济恢复与重建时期的文化，五是斯大林五年计划时期的文学，六是苏联文学理论，七是伟大卫国战争与和平建设时期的文学。

1949年7月，海燕书店（上海）出版季摩菲耶夫著、水夫译的《苏联文学史》（上、下），该书原名《俄罗斯苏维埃文学》，分上、下册，共18章。上册主要叙写了19世纪90年代至十月革命时期的俄罗斯文学，其中重点介绍了高尔基，下册叙写了苏联文学的发展道路和重点作家，最后第十八章叙写了苏联各民族的文学。书中部分章节也谈到了苏联的文学理论问题，如典型问题等。《苏联文学史》由作家出版社1956年再版。

1949年7月，上海杂志公司出版了《高尔基研究丛刊 高尔基的一生和艺术》，该书为昇曙梦著，译者是西因，该书系作者《高尔基评传》一书的第1章。

1949年10月，苏南新华书店出版法捷耶夫等著、伊真译的《论苏联文学的高度思想原则》，内收五篇文章，包括译者的话、法捷耶夫的《论文学批评》、叶高铃的《论苏联文学底高度思想原则》、法捷耶夫的《论苏联文学》和萨斯拉夫斯基的《论〈星〉杂志》。

§ 中国接受俄国文论研究

1949年10月，上海杂志公司发行署名一文的《高尔基研究丛刊 无产阶级作家高尔基》。

1949年10月，新华书店发行了萧三编译的《列宁论文化与艺术》，内收《译者的话》《序言》《论文化与文化遗产》《艺术的阶级性和党性》。

1949年12月，解放社出版斯维特拉耶夫主编的《俄国文学研究提纲》，曹葆华、谢宁、张企、潘培新等翻译，该书分为"18世纪的俄国文学""19世纪到20世纪初叶的俄国文学""苏联文学"等几个部分。

《中苏文化》1949年第20卷第1期刊发V. 坡梁斯基著、魏辛译的《车尔耐雪夫斯基》，N. 密式略考夫著、谱萱译的《列宁论车尔耐雪夫斯基》，Y. 庐金著、庄寿慈译的《苏联的青年作家》。

《中苏文化》1949年第20卷第2期刊发V. 谢尔宾那著、佚名译的《光芒万丈的苏联作家》，A. 卡里宁著、夏维译的《苏联文坛上的〈天之骄子〉》。

《中苏文化》1949年第20卷第6期刊发A. 塔拉森科夫著、庄寿慈译的《苏联文学中的社会主义现实主义》。

《中苏文化》1949年第20卷第7期刊发A. 法捷耶夫著、谱萱译的《论苏联文学》。

《中苏文化》1949年第20卷第8期刊发L. 马伊斯基作的《十八世纪俄国革命思想家拉第希夫》。

《中苏文化》1949年第20卷第9期刊发VOKS特稿《日丹诺夫与苏联艺术》。

《翻译》1949年第1期刊发谢林斯基作、蒋路译的《论苏联文学》。

《翻译》1949年第2期刊发谢林斯基等作的《论苏联文学（一续）》。

《翻译》1949年第3期刊发谢林新基等作的《论苏联文学（续完）》。

《华北文艺》1949年第4期刊发塞茨作、荒芜译的《论文学的自由》。

《华北文艺》1949 年第 5 期刊发阿玛卓夫作、荒芜译的《论文学的倾向性》。

《新中华》1949 年第 12 卷第 7 期刊发朱文澜译的《苏联文学中之社会主义现实主义》。

《新中华》1949 年第 12 卷第 13 期刊发谱萱译的《列宁的反映论与艺术》。

《新中华》1949 年第 12 卷第 14 期刊发谱萱译的《列宁的反映论与艺术（续）》。

《新中华》1949 年第 12 卷第 15 期刊发朱文澜译的《伯林斯基论》。

《新中华》1949 年第 12 卷第 21 期刊发冈泽秀虎作、陈秋子译的《苏联农民文学的原理》。

《新中华》1949 年第 12 卷第 22 期刊发伊凡诺夫作、伯符译的《列宁与苏联文学的诞生》。

《中苏友好》1949 年第 1 卷第 3 期刊发彼得罗夫作的《苏联历史小说》。

《中苏友好》1949 年第 1 卷第 3 期刊发马雅可夫斯基作的《与列宁同志谈话》。

《时代》1949 年第 9 卷第 21 期刊发列宁作的《青年团的任务》。

《时代》1949 年第 9 卷第 28 期刊发苏托茨基的《伟大的十月社会主义革命和苏联艺术的繁荣》。

《文学战线》1949 年第 2 卷第 1 期刊发《和列宁同志谈话》《高尔基和杜思退夫斯基》。

《学习生活》1949 年第 2 卷第 5 期刊发斯大林作的《论列宁》。

《文艺与生活》1949 年第 1 卷第 5 期刊发尼古宁作、陈新译的《马耶可夫斯基在今天》。

《春秋》1949 年第 6 卷第 1 期刊发《高尔基论文学工作者的学习与修养》。

《春秋》1949 年第 6 卷第 2 期刊发徐中玉的《高尔基论文学序》。

《文艺劳动》1949 年第 1 卷第 6 期刊发叶尔米洛夫作、陈汉章译的《高尔基万岁》。

《文艺报》1949年第1卷第9期刊发法捷耶夫作、萧扬译的《论文学批评》。

《幸福世界》1949年第26期刊发胡马的《俄国大批评家柏林斯基》。

《文坛》1949年第9卷第4—6期刊发莫高的《高尔基论托尔斯泰》。

《友谊》1949年第5卷第9期刊发谢伏利果夫作的《苏联公民怎样实现自己的出版自由权》。

《人民文学》1949年第2期刊发陈汉章译的《提高文学批评的水准！（苏联〈真理报〉专论）》。

1950年

1950年1月，光明书局出版了适夷翻译的《苏联文学与戏剧》。全书分为两部分，第一部分是《关于苏联文学》，里面收录了苏联文论工作者写的关于苏联文学的论文，如莱奥诺夫的《站在新人类的水准上》、西克洛夫斯基的《以新人道主义的名义》、爱仑保的《新内容就是新形式》等，第二部分是《关于苏联的戏剧文学》，如基尔波丁的《苏联的戏剧文学》等。

1950年，上海时代出版社出版了《列宁给高尔基的信》。

1950年，陈冰夷翻译了普列汉诺夫的《无产阶级运动和资产阶级艺术》《艺术与社会生活》《俄国批评的命运》等论著。

1950年，上海时代书报出版社出版了罗果夫、戈宝权合编的《高尔基研究年刊》。

1950年1月21日，《解放日报》第5版刊发了以群的《列宁关于文化艺术的指示》。

《中苏之声》1950年第1卷第2期刊发了A.密阿斯尼科夫著、蒋虹丁译的《列宁与文学上的几个问题》。

1951年

1951年3月，生活·读书·新知三联书店出版法捷耶夫等著、刘达逸等译的《苏联文学批评的任务》，内收法捷耶夫的《论文学批评的任务》和《论文学批评底任务》，其中后者是时任苏联苏维埃作家协会总书记法捷耶夫在苏联苏维埃作家协会理事会第十三次全体会议上所做的报告。另收尼考拉也夫的《文学和文学批评》和《文化与生活报》的社论《"拉普"派的一次再现》。

1951年3月17日，《光明日报》第5版刊发诺维夫雪尔金的《列宁与文化问题》。

1951年4月，人民文学出版社出版叶高林等著、陈汉章等译的《列宁·斯大林与苏维埃文学》，内收《加里宁论文学问题》《列宁与苏维埃文学底诞生》《斯大林与苏维埃文学》《文学的伟大友人》《斯大林——作家的朋友和导师》。

1951年8月，新文艺出版社出版普列汉诺夫著、张时任编译的《车尔尼雪夫斯基评传》。普列汉诺夫的《车尔尼雪夫斯基评传》曾于1894年出版，后来又于1910年再版，该书根据的译本是日本藏原唯人根据后一版本而译出的日译本。

1951年8月，人民文学出版社出版曹葆华等译的《马克思 恩格斯 列宁 斯大林论文艺》，该书收集了马克思、恩格斯、列宁、斯大林关于文艺问题的一些重要著作，初版刊行于1951年，1953年再版时，增加了列宁的《转变没有开始吗?》和斯大林《给杰米扬·别德内依的信》两篇译文。

《翻译》1951年第4卷第3期刊发土卡特尔什契可夫著、刘执之译的《列宁的反映论与社会主义的现实主义艺术》。

1952年

1952年4月，文艺翻译出版社出版西蒙诺夫等著、郑伯华等译的《社会主义现实主义的几个问题》，该书收录有《论与人为善的批评态度》《报纸上的批评和图书评论》《苏联文学在新的高涨中》《社会主义现实主义几个问题》《为原则性和客观的批评而斗争》《反对文学中思想意识的歪曲》《苏联文艺学发展的道路》等。

1952年6月，人民教育出版社出版波兹南斯基著、陈斯庸译的《别林斯基论教育》。

人民文学出版社从50年代初起出版有"文艺理论译丛""古典

文艺理论译丛"和七八十年代以来中国社会科学院外国文学所等编辑出版的"外国文学研究资料丛书""二十世纪欧美文论丛书"等大型外国文论丛书,都有计划有重点地系统编译、介绍了不少有关俄国文学批评理论方面有代表性的论著、研究资料。1952年人民文学出版社出版牟雅斯尼科夫著的《列宁与文艺学问题》。

1952年8月,时代出版社出版满涛翻译的《别林斯基选集》(三卷本)。

1952年8月,新文艺出版社出版萧三著的《高尔基的美学观》,该书把作者以前为刊物和报纸写过的关于高尔基的文章,以及在延安"鲁艺"讲课时写的《高尔基的社会主义美学观》的文章收集起来,汇编成册。

1952年9月,新文艺出版社出版契图诺娃原著、王令译的《高尔基与社会主义美学》第一辑之七。

新文艺出版社编辑出版"文艺理论学习小译丛"。该社说编辑这套丛书的目的是根据我国文艺工作的实际情况和需要,介绍以苏联为主的重要文艺论文,作为文艺整风以后理论学习的资料。这些文字,或者是对马克思列宁主义文艺思想的研究和阐明,或者是对社会主义现实主义创作方法的讨论和探索,或者是对当前文艺思潮文艺问题的分析和批判。第一辑目录有:《艺术工作者必须掌握马克思列宁主义》《斯大林关于语言学著作中的文学问题》《反对文学中的思想歪曲》《反对文学批评中的庸俗伦》《论社会主义现实主义的基本特征》《马克思列宁主义的美学反对艺术中的自然主义》《高尔基与社会主义美学》《论苏联文学中的民族形式问题》《作家的责任》等。1952年9月,新文艺出版社(上海)出版缅斯尼柯夫著,田森、刘运淇译的《论社会主义现实主义的基本特征》。

1952年10月,正风出版社(上海)出版岳夫楚克著、杨白桦译的《杜勃罗留波夫底哲学和社会政治观》。

1952年11月,人民文学出版社出版牟雅斯尼科夫著,曹葆华、张企译的《列宁与文艺学问题》,这是苏联牟雅斯尼科夫教授所著的一篇论文,发表在联共(布)中央直属社会科学院文学理论和文学史教研室与艺术理论和艺术史教研室合编的学报(1950年第7

期）上。

1952年11月，时代出版社出版B.维诺格拉陀夫等著、张孟恢等译的《斯大林论语言学的著作与苏联文艺学问题》。斯大林的《论马克思主义在语言学中的问题》发表一周年纪念前夕，高尔基世界文学研究所与俄罗斯文学研究所根据苏联科学院主席团的决定，于1951年5月15日至19日在莫斯科"学者之家"联合召开了一次根据斯大林的语言学著作讨论文艺学问题的科学会议。会上，维诺格拉陀夫、叶高林等七人做了专题报告，并在会上进行讨论。1951年年底，苏联科学院出版局将这七篇报告编为专集出版。该书是根据经作者修改而发在苏联各大杂志上的原文译出来的，内容包括《苏联文艺学的当前任务》《略论文艺学的几个问题》《文学的社会意义》《俄罗斯文学的民族特性》《论文学的人民性问题》《社会主义现实主义理论的几个问题》等。

1953年

1953年1月，国际文化服务社出版A.米雅斯尼科夫等著、吕荧译的《列宁与文学问题》，内收《列宁与苏联艺术》《列宁与文学问题》《列宁论托尔斯泰》三篇文章。

1953年3月，平明出版社（上海）出版斯米尔诺夫、阿勃罗申科著，慧文翻译的《列宁、斯大林论文化和文化革命》，该书共分两篇，第一篇是《列宁、斯大林论文化和文化革命》，第二篇是《苏维埃社会主义文化》。

1953年3月，人民文学出版社出版曹葆华等译的《苏联文学艺术问题》，该书收集了苏联文学艺术问题的一些重要文件，其中除《关于改组文艺团体》外，有的曾发表于《人民日报》，有的曾编印在《马克思主义与文艺》（解放社版）、《苏联文艺问题》（新华书店版）和《论文学、艺术与哲学诸问题》（时代出版社版）三本书中。第2版时增加了马林科夫在苏共第十九次党代表大会所做报告中关于文学艺术的指示。

1953年6月7日，《人民日报》刊发满涛的《关于别林斯基思想的一些理解》。

1953 年 8 月，新文艺出版社出版彼沙列夫斯基著、高叔眉译的《斯大林社会主义现实主义原则是艺术科学的最高成就》。

1953 年 8 月，新文艺出版社出版《文艺理论学习小译丛（第一辑合订本）》，内收加里宁的《艺术工作者必须掌握马克思列宁主义》（何勤译）等文章。同月，该出版社又出版《文艺理论学习小译丛（第三辑合订本）》，内收法捷耶夫的《作家协会工作的若干问题》、梅拉赫的《论文学中的典型与美学理想》等十篇文章。

1953 年 10 月，人民文学出版社出版维里琴斯基著、桑宾译的《斯大林与苏联文学问题》，该书在概括了列宁对文学问题的见解后，系统地论述了斯大林如何继承和发展列宁的这些见解，论述了他关于培养无产阶级作家干部、改造旧知识分子出身的作家、社会主义现实主义方法、文学语言、民族形式等重要问题的指示，最后还谈到斯大林对个别苏联作家的意见，以及这些意见对他们创作的巨大影响。

1954 年

1954 年 1 月，人民文学出版社出版瞿秋白译的《高尔基论文选集》，该书是根据鲁迅所校对和出版的《海上述林》《乱弹及其他》，并根据鲁迅所保存下来的译者原稿，由瞿秋白文集编辑委员会整理编辑而成的。

1954 年 3 月，新文艺出版社出版《文艺理论学习小译丛（第四辑合订本）》，内收法捷耶夫等著的《论作家协会的工作》、爱仑堡著的《论作家的工作》、爱坦因的《为了戏剧》等。

1954 年 3 月，新文艺出版社出版辛未艾翻译的《杜勃罗留波夫选集》第一卷，收录了涅克拉索夫的《回忆杜勃罗留波夫》和杜勃罗留波夫的《外省散记》《什么是奥勃洛莫夫性格》《黑暗的王国》《索洛古勃伯爵底作品》《A. B. 柯尔卓夫》等文章，以及辛未艾撰写的《关于杜勃罗留波夫》。

1954 年 4 月，中国人民大学出版，委托新华书店发行 B. E. 叶夫格拉福夫著的《车尔尼雪夫斯基的哲学观点》，该书由中国人民大学辩证唯物论与历史唯物论教研室译自国立莫斯科大学哲学系与俄国教学史教研室编的《俄国哲学史论文集》，国家政治书籍出版局莫斯科

1951 年版。

1954 年 4 月，人民文学出版社出版奥泽罗夫著、叶湘文译的《苏联文学中的典型性问题》。马林科夫在苏联共产党第十九次代表大会上的报告中，对典型性问题做了明确的指示，该文根据这个指示批判了苏联文学中在典型性问题上所存在的一些混乱思想，指出创造典型形象的问题就是要忠实、深刻地反映生活，提高文学的社会改造作用，为文学作品的高度思想艺术水平而斗争。作者奥泽罗夫是苏联作家协会文学理论与批评委员会的主任兼《文学报》副总编辑。

1954 年 4 月，曹葆华译列宁著的《党的组织和党的文学》。

1954 年 6 月，华东人民美术出版社出版 П. M. 塞索耶夫著的《在苏联造型艺术中为争取社会主义现实主义而斗争》。

1954 年 8 月，泥土社出版谢尔宾娜等著、贾植芳辑译的《俄国文学研究》，该书翻译了苏联文艺研究家近年来对从 18 世纪后期拉吉舍夫以来至 20 世纪初期高尔基为止的俄国文学发展中的 17 个主要作家的研究论文。

1954 年 8 月，新文艺出版社出版谢尔宝纳等著、张景选等译的《文艺理论学习小译丛（第五辑）》，内收《斯大林与苏维埃文学》《艺术的内容和形式的统一》《论文学中的典型问题》《论杜勃罗留波夫的文学批评的原则》等文章。

1954 年 10 月，新文艺出版社出版《文艺理论学习小译丛（第二辑合订本）》，内收《苏联文学艺术工作的任务》《苏联戏剧创作理论的若干问题》《苏维埃文学发展的几个问题》《克服戏剧创作的落后现象》《加里宁论文艺》等。

1954 年 10 月 20 日，《文汇报》刊发辛未艾的《纪念车尔尼雪夫斯基》。

1954 年 10 月 29 日，《解放日报》刊发方隼的《坚强的战士和不朽的作品》。

1954 年 11 月 29 日，《文汇报》刊发李琴龙的《天才的批评家杜勃罗留波夫》。

1954 年 11 月，人民出版社出版约夫楚克等著、丁文安译的《别林斯基》。

§ 中国接受俄国文论研究

　　1954 年 12 月，新文艺出版社出版西蒙诺夫等原著、蔡时济等译的《文艺理论学习小译丛（第六辑合订本）》，内收《生活中主要的就是戏剧中主要的》《生活与文学的多样性》《论文学的特征》等文章。

　　戈宝权的《俄国伟大的文艺批评家别林斯基在银幕上》发表于《大众电影》1954 年第 4 期。

　　《文艺书刊介绍》1954 年第 2 期刊发辛未艾的《教人战斗的杜勃罗留波夫》、张挚的《读〈杜勃罗留波夫选集〉》、麦秀的《杜勃罗留波夫的几篇主要论文》。

1955 年

　　1955 年 3 月 5 日，《人民日报》刊发爱盛的《伟大的俄国文学批评家——别林斯基（影片〈别林斯基〉观后）》。

　　1955 年 3 月 16 日，《长江日报》刊发羊翚的《别林斯基的生平和时代》。

　　1955 年 5 月，新文艺出版社出版阿·苏尔科夫等著的《文艺理论学习小译丛 文学的思想武装》，内收阿·苏尔科夫的《文学的思想武装》和考涅楚克的《我们对人民的责任》两篇文章。

　　1955 年 5 月，新文艺出版社出版索拉维约夫著的《文艺理论学习小译丛 诗与真实》。

　　1955 年 7 月 28 日，《新民晚报》刊发任涛的《向别林斯基学习些什么》。

　　1955 年 7 月，新文艺出版社出版爱文托夫编、草婴译的《加里宁论文学》。加里宁是苏联的文学理论家，他生前发表过不少有关文学和艺术方面的言论，对文艺问题提出了许多精辟独到的见解。他强调文艺工作者必须掌握马克思列宁主义，精通自己的业务；指出作家和通讯员的任务；阐明革命和文化的关系以及文学的意义；分析俄国文学和苏联文学的特点，用实际例子说明作品成败的原因；着重指出人民创作的价值和运用文学语言的重要性。该书收集了这方面的专论五篇，并辑录作者 30 年来有关文艺的片段意见，按照性质分为六篇，书前附编者爱文托夫的论文一篇，叙述加里宁参加文学活动的经过，并详细分析加里宁对文学上各种问题的看法。

1955年9月，人民文学出版社出版伏尔柯夫著、李相崇译的《高尔基》。

1955年9月，时代出版社出版安·托·文茨洛瓦著的《第二次苏联作家代表大会前夕的苏联文学》，该书是苏联作家协会主席团委员和立陶宛作家协会主席文茨洛瓦在参加苏联文化代表团访问中国期间所做的讲演稿和为中国报刊所写的文章。内收《著者简历》《第二次苏联作家代表大会前夕的苏联文学》和《难忘的事情》。《第二次苏联作家代表大会前夕的苏联文学》简明地叙述了大会前夕苏联文学的成就、缺点以及其中关于"无冲突论""粉饰现实"等错误思想问题的讨论情况，也略述了苏维埃立陶宛、拉脱维亚和爱沙尼亚三国的政治、经济、文化的发展情况。在《难忘的事情》一文中，叙述了苏维埃立陶宛文学艺术的成长和发展与立陶宛人民对中国人民的友谊。

《人民文学》1955年总第74期刊发杜埃的《列宁与党的文学原则》。

1956年

1956年2月，新文艺出版社出版叶密里娅诺娃著、杨骅译的《按照高尔基的方式关心年青作家》。

1956年4月，新文艺出版社（上海）出版特罗斐莫夫等著、金霞等译的《文艺理论译丛（第一辑合订本）》，内收《马克思列宁主义美学原则》《列宁和社会主义美学问题》《思想性与技巧》《论艺术的内容和形式问题》等文章。

1956年5月，作家出版社出版留里柯夫著、殷涵译的《关于社会主义现实主义的几个问题》。留里柯夫是苏联的著名文学批评家，曾任《文学报》主编，他在这部著作里提出了有关社会主义现实主义文学的一系列理论问题，如艺术的任务问题，作家对现实的认识问题，美学和道德问题，创造人物问题，反映新旧斗争问题，写反面人物问题，关于劳动主题和党员形象问题，关于描写个人问题，关于文学形式的意义以及形式的革新与传统的关系问题，作者都结合具体的作品进行了分析。

1956年8月,生活·读书·新知三联书店出版依列里兹基著,谭善余、丁文安合译的《别林斯基的历史观点》。该书共分四章,分别阐述了别林斯基历史观点的形成、社会政治基础和理论基础、对世界通史主要阶段的阐述及对历史问题的探讨等。

1956年9月,新文艺出版社出版别·斯·梅拉赫著的《列宁与十月革命前的俄罗斯文学问题》。这篇文章译自《俄国文学史》第十卷的总论。文中详述列宁从19世纪90年代到1917年与各种反马克思主义的理论进行斗争时,根据新的历史任务,在文学问题上所做的原则性的阐发。

1956年10月,新文艺出版社出版阿波列相著、戈安译的《文艺理论译丛 列宁和艺术的人民性问题》。

1956年11月1日,《光明日报》刊发付大工的《战斗的文学观——读〈车尔尼雪夫斯基论文学〉上卷》。

1956年11月,作家出版社出版留里科夫著、韩凌译的《车尔尼雪夫斯基》,该书分为六个部分,即"人民斗争的怒吼的海洋""伟大的一生""车尔尼雪夫斯基的世界观""车尔尼雪夫斯基的美学""艺术家车尔尼雪夫斯基""伟大的爱国者"等。

1956年12月,新文艺出版社出版伊凡诺夫著、史慎微译的《列宁的文学党性原则》。

1956年12月,中国青年出版社出版密德魏杰娃编,以群、孟昌翻译的《高尔基论儿童文学》。

陈冰夷翻译普列汉诺夫的《从社会学观点论十八世纪法国戏剧文学和法国绘画》。

汝信的《车尔尼雪夫斯基的社会政治观点》发表于《文史哲》1956年第1期。

凌柯的《丰富的遗产——介绍〈车尔尼雪夫斯基论文学〉上卷》发表于《文艺书刊介绍》1956年第5期。

舒芜的《对论敌也要公平——读〈车尔尼雪夫斯基论文学〉上卷札记》发表于《新港》1956年第6期。

辛未艾翻译的《〈车尔尼雪夫斯基论文学〉上卷》,由新文艺出版社出版，书后附有《〈车尔尼雪夫斯基论文学〉译后记》。

1957 年

1957 年 4 月 23 日，《光明日报》第 4 版刊发 B. 加尔布诺夫著、惕冰译的《列宁与文化遗产问题》。

1957 年 4 月，新文艺出版社出版叶·果尔布诺娃著、刘豫璇译的《文艺理论译丛 剧作家的技巧》。

1957 年 5 月，人民文学出版社出版车尔尼雪夫斯基著的《艺术与现实的审美关系》，内收车尔尼雪夫斯基的学位论文《艺术与现实的审美关系》以及马克思、列宁对车尔尼雪夫斯基的评语摘录和关于车尔尼雪夫斯和他的美学的简介。

1957 年 5 月，周扬重新校订和出版车尔尼雪夫斯基的《生活与美学》。

1957 年 6 月，作家出版社出版戈洛文钦柯著的《别林斯基》。

1957 年 7 月，叶果林等著、赵侃等译的《高尔基与俄罗斯文学》出版，内收《高尔基与俄罗斯文学》（叶果林著、赵侃译）和《高尔基与文学问题》（牟雅斯尼柯夫著、夏志仁译）。

1957 年 7 月，人民文学出版社出版文艺理论译丛编辑委员会编的《文艺理论译丛（第 1 期）》。"文艺理论译丛"想要有计划有重点地介绍世界各国的美学及文艺理论著作，包括各时代各流派重要的理论批评家和作家有关基本原理以至创作技巧的专著和论文。这一册介绍的俄国文论除了高尔基的《个性的毁灭》外，还有俄国 19 世纪几个杰出的现实主义作家的有关文艺批评和创作经验的言论，有的是他们作品的自序，有的是他们的书信。

1957 年 9 月 17 日，《文汇报》刊发辛未艾的《车尔尼雪夫斯基和宽容——驳右派分子舒芜"对论敌也要公平"》。

1957 年 9 月，生活·读书·新知三联书店出版福米娜著、汝信译的《普列汉诺夫的哲学观点》。

1957 年 10 月，新文艺出版社出版伊凡诺夫等著的《文艺理论译丛（第二辑合订本）》，内收苏联《共产党人》杂志专论《关于文学艺术中的典型问题》、伊凡诺夫的《列宁的文学党性原则》、阿波列相的《列宁和艺术的人民性问题》、谢尔宾那的《典型与个性》、奥泽洛夫的《社会主义现实主义的若干问题》等文章。

1957年11月，新文艺出版社出版叶尔米洛夫著、满涛译的《陀思妥耶夫斯基论》。该书在"作者的话"中指出其目的在于强调指出陀思妥耶夫斯基创作的主要的思想艺术基调，作者力图在作家的世界观与其作品的具体艺术组织的密切关系中来探讨创作的矛盾，对于陀思妥耶夫斯基全部作品的分析，不在该书范围之内。

《俄专学报》1957年第2期刊发《列宁论文化和艺术》，该文是1956年12月29日达·谢·叶罗希娜向全校师生所做的学术报告，由梁杰等翻译。

1957年12月，人民文学出版社出版文艺理论译丛编辑委员会编的《文艺理论译丛（第2期）》，该册主要收录的文章是以巴尔扎克为中心的法国文论，同时收有苏联杰尼索娃的《现实主义》一文。

1958 年

1958年1月，新文艺出版社出版福明娜著、张祺译的《普列汉诺夫的文学和艺术观》。

1958年2月，新文艺出版社出版特罗菲莫夫著、牛治译的《社会主义现实主义——苏联艺术的创作方法（第三辑）》。

1958年5月，作家出版社出版奥捷罗夫著，胡平、陈韶廉等译的《苏联文学中的共产党人形象》，全书是由许多篇关于个别作家和个别作家的创作的短评组成的，同时全部材料都是从一个统一的观点，即有关正面形象问题的观点出发来加以考察的。

1958年7月，新文艺出版社出版别林斯基著、梁真译的《别林斯基论文学》，该书是从《俄国作家论文学著作》（1954年出版）中关于别林斯基的部分译出来的，它的优点是一方面扼要地将别林斯基的文学及美学思想介绍出来，省得一般读者去读字数三四十倍之多的别林斯基全集；另一方面，它将别林斯基的重要见解按照文艺学上的基本问题系统地归纳和罗列起来，有助于理解和研究这位伟大批评家的思想及其发展。

1958年8月，生活·读书·新知三联书店出版周扬、缪灵珠、辛未艾译的《车尔尼雪夫斯基选集》（上卷），该书系根据苏联国家政治书籍出版局 1950 年版《车尔尼雪夫斯基哲学著作选集》第一卷选译，收录了《艺术与现实的美学关系》和《果戈里时期俄国文学概观》两篇文章。

1958 年 8 月，作家出版社出版文艺报编辑部编的《感谢苏联文学对我的帮助》。

1958 年 9 月，人民文学出版社出版汝龙译的《契诃夫论文学》，前言部分是萨哈罗娃的《安·巴·契诃夫的文学见解》，第一部分是摘录的书信和论文，第二部分是同时代人回忆录中所载契诃夫论文学的话。

1958 年 9 月，人民文学出版社出版《列宁论文学》，该书所辑的是列宁关于文学问题的部分重要论文、演说和书信。全书分三大部分，第一部分是列宁的论文和演说，第二部分是列宁致高尔基和阿尔曼德的几封信，第三部分是克鲁普斯卡娅等人所著回忆列宁中有关文学的几段文字。

1958 年 10 月，上海文艺出版社出版万斯洛夫、特罗菲莫夫著，夜澄译的《文艺理论译丛 美与崇高》（第四辑第九种）。

1958 年 12 月，人民文学出版社出版中国科学院文学研究所苏联文学组编的《苏联文艺理论译丛第一集 世界文学中的现实主义问题》。1957 年 4 月，苏联科学院高尔基世界文学研究所在莫斯科举行了关于世界文学中现实主义问题的学术讨论会，参加的有总院和分院各个文学研究所的研究人员、大学的教师和文学批评家。该书收录的就是这次讨论会的 11 个报告，包括艾里斯别格的《现实主义研究中有关古典遗产的争论问题》、谢尔宾纳的《论社会主义现实主义》、捷林斯基的《民族形式和社会主义现实主义》、赫拉普钦科的《现实主义方法和作家的创作个性》等。

1958 年 12 月，中国电影出版社出版罗姆等著、何力译的《论文学与电影》，内收《文学与电影》《伟大的文学遗产与电影》《创造性地改编文学作品》《长篇小说与电影剧本》《论古典戏剧的改编》五篇文章。

汝信的《论车尔尼雪夫斯基对黑格尔艺术哲学的批判》发表于

《哲学研究》1958 年第 1 期。

刘宁的《别林斯基的美学观点》发表于《北京师范大学学报》1958 年第 3 期。

1959 年

1959 年 2 月，人民文学出版社出版布尔索夫著、周若予译的《高尔基的〈母亲〉与社会主义现实主义问题》，内收《作者的话》《谈谈社会主义现实主义的文学史前提》《社会主义现实主义的社会史前提》《高尔基的〈母亲〉是社会主义现实主义小说的典范》等文章。

1959 年 6 月，人民文学出版社出版《日丹诺夫论文学与艺术》，该书所收的文章都是日丹诺夫在 1934 年至 1948 年所做的报告和演讲。全书分为两个部分，第一部分是关于文学艺术的问题，第二部分则是关于哲学的问题。

1959 年 10 月，生活·读书·新知三联书店出版季谦等译的《车尔尼雪夫斯基选集》（下卷），该书系根据苏联国家政治书籍出版社 1950—1951 年版《车尔尼雪夫斯基哲学著作选集》第二、三卷和 1948 年版《车尔尼雪夫斯基经济著作选集》第一、二卷选译，共收 13 篇文章，包括《对反公社所有权的哲学偏见的批判》《哲学中的人本主义原理》等。

1959 年 10 月，人民文学出版社出版斯大林的《论文学与艺术》，该书主要是根据人民出版社已出的《斯大林全集》十三卷和斯大林的其他著作中有关文化与艺术的文章或文章中有关的章节编选的。全书共分三个部分。第一部分是关于基础与上层建筑的关系及民族文化等问题，这一部分又根据内容分为三组；第二部分是关于文学艺术方面的问题，也按不同的内容分为三组；第三部分是关于报刊的问题。

蒋寿强的《战士—作家》发表于《浙江日报》1959 年 10 月 25 日。

1959 年 12 月，上海文艺出版社出版辛未艾译的《杜勃罗留波夫选集第二卷》，内收《俄罗斯文学爱好者谈话良伴》《俄国文学发展中人民性渗透的程度》《旧时代地主的乡村生活》《真正的白天什么时候到来?》《黑暗王国的一线光明》《逆来顺受的人》等。

苗力田的《关于车尔尼雪夫斯基的人本学原理》发表于《哲学研究》1959年第3期。

1960 年

1960 年 1 月，人民文学出版社出版中国科学院文学研究所苏联文学组编的《苏联作家论社会主义现实主义》，里面收录了第一次苏联作家代表大会前后的有关言论，如高尔基的《论社会主义现实主义》、卢那察尔斯基的《社会主义现实主义》、阿·托尔斯泰的《文学的任务》等。

1960 年，人民文学出版社翻译出版了克鲁奇科娃主编的《列宁论文学与艺术》两卷本（据苏联1957年版）。

1961 年

1961 年 3 月，人民文学出版社出版中国科学院文学研究所现代文艺理论译丛编辑部编的"现代文艺理论译丛"（第一辑），内收文章有《古典遗产和社会主义现实主义文学的艺术革新》《苏联文学中的历史乐观主义》《社会主义现实主义文学中艺术形式和风格的多样性》《作为创作个性的作家》《社会主义现实主义和现代外国文学》《创作实践和理论思想（记社会主义现实主义讨论会）》等。

1961 年 5 月 28 日，《文汇报》刊发樊可的《略谈别林斯基的思想和作品》。

1961 年 6 月 13 日，《西安晚报》刊发马家骏的《别林斯基的斗争生活和文艺思想》。

1961 年 8 月 13 日，《文汇报》刊发冯增义的《略谈车尔尼雪夫斯基的美学思想》。

1961 年 8 月，人民文学出版社出版中国科学院文学研究所现代文艺理论译丛编辑部编的"现代文艺理论译丛"（第二辑），内收《马克思列宁主义的艺术理论和反对资产阶级》《美学及修正主义的斗争任务》《修正主义是社会主义现实主义理论和实践的敌人》《论美学和文艺学中的若干主观主义和客观主义观念》《批判人民民主国家中的修正主义》《卢卡契美学中的艺术创作与党性》《现代资产阶级文艺学和反动社会学》《评反动文艺学对英国浪漫主义问题的解释》《驳美国批评家对苏联文学的评论》《文学理论上的中立主义》《党性和人道主义》《论理想与真实问题》等文章。

辛未艾的《略论杜勃罗留波夫的文学观》发表于《文艺报》1961年第11期。

1962年

余绍裔的《什么是美?——车尔尼雪夫斯基关于美学的学说》发表于《南京大学学报》(哲学社会科学版)1962年第1期。

1962年6月,人民文学出版社出版中国科学院文学研究所现代文艺理论译丛编辑部编的"现代文艺理论译丛"(第三辑),内收苏联的文学理论文章《谈美》《按照美的规律》《关于审美本性问题》《论审美本性问题》《审美关系的客体问题》《论美学中的主观主义倾向》《美学中几个问题的论争》《艺术形象内容的特征》《论研究艺术特征的途径》《为什么可以争论趣味?》《论美》等。

1962年6月,上海文艺出版社出版赫尔岑著、辛未艾译的《论文学》,内收《文学与社会生活,文学的意义》《俄国进步文学的特点,它和解放运动的联系,俄国现实主义》《文学的倾向》《创作过程,语言和风格,自传体风格的特征》等,同时该书前言部分收有《简论赫尔岑的文学观》。

1962年10月,人民文学出版社出版中国科学院文学研究所现代文艺理论译丛编辑部编的"现代文艺理论译丛"(第四辑),内收苏联的文学理论文章《有关研究各民族文学相互联系与相互影响的一些问题》《文学的历史比较研究问题》《现代比较文艺学问题》《外国比较文艺学现状》《革命前俄国学术界与苏联学术界中文学的比较研究》《文学的相互联系(高尔基世界文学研究所召开的一次讨论会的报道)》《表现主义和现实主义》《卑鄙的美学》《约翰·杜威及其美学"信条"》《在艺术认识现实问题上的主观主义歪曲》《"荒唐"的美学》《现代资产阶级美学的某些流派》《评第四届国际美学会议》等。

1962 年 12 月，作家出版社出版布罗茨基主编，波斯彼洛夫·沙布略夫斯基著，蒋路、孙玮译的《俄国文学史》（上册）。原书是苏联中等学校八、九年级的课本，中译本分三卷出版，上卷自古代文学（11 世纪）起，至普希金止；中卷自莱蒙托夫起，至奥斯特洛夫斯基止；下卷自屠格涅夫起，至契诃夫止。

1962 年，陈之骅编的《车尔尼雪夫斯基》由商务印书馆出版。

马白的《正确估计车尔尼雪夫斯基的美学遗产——与朱式蓉同志商榷》发表于《江海学刊》1962 年第 12 期。

1962 年 12 月，人民文学出版社出版草婴译的《加里宁论文学和艺术》，内收《论艺术工作者必须掌握马克思列宁主义》《论我国人民的道德面貌》《作家应该精通自己的业务》《谈农村通讯员的任务》《谈谈通讯员和通讯》《旧时代的青年》《谈谈招贴画艺术》以及有关文艺言论摘录。

1963 年

1963 年，汝信发表论文《论车尔尼雪夫斯基对黑格尔美学的批判——兼论车尔尼雪夫斯基美学观点的哲学基础》。

1963 年 3 月，商务印书馆出版《人道主义、人性论研究资料》（第一辑），内收谢尔宾纳的《党性与人道主义》、阿尼西莫夫等的《生活—理论—文学》、奥泽罗夫的《在为了人的斗争中》、谢尔宾纳的《文学的道德感召力》、沃尔钦科的《马克思列宁主义伦理学良心》、古里亚的《我们是人道主义者》、谢尔宾纳的《人和人类》、《文学问题》编辑部的《人道主义和现代文学》等文章。

1963 年 8 月，作家出版社出版现代文艺理论译丛编辑部编的《苏联文学与人道主义》，这一辑的内容是关于文学与人道主义。为了避免重复，凡是已经在刊物或内部资料上发表过的文章都没有收入。

1963 年 11 月，作家出版社出版现代文艺理论译丛编辑部编的《苏联文学中的正面人物、写战争问题》，该书内容是有关苏联文学中塑造正面人物问题和写战争问题，文章是从 1959 年以后的苏联报刊、书籍中选译的，大部分是全译，一部分是摘译，按时间顺序排列。

1964 年

1964 年 2 月,作家出版社出版现代文艺理论译丛编辑部编的《苏联文学与党性、时代精神及其他问题》,该书内容包括文学中的党性、真实性、时代性等问题,文章是从 1959 年以后的苏联报刊、书籍中选译的,大部分是全译,一部分是摘译,按时间顺序排列。

1964 年 3 月,人民文学出版社出版"现代文艺理论译丛"(第六辑),内收苏联的文学理论文章《柏克论美和崇高》《赫尔德的文艺观点》《席勒的美学观点》《康德论艺术创作中的"天才"》《论黑格尔的美学》《别林斯基论现实主义》《车尔尼雪夫斯基的艺术观》等。

1964 年 8 月,人民文学出版社出版"现代文艺理论译丛"(第五辑),内收苏联的文学理论文章《论古代埃及的审美观念》《论古代美学的经典作家》《论欧洲中世纪的美学理论》《文艺复兴时代的美学观点》《亚里士多德美学中的艺术与现实》《洛卜·德·维加和洛卜派的美学观点——文艺复兴时代西班牙戏剧理论的几个问题》《狄德罗论美》《科学小说的理论》等。

1964 年 11 月,商务印书馆出版陈启能著的《普列汉诺夫》。

朱光潜出版《西方美学史》,人民文学出版社 1964 年初版,1979 年修订再版。其中有论述别林斯基和车尔尼雪夫斯基的专章《俄国革命民主主义和现实主义时期美学》。

1974 年

1974 年,南开大学中文系编辑《马克思 恩格斯 列宁 斯大林 文艺论著选编》,内收列宁、斯大林的部分文艺论文。

1977 年

曾玲先的《略谈别林斯基对作家作品的评论》发表于《衡阳师专学报》(增刊,外国文学专刊)1977 年第 6 期。

1978 年

程代熙的《还车尔尼雪夫斯基应有的历史地位》发表于《光明

日报》1978年1月14日。

汝信的《列宁是怎样评价车尔尼雪夫斯基的?》发表于《红旗》1978年第1期。

钱中文的《推倒诬蔑,还其光辉——批判"四人帮"诽谤俄国革命民主主义者的种种谬论》发表于《文学评论》1978年第1期。

程代熙的《略论别林斯基的文学民族化思想》发表于《社会科学战线》1978年第2期。

魏玲的《列宁论车尔尼雪夫斯基》发表于《北京大学学报》(哲学社会科学版)1978年第2期。

1978年2月,人民文学出版社出版高尔基的《论文学》,内收《论文学》《论文学及其他》《论剧本》《论语言》《谈谈我怎样学习写作》《论初学写作者》等。

王秋荣的《推倒"四人帮"强加给车尔尼雪夫斯基的罪名》发表于《解放日报》1978年4月29日。

王微、唐修哲的《在牢房里写成的生活教科书〈怎么办?〉——纪念车尔尼雪夫斯基诞生一百五十周年》发表于《人民日报》1978年7月22日。

陈超南的《"美是生活"的历史功绩——纪念车尔尼雪夫斯基诞生一百五十周年》发表于《文汇报》1978年7月25日。

1978年11月,上海文艺出版社出版辛未艾翻译的《车尔尼雪夫斯基论文学》上卷、中卷和下卷(两册),从1978年到1983年全部出版。

1978年12月,人民文学出版社出版卢那察尔斯基著、蒋路译的《论文学》,该书是苏联早期著名马克思主义文艺理论家与美学家卢那察尔斯基的文艺论著的汇集,收入卢那察尔斯基有关文学艺术问题的论文30篇,其中包括《列宁与文艺学》《社会主义现实主义》等重要理论篇章和对西欧、俄国以及苏联早期的著名作家及其作品的大量评论文章,是一个能较好反映卢那察尔斯基文艺理论观点的选本。他的《列宁与文艺学》是最早阐述列宁文艺思想及其伟大贡献的重要篇章,文中首次提出马克思列宁主义是无产阶级的唯一完整观点体系,以及马克思列宁主义文艺学是这一体系的支脉的观点,高度评价了列宁反映论对文艺学的方法论意义，以及列宁对托尔斯泰评论的典范意义。《社会主义现实主义》是全面分析与论述社会主义现实主义基本特征的重要文章，它考察了社会主义现实主义与旧现实主义的区别，提出了社会主义浪漫主义的新概念，论述了社会主义现实主义与浪漫主义的关系等。他的作家评论涉及面很广，所论俄国与苏联的作家有普希金、涅克拉索夫、车尔尼雪夫斯基、陀思妥耶夫斯基、托尔斯泰、高尔基、马雅可夫斯基等，西欧作家有狄更斯、司汤达、歌德、席勒、海涅等。

杨荫隆的《别林斯基的"形象思维"论》发表于《长春》1978年第10、11期。

戚廷贵的《俄国伟大学者和批评家——学习革命导师对车尔尼雪夫斯基的论述》发表于《吉林师大学报》1978年第2期。

李尚信的《谈俄国革命民主主义者美学》发表于《理论学习》1978年第4期。

叶宁的《论原始氏族的舞蹈——读普列汉诺夫〈没有地址的信〉》发表于《舞蹈》1978年第6期。

1979 年

1979年7月，生活·读书·新知三联书店出版中国社会科学院外国文学研究所苏联文学研究室编的《苏联文学纪事（1953—1976年）》，该书材料来源以苏联的《真理报》和《共产党人》以及重要的文艺报刊《文学报》《文学问题》《新世界》《十月》为主。由于1968年下半年至1971年国内的俄文报刊极度缺乏，这些年份的条目也因而比较简略。全书由叶水夫负责，由陈燊、张羽、钱善行组成编辑组，担任全书的编辑加工和统一的工作。

1979年9月，中国社会科学出版社出版中国社会科学院外国文学研究所编的《七十年代社会主义现实主义问题——苏联关于"开放体系"理论的讨论》，内收马尔科夫的《论社会主义现实主义艺术概括的形式》《社会主义现实主义的美学丰富性》，季摩菲耶夫的《按照历史的意志》，以及《文学问题》编辑部的《社会主义现实主义——先进艺术的旗帜》等文章。

1979年9月，上海文艺出版社出版程代熙的《文艺问题论稿》，内收《还车尔尼雪夫斯基应有的历史地位》《车尔尼雪夫斯基论美》《略论别林斯基的文学民族化思想》《评托尔斯泰的〈艺术论〉》《沃罗夫斯基的文学批评》《时代精神·革命真实·英雄人物——高尔基文艺思想初探》等。

1979年9月，人民文学出版社出版高尔基著、冰夷等译的《论文学：续集》。

郭灵声的《别林斯基读过马克思的著作》发表于《上海文学》1979年第2期。

倪蕊琴的《车尔尼雪夫斯基和托尔斯泰是资产阶级文艺家吗？》发表于《外国文学研究》1979年第2期。

向叙典的《车尔尼雪夫斯基的哲学思想》发表于《甘肃师范大学学报》（哲学社会科学版）1979年第2期。

吴元迈的《普列汉诺夫论无产阶级的文艺》发表于《外国文学研究》1979年第3期。

龚毅华的《车尔尼雪夫斯基的"假死刑"》发表于《社会科学战线》1979年第4期。

杨汉池的《创作心理与文学的形象性——谈谈别林斯基、高尔基、法捷耶夫的形象思维论》收录于《文艺论丛》第5辑。

1980年

1980年1月，广西人民出版社出版林焕平编的《高尔基论文学》，该书从文学的本质、形象和典型、内容和形式、创作方法、文学批评、儿童文学和民间文学、文学遗产的继承和革新、论苏联文学和作家等几个方面收集了高尔基的话语。

1980年1月，人民文学出版社出版阿·托尔斯泰著、程代熙译的《论文学》，这是阿·托尔斯泰的文学论文、文艺随笔第一次在中国结集出版，内收《天蓝色的斗篷（戏剧漫谈）》《文学的任务（文学札记）》等论文。

1980年2月，外国文学出版社出版戈尔布诺夫著的《列宁与无产阶级文化协会》，该书作者戈尔布诺夫根据大量档案材料，全面介绍了苏联无产阶级文化协会成立的历史背景及其消长的具体过程。

程代熙的《"尊重现实生活，不信先验假设"——从重印车尔尼雪夫斯基的〈艺术与现实的审美关系〉谈起》发表于《读书》1980年第1期。

张秋华的《试论车尔尼雪夫斯基与俄国农民》发表于《北京大学学报》（哲学社会科学版）1980年第1期。

楼昔勇的《评普列汉诺夫关于审美活动的论述》发表于《上海师范大学学报》1980年第1期。

汪裕雄的《"断简残篇"，普列汉诺夫及其他——与刘梦溪同志讨论马克思主义文艺学建设问题》发表于《江淮论坛》1980年第2期。

罗岭的《别林斯基和俄罗斯戏剧》发表于《上海戏剧》1980年第2期。

李尚信的《别林斯基与自然派》发表于《吉林大学学报》（社会科学版）1980年第3期。

李必莹的《俄国文学史上的一颗明珠——关于车尔尼雪夫斯基夫人的新材料》发表于《苏联文学》1980年第3期。

朱梁的《普列汉诺夫论原始民族的艺术》发表于《江苏师范学院学报》1980年第3期。

印锡华的《谈普列汉诺夫的唯物主义文艺观》发表于《徐州师范学院学报》1980年第4期。

陈复兴的《试论普列汉诺夫的功利主义艺术观》发表于《东北师范大学学报》1980年第4期。

吴元迈的《普列汉诺夫论现实主义》发表于《文学评论》1980年第5期。

钟林斌的《俄国思想界的普罗米修斯——车尔尼雪夫斯基》发表于《理论与实践》1980年第9期。

1980年9月，中国社会科学出版社出版中国社会科学院外国文学研究所编的《七十年代的苏联文学》。这是一本研究苏联文学的参考资料，内容涉及苏联小说、诗歌和戏剧等，时间以70年代为限，由翟厚隆负责编辑。

1981 年

1981 年 1 月，中国社会科学出版社出版华西里和诺维科夫著的《现阶段的苏联文学》，该书是 1978 年苏联出版的一部简要论述苏联文学的新著，综述了 60 年代中期以来苏联小说创作发展的情况，概括了 70 年代苏联小说发展的新特点，评论了战争、历史、农业、工业、科技、道德等题材的作品，分析了各类题材的代表性作品，着重评论了西蒙诺夫、马尔科夫、邦达列夫等当代作家的创作。作者诺维科夫教授是苏联著名的文艺评论家，经常评论苏联的文学创作和文学理论问题。

1981 年 3 月，北京大学出版社出版维霍采夫著的《五十—六十年代的苏联文学》，该书是列宁格勒大学教授维霍采夫主编的《俄罗斯苏维埃文学史》（苏联高校语言文学系教材）一书的最后一章，比较详细地介绍了该时期苏联的小说、诗歌、戏剧创作的情况。

1981 年 5 月，中国民间文艺出版社出版尼皮克萨诺夫著，林陵、水夫等译的《高尔基与民间文学》。

1981 年 6 月，人民文学出版社出版沃罗夫斯基著、程代熙等译的《论文学》，内收《论高尔基》《"黑暗王国"里的分崩离析》《夏娃和江孔达——文学的比较》《多余的人》等。

1981 年 6 月，书目文献出版社重新出版《俄国文学研究 小说月报第十二卷号外》，茅盾主编（原题沈雁冰主编），1921 年出刊，该卷分为论文、译丛、附录和插画四部分，在论文部分就收录有郭绍虞的《俄国美论与其文艺》等文章。

1981 年 11 月，江西人民出版社出版扎哈罗娃著、秦得儒译的《论高尔基的写作技巧》。

良海的《别林斯基和果戈里的一场论战》发表于《作品与争鸣》1981 年第 1 期。

余源培的《为普列汉诺夫的"象形文字说"一辩》发表于《复旦学报》1981 年第 1 期。

万健的《试谈别林斯基的美学观》发表于《锦州师范学院学报》1981 年第 2 期。

陈奇祥的《杜勃罗留波夫的文艺观点》发表于《辽宁大学学报》1981年第2期。

印锡华的《普列汉诺夫论文艺批评家》发表于《群众论丛》1981年第3期。

吴元迈的《普列汉诺夫和高尔基》发表于《苏联文艺》1981年第3期。

黄药眠的《试评普列汉诺夫的审美理想之生物学的人性论及其他》发表于《文艺理论研究》1981年第3期。

王又如的《试评普列汉诺夫关于功利主义艺术观的论述》发表于《复旦学报》1981年第4期。

杨恩寰的《评车尔尼雪夫斯基的"美是生活"说——兼与蔡仪同志商榷》发表于《河北师范大学学报》1981年第4期。

万健的《车尔尼雪夫斯基论现实美》发表于《齐齐哈尔师范学院学报》1981年第4期。

马莹伯的《别林斯基的文学批评精神》发表于《文艺研究》1981年第5期。

罗荪的《探索真理的伟大战士——别林斯基》发表于《文艺报》1981年第8期。

畅游的《批评家的勇气——话说杜勃罗留波夫和屠格涅夫的一场冲突》发表于《青年作家》1981年第11期。

陈朝红的《战友与诤友——从别林斯基与果戈里的关系谈起》发表于《湘江文艺》1981年第12期。

吴元迈的《"首创权总是属于他的"——关于〈别林斯基选集〉的前三卷》发表于《文艺报》1981年第15期。

1982年

1982年3月，中国社会科学出版社出版中国社会科学院外国文学研究所编，鲍·索·梅拉赫著，臧仲伦译的《列宁和俄国文学问题》。该书共分六个部分，即列宁和文学中的民族主义、列宁和第一次俄国革命时期的文化与文学问题、列宁和1908年至1910年时期的文学与美学问题、列宁论列夫·托尔斯泰的文章、列宁和十月革命时期最初年代古典文艺遗产的命运以及列宁和俄国文学语言的发展问题。前三者基本上是按时期划分，而后三者则按问题划分。

1982年3月，上海译文出版社出版车尔尼雪夫斯基著、辛未艾译的《车尔尼雪夫斯基论文学》下卷 第二册。

1982年9月，外语教学与研究出版社出版中国社会科学院外国文学研究所苏联文学研究室编的《苏联文学史论文集》，内收15篇论文，有些涉及苏联文论，如李辉凡的《"拉普"初探》、张捷的《发展社会主义文学事业的纲领性文献——重读俄共（布）中央〈关于党在文学方面的政策〉的决议》和吴元迈的《三十年代苏联的文学思想》等。

1982年9月，天津人民出版社出版科瓦廖夫主编，张耳、王健夫、李桅译的《苏联文学史》，该书对苏联文学发展的各个阶段和有代表性的重要作家、诗人均列有专章加以系统的评述和介绍。

1982年10月，上海译文出版社出版车尔尼雪夫斯基著、辛未艾译的《车尔尼雪夫斯基论文学》下卷 第一册。

1982年12月，陕西人民出版社出版陈寿朋著的《高尔基美学思想论稿》。

张春吉的《试谈杜勃罗留波夫的现实主义批评原则》发表于《厦门大学学报》1982年第1期。

向叙典的《车尔尼雪夫斯基美学思想述略》发表于《西北师范学院学报》1982年第2期。

王思敏的《车尔尼雪夫斯基的美学观与长篇小说〈怎么办?〉》发表于《艺谭》1982年第3期。

段炼的《车尔尼雪夫斯基美学思想拾零》发表于《江西师范学院南昌分院学报》1982年第3期。

许国良的《车尔尼雪夫斯基和生活美》发表于《工人创作》1982年第4期。

曾镇南的《别林斯基论创作过程中的思维和想象——兼评形象思维概念》发表于《北京大学学报》1982年第4期。

冯和的《浅谈别林斯基美学观点中的几个矛盾问题》发表于《郑州师专学报》1982年第4期。

张春吉的《别林斯基论现实主义》收录于《文艺论丛》第16辑。

任文锁的《别林斯基慧眼识诗人》发表于《滇池》1982年第12期。

曾繁仁的《由车尔尼雪夫斯基到毛泽东》收录于《文苑纵横谈》第3辑（山东人民出版社1982年版）。

1983 年

1983年2月，人民文学出版社出版中国社会科学院文学研究所文艺理论研究室编的《列宁论文学与艺术》。

1983年3月，文化艺术出版社出版杨锃编的《马克思 恩格斯 列宁 斯大林论文艺批评》，该书汇编马克思、恩格斯、列宁、斯大林有关文艺批评的文章和书信21篇。

1983年4月，陕西人民出版社出版程代熙译的《普列汉诺夫美学论文选》，内收《别林斯基与合理的现实》《别林斯基的文学观》《尼·加·车尔尼雪夫斯基的美学理论》《杜勃罗留波夫和奥斯特罗夫斯基》《概念的混乱（列·尼·托尔斯泰的美学观）》《卡尔·马克思和列夫·托尔斯泰》等文章。

1983年4月，中国社会科学出版社出版中国社会科学院外国文学研究所、外国文学研究资料丛刊编辑委员会编，梅特钦科著的《继往开来——论苏联文学发展中的若干问题》。该书是梅特钦科以发表在报刊上的许多有关论文为基础写成的，1971年由苏联作家出版社出版，1973年获苏联国家文学奖。该书的内容概括说来，是从理论历史的角度来谈社会主义现实主义的产生和发展过程的，评述苏联文学发展的每一历史阶段上出现的新的问题或其新的方面。这些问题有：苏联文学出现的历史前提，苏联文艺政策的意义，阶级性和人民性的递嬗以及党性问题，20年代各文学流派的矛盾和斗争，文学中的人物的类型和"活人"等。

1983年7月，内蒙古人民出版社出版米亚斯尼科夫著的《论高尔基的创作》。

1983年7月，漓江出版社出版张铁夫、黄弗同译的《普希金论文学》,该书共分八个部分,同时附录收有同时代人回忆普希金谈文学。

1983年10月,人民出版社出版曹葆华译的《普列汉诺夫美学论文集》,该书共收入普列汉诺夫自1888年起至1913年为止的有关美学的文章19篇,所收文章的内容有关于艺术的起源、什么是美、文艺的社会功能、文艺与政治的关系以至形象思维等,涉及的美学现象范围很广,从小说、诗歌、绘画、戏剧、音乐、舞蹈以至雕刻等,几乎包括所有的艺术部门。

1983年,上海译文出版社再版了《杜勃罗留波夫选集》第一、二卷。

郭化民、徐尚祯的《关于车尔尼雪夫斯基的美的本质论——兼与蔡仪同志商榷》发表于《求索》1983年第1期。

张育新的《普列汉诺夫怎样论述艺术的起源》发表于《中山大学学报》1983年第1期。

陈复兴的《普列汉诺夫的托尔斯泰论》发表于《扬州师院学报》1983年第2期。

粟美娟的《马克思论车尔尼雪夫斯基》发表于《广西师范学院学报》1983年第2期。

马莹伯的《车尔尼雪夫斯基关于文艺批评的主张》发表于《文史哲》1983年第2期。

马莹伯的《论杜勃罗留波夫的"现实的批评"》发表于《南京大学学报》1983年第2期。

王寿兰的《俄国革命民主运动的宣言书——试谈别林斯基〈给果戈里的一封信〉》发表于《聊城师范学院学报》1983年第2期。

马莹伯的《别林斯基的"情志"说》发表于《文艺理论研究》1983年第2期。

高放、高敬增的《鲁迅与普列汉诺夫》发表于《天津社会科学》1983年第3期。

李燃青的《别林斯基的现实主义文学思想》发表于《宁波师专学报》1983年第3期。

姚中岫的《谈屠格涅夫与别林斯基的关系》发表于《牡丹江师

院学报》1983 年第 3 期。

印锡华的《普列汉诺夫论易卜生的思想和艺术》发表于《徐州师范学院学报》1983 年第 4 期。

傅希春的《浅说俄国"自然派"形成的条件》发表于《电大文科园地》1983 年第 5 期。

张学仁的《俄国革命民主主义者的批评作风》发表于《延河》1983 年第 11 期。

夏中义的《费尔巴哈与车尔尼雪夫斯基美学》收录于《文艺论丛》第 18 辑。

1984 年

1984 年 3 月,外语教学与研究出版社出版吴元迈、邓蜀平编的《五六十年代的苏联文学》,该书收录了众多专门论述五六十年代苏联文学的文章,其中有些涉及文学理论问题,如李辉凡的《五六十年代苏联社会主义现实主义的理论探索》、高俐敏的《五六十年代苏联文学论争中的几个问题》、谭思同的《浅评〈新世界〉与〈十月〉的文学论争》等。

1984 年 9 月,由中国苏联文学研讨会召开了列宁文艺思想研讨会;由全国马列文论研究会召开的专门讨论列宁文艺思想的第六次学术讨论会,则是中华人民共和国成立以来首次对列宁文艺思想研究的一次检阅,对于推动列宁文艺思想研究起了积极作用。

1984 年 11 月,上海译文出版社出版辛未艾译的《杜勃罗留波夫文学论文选》。

1984 年 12 月,河北人民出版社出版李清崑、王秀芳著的《普列汉诺夫与唯物史观》。

韦苇的《别林斯基——进步儿童文学理论的奠基人》发表于《吉林师范学院学报》1984 年第 1 期。

顾莉莉的《试谈别林斯基对果戈里创作的研究》发表于《安徽大学学报》(哲学社会科学版) 1984 年第 1 期。

庄其荣的《论车尔尼雪夫斯基美学中的生机观念》发表于《文科通讯》(淮阴教育学院) 1984 年第 2 期。

张春吉的《别林斯基论文学和现实的关系》发表于《厦门大学学报》（哲学社会科学版）1984年第2期。

孙振华的《从别林斯基的批评失误谈起》发表于《海鸥》1984年第3期。

藏原惟人著、林焕平译的《从别林斯基到普列汉诺夫：俄国近代文艺批评简史》发表于《文艺理论研究》1984年第4期。

李尚信的《别林斯基的文学批评思想》发表于《吉林大学学报》（社会科学版）1984年第4期。

刘绪源的《由别林斯基的话说开去：兼谈樊发稼同志的〈也谈《祭蛇》〉》发表于《作品与争鸣》1984年第6期。

周扬的《关于车尔尼雪夫斯基和他的美学》发表于《延安文萃》（上），北京出版社1984年版。

任子峰的《托尔斯泰与车尔尼雪夫斯基》收录于1983年年会论文选集，天津市外国文学学会编印（1984年）。

1985年

1985年6月，中国人民大学出版社出版高放、高敬增著的《普列汉诺夫评传》。

1985年11月，浙江文艺出版社出版吴元迈著的《苏联文学思潮》，该书收录有作者写的8篇关于苏联文学思潮的文章，其中有文章着重谈到了文学理论问题，如《七十年代苏联文学几个理论问题概述》。

1985年12月，生活·读书·新知三联书店出版现代外国文艺理论译丛的《现实中和艺术中的审美》，该书是苏联著名美学家斯托洛维奇的第一本专著，1959年在莫斯科出版，1984年由凌继光、金亚娜译成中文。在苏联当代美学的发展中，1956年开始了长达十年之久的关于审美本质问题的大讨论，形成了"社会说"和"自然说"两种针锋相对的观点。斯托洛维奇在候补博士论文《艺术审美本质的若干问题》（1955年）基础上写成此书，使"社会说"的基本观点得到系统化，在美学界引起了各方面的重视和国际美学界的关注。该书研究的中心问题是美的本质问题。全书分三编："现实的审美属性""人对现实的审美关系"及"审美和艺术"。

1985年12月，人民文学出版社出版柯罗连科著、丰一吟译的《文学回忆录》，内收《纪念别林斯基》《回忆车尔尼雪夫斯基》等。该书译自苏联国家文学出版社1955年版柯罗连科十卷文集的第八卷。原有17篇文学评论文和回忆录，翻译时删去1篇，收录16篇。

吴元迈的《别林斯基论现实主义和人民性》发表于《春风译丛》1985年第1期。

立莎的《无产阶级革命导师与车尔尼雪夫斯基》发表于《安徽大学学报》（哲学社会科学版）1985年第1期。

蒋世杰的《车尔尼雪夫斯基文学评论的预见性》发表于《云南民族学院学报》（哲学社会科学版）1985年第3期。

张春吉的《从〈黑暗的王国〉看杜勃罗留波夫的文艺批评观》发表于《天津社会科学》1985年第3期。

顾莉莉的《别林斯基戏剧理论浅释》发表于《徐州师院学报》1985年第4期。

章珊的《作家对于批评家的"依恋"：别林斯基和屠格涅夫之二》发表于《作品与争鸣》1985年第8期。

张学仁的《试论俄国革命民主主义文学批评》收录于《文学评论丛刊》第24辑。

张春吉的《"一种不断运动的美学"——学习别林斯基有关文艺批评的论述》收录于《文艺论丛》第21辑。

向云驹、周国茂的《别林斯基文学民族性思想试探》发表于《民族文学研究》1985年第12期。

张春吉的《试谈别林斯基"不自觉而又自觉"的创作法则》收录于《文学评论丛刊》第24辑。

1986年

1986年2月，北京出版社出版任子峰著的《车尔尼雪夫斯基及其〈怎么办？〉》，该书作者通过大量资料对车尔尼雪夫斯基的生平、思想及著作概况做了较为详细而具体的介绍，并做出一定评价。

1986年4月，中国社会科学出版社出版中国社会科学院外国文学研究所董立武、张耳编选的《列宁文艺思想论集》。从 60 年代中期开始，苏联理论界依据列宁的文艺思想，加强了对文艺的本质、特殊规律和方法论的研究，加强了对历史上和当代的文艺现象的分析和对西方现代主义文艺的批判。该书所选收的文章大致是较有代表性的论著，主要探讨以下七个问题：列宁文艺思想的理论来源；列宁的反映论和文艺学；列宁和文艺的党性问题；列宁的文艺观和现实主义问题；列宁和文艺的继承与革新；列宁对文艺的见解和对文学史的见解；列宁论作家。

1986 年 6 月，安徽文艺出版社出版尼古拉耶夫著、李辉凡译的《马克思列宁主义文艺学》，根据苏联教育出版社 1983 年版译出，这是一本教学参考书，对马克思列宁主义文艺学的基本原理进行了系统的整理。该书的任务是帮助进一步阐明在各师范院校开设的《文学理论》《文艺学引论》《俄国批评史》《俄国文艺学史》这些公共课和专业课的问题。

1986 年 6 月，宁夏人民出版社出版臧传真、俞灏东、边国恩主编的《苏联文学史略》，从十月革命胜利开始，分四个部分来叙述苏联文学概况。如"十月革命胜利到 30 年代初期的苏联文学""30 年代中期到 50 年代中期的苏联文学""50 年代中期到 60 年代中期的苏联文学""60 年代中期到现阶段的苏联文学"，每部分前有一个概述，中间有的地方谈到文学理论。

1986 年 7 月，湖南文艺出版社出版易漱泉、雷成德、王远泽等编的《俄国文学史》，该书分专章介绍了别林斯基、车尔尼雪夫斯基、杜勃罗留波夫等文论家。

1986 年 9 月，黑龙江人民出版社出版尼·鲍戈斯洛夫斯基著，关益、杜颖译的《车尔尼雪夫斯基传》。

1986 年 10 月，中国人民大学出版社出版高放、高敬增编著的《普列汉诺夫年谱》。

1986 年 12 月，生活·读书·新知三联书店出版莫·卡冈著，凌继尧、金亚娜译的《现代外国文艺理论译丛 艺术形态学》。该书是苏联美学中第一部专门分析艺术世界内部结构的著作。全书分为三编：第一编是学术发展史和方法论，纵观古今世界美学思想研究这一问题的历史；第二编是历史，展示艺术文化发展过程中各种艺术样式如何成熟和相互影响，并且形成新的综合艺术；第三编是理论，探讨整个艺术世界内部结构的规律性，即艺术各个类别、门类、样式和品种，以及种类和体裁的相互关系。

张春吉的《别林斯基的文学民族化理论》发表于《厦门大学学报》（哲学社会科学版）1986年第1期。

武兴元的《别林斯基现实主义文学批评理论之我见：对朱光潜〈西方美学史〉指责别林斯基的一点看法》发表于《延安大学学报》（社会科学版）1986年第3期。

吕焕斌的《别林斯基的艺术理想与社会现实的矛盾》发表于《湖南师范大学学报》（社会科学版）1986年第4期。

立早的《纪念杜勃罗留波夫诞辰150周年学术讨论会》发表于《外国文学研究》1986年第4期。

瞿秋白的《文艺理论家的普列汉诺夫》收录于《瞿秋白文集》（文学编）第4卷，人民文学出版社1986年版。

1987 年

1987年1月，黄河文艺出版社（郑州）出版全国马列文艺论著研究会、《马列文论研究》编委会编的《普列汉诺夫美学思想论集》。

1987年7月，河北人民出版社出版王秀芳的《美学·艺术·社会——普列汉诺夫美学思想研究》。

1987年8月，安徽文艺出版社出版李辉凡主编的《当代苏联文学中的人道主义问题》，该书翻译和收录了苏联文学理论工作者写的关于人道主义的一些文章，如尼·盖伊的《人道主义是美学范畴》、米·库尔吉尼扬的《当代苏联批评中的"人道主义"概念》、德米特里耶夫的《苏联文学的人道主义以及对其研究的诸问题》、鲍列夫的《苏联文学的人道主义与二十世纪的文学过程》等。

1987年11月，生活·读书·新知三联书店出版尼古拉耶夫等著、刘保端译的《俄国文艺学史》，该书是苏联第一本为高等学校和师范学院的语言文学专业文学理论课程编写的教学参考书，是第一部系统地研究俄国文艺科学发展史的著作。该书系统研究了俄国17世纪的诗学和修辞学，18—19世纪俄国评论家和作家的文学理论和文学著作，特别是对19世纪后半期学派的文艺学进行了具体的科学分析，指出了这些文艺学家在俄国文艺学发展史上的重要贡献，以及在方法论和理论观点上的谬误和缺点，确定了他们在文艺学史上的历史地位。同时还着重介绍了俄国文艺科学发展中的列宁阶段，列宁、普列汉诺夫、卢那察尔斯基、沃罗夫斯基等对马克思列宁主义文艺科学所做出的可贵贡献。

陆学明的《对别林斯基典型学说的再认识》发表于《吉林师范学院学报》（哲学社会科学版）1987年第1期。

张春吉的《别林斯基的典型观》发表于《天津师范大学学报》（哲学社会科学版）1987年第1期。

姐小武的《斗士、桥梁、奠基人：浅论别林斯基对俄国批判现实主义文学的贡献》发表于《宝鸡师范学院学报》（哲学社会科学版）1987年第1期。

张春吉的《别林斯基论创作方法》发表于《娄底师范专科学校学报》（哲学社会科学版）1987年第1期。

叶纪彬的《再论艺术内容的特殊性：兼评黑格尔、别林斯基关于艺术内容的观点》发表于《辽宁师范大学学报》（社会科学版）1987年第4期。

周振美的《人民性和真实性——浅谈杜勃罗留波夫的"现实批评"》发表于《俄苏文学》（山东大学）1987年总第14期。

1988年

1988年1月，漓江出版社出版陀思妥耶夫斯基著，冯增义、徐振亚译的《陀思妥耶夫斯基论艺术》，该书全面而又扼要地汇编了陀氏论艺术的各种资料，包括他的有关论文、评论、日记、书信、纪事等。

1988年3月，辽宁人民出版社出版雷成德主编的《苏联文学史》，该书也是按年代顺序编写，从国内战争时期的文学开始，到20年代的文学，再到30年代的文学、40年代至60年代中期的文学，最后是60年代中期以来的文学。另外，每个时期的重点作家单独成章，如高尔基、马雅可夫斯基、绥拉菲摩维奇、富尔曼诺夫、奥斯特洛夫斯基、法捷耶夫、肖洛霍夫等。

1988年7月，湖南教育出版社出版王远泽编著的《高尔基研究》，该书对高尔基的创作道路、各个时期的创作成就、艺术风格、文言理论、美学思想诸多方面的贡献及其对苏联和世界文学的影响进行适度的分析、概括和评述。

1988年10月，漓江出版社出版了杨柄编的《列宁论文艺和美学》。

1988年11月，中国社会科学出版社出版奥符相经科夫著的《当代外国文艺理论译丛 现代资产阶级美学批评文集》，该书共分两编10章，比较集中地批判了西方资产阶级美学中最有影响的主要流派及其代表人物，第一编是关于思潮和流派的评介，第二编是关于代表的评论。

1988年12月，中国人民大学出版社出版马奇著的《艺术的社会学解释——普列汉诺夫美学思想述评》，该书评介了普列汉诺夫及其美学思想，尤其是从艺术的起源、艺术与社会心理等方面讨论了普列汉诺夫的观点，提出许多新的见解。

1988年12月，安徽文艺出版社出版朱逸森译的《契诃夫文学书简》。

《文艺理论研究》1988年第3期刊发陀思妥耶夫斯基著、冯增义译的《论文学创作》。

李燃青的《刘勰和别林斯基的情志说：中西比较诗学札记》发表于《宁波师范学院学报》1988年第5期。

参 考 文 献

曹顺庆：《比较文学论》，四川教育出版社 2002 年版。

陈传才：《文艺学百年》，北京出版社 1999 年版。

陈国恩：《浪漫主义与二十世纪中国文学》，安徽教育出版社 2000 年版。

陈国恩：《论俄苏文学对 20 世纪中国的影响》，《外国文学研究》2004 年第 2 期。

陈建华：《二十世纪中俄文学关系》，高等教育出版社 2002 年版。

陈顺馨：《社会主义现实主义理论在中国的接受与转化》，安徽教育出版社 2000 年版。

杜书瀛：《中国 20 世纪文艺学学术史》（四部），上海文艺出版社 2001 年版。

樊星：《俄苏文学与 20 世纪中国文学》，《华中师范大学学报》2001 年第 1 期。

方长安：《论外国文学译介在十七年语境中的嬗变》，《文学评论》2002 年第 6 期。

胡日佳：《俄国文学与西方》，学林出版社 1999 年版。

黄曼君：《中国 20 世纪文学理论批评史》，中国文联出版社 2002 年版。

赖大仁：《20 世纪中国文学批评的转型》，《中国人民大学学报》1997 年第 6 期。

李慈健、田锐生、宋伟：《当代中国文艺思想史》，河南大学出版社 1999 年版。

李辉凡：《二十世纪初俄苏文学思潮》，社会科学文献出版社 1993 年版。

李辉凡、张捷：《20世纪俄罗斯文学史》，青岛出版社2004年版。
李明滨、李毓榛：《苏联当代文学概观》，北京大学出版社1988年版。
李兆林、徐玉琴：《简明俄国文学史》，北京师范大学出版社1993年版。
林精华：《中俄、中苏文学关系的历史省思》，《深圳大学学报》2002年第3期。
刘宁：《俄国文学批评史》，上海译文出版社1999年版。
倪蕊琴：《论中苏文学发展进程》，华东师范大学出版社1991年版。
彭克巽：《苏联文艺学学派》，北京大学出版社1999年版。
童庆炳：《全球化时代的文学和文学批评会消失吗？——与米勒先生对话》，《社会科学辑刊》2002年第1期。
童庆炳：《中西比较诗学体系》，人民文学出版社1991年版。
汪介之：《回望与沉思——俄苏文论在20世纪中国文坛》，北京大学出版社2005年版。
汪介之：《中国文学接受20世纪俄国文论的回望与思考》，《俄罗斯文艺》2004年第2期。
温儒敏：《中国现代文学批评史教程》，北京大学出版社1993年版。
吴元迈：《苏联文学思潮》，浙江文艺出版社1985年版。
吴泽霖：《俄苏历史比较文艺学的特征》，《北京师范大学学报》2000年第3期。
许道明：《中国现代文学批评史新编》，复旦大学出版社2002年版。
杨乃乔：《比较文学概论》，高等教育出版社2002年版。
叶水夫：《苏联文学史》（三卷本），中国社会科学出版社1994年版。
乐黛云：《中西比较文学教程》，高等教育出版社1988年版。
曾军：《接受的复调——中国巴赫金接受史研究》，广西师范大学出版社2004年版。
张杰：《白银时代俄罗斯宗教文化批评理论研究》，《外国文学评论》2000年第2期。
张杰、汪介之：《20世纪俄罗斯文学批评史》，译林出版社2000年版。
智量等：《俄国文学与中国》，华东师范大学出版社1991年版。
周启超：《白银时代俄罗斯文学研究》，北京大学出版社2003年版。

朱立元：《走自己的路——对于迈向21世纪的中国文论建设问题的思考》，《文学评论》2000年第3期。

庄锡华：《二十世纪中国文艺理论》，上海三联书店2000年版。

［俄］弗·阿格诺索夫：《白银时代俄国文学》，石国雄、王加兴译，译林出版社2001年版。

［俄］尼·别尔嘉耶夫：《俄罗斯思想》，雷永生、邱守娟译，生活·读书·新知三联书店2004年版。

［法］梵·第根：《比较文学论》，戴望舒译，商务印书馆1937年版。

［法］基亚：《比较文学》，颜保译，北京大学出版社1983年版。

［美］马克·斯洛宁：《现代俄国文学史》，汤新楣译，人民文学出版社2001年版。

［美］乌尔利希·韦斯坦因：《比较文学与文学理论》，刘象愚译，辽宁人民出版社1982年版。

［斯洛伐克］玛利安·高利克：《中国现代文学批评发生史》，社会科学文献出版社1997年版。

［苏］高尔基：《论文学》，人民文学出版社1978年版。

［苏］高尔基：《论文学·续集》，人民文学出版社1983年版。

［苏］列宁：《列宁选集》，人民出版社1972年版。

［苏］卢那察尔斯基：《论文学》，人民文学出版社1978年版。

［苏］卢那察尔斯基：《艺术及其最新形式》，郭家申译，百花文艺出版社1998年版。

［苏］尼古拉耶夫、库里洛夫、格利舒宁：《俄国文艺学史》，刘保端译，生活·读书·新知三联书店1987年版。

［英］以赛亚·伯林：《俄国思想家》，彭淮栋译，译林出版社2003年版。

后　　记

　　2004年7月，我进入武汉大学中国语言文学博士后流动站，跟随陈国恩先生从事博士后研究，这本书的初稿就是我当时的博士后出站报告。记得第一次去陈老师家，商量出站报告撰写内容时，陈老师正在做一个"俄国文学在中国的传播与接受研究"的课题，而我一直对中国现当代文论和文学批评很感兴趣，于是就选了"20世纪中国接受俄国文学批评研究"这一个题目。在出站报告的撰写过程中，陈老师从选题到结构，都给予了我很多宝贵的意见和有益的指导，使我得以完成出站报告初稿，顺利通过出站报告答辩。陈老师渊博的学识，对学生的温和宽容，使我在两年博士后工作期间能够从容地学习，从而在学术视野和学术水平上都有了一个较大的提升。因此，我这本小书能够得以完成，首先要感谢我的博士后导师陈国恩先生。

　　2006年7月，从武汉大学中国语言文学博士后流动站出站之后，我来到了江汉大学人文学院任教。2008年，我以"中国接受俄国文论的几种现象研究"为题成功申请了国家社科基金青年项目。在项目研究期间，江汉大学张贞教授作为项目组成员，帮助撰写了书稿的第二章，上海大学曾军教授、南昌航空大学雍青教授以及我妻子舒玲娥女士都给予了许多帮助。这本书稿得以出版，还要感谢江汉大学武汉语言文化研究中心主任周建民教授、江汉大学研究生处处长钱同惠教授、江汉大学科研处处长丁建军教授等，他们将书稿纳入湖北省人文社科重点研究基地江汉大学武汉语言文化研究中心资助项目、江汉大学学术著作出版资助项目、江汉大学研究生教材建设项目，对书稿的出版给予了大力的支持，在此一并致谢。

后　记

　　学术研究是一条充满艰辛的道路,在这条道路上,我还在蹒跚前行,这本小书也还有许多不足的地方,希望在以后的研究中,我能够进一步地改进和提高。

庄桂成
2018 年夏季